あらくれ

tokuda shūsei

徳田秋声

講談社 文芸文庫

目次

あらくれ

一

お島《しま》が養親《やしないおや》の口から、近いうちに自分に入婿《いりむこ》の来るよしをほのめかされた時に、彼女《かのおんな》の頭脳《あたま》には、まだ何等《なんら》の分明《はっきり》した考えとても起って来なかった。

十八になったお島は、その頃その界隈《かいわい》で男嫌いという評判を立てられていた。そんなことをしずとも、町屋の娘と同じに、裁縫やお琴の稽古でもしていれば、立派に年頃の綺麗《きれい》な娘で通して行かれる養家の家柄ではあったが、手頭《てさき》などの器用に産れついていない彼女は、じっと部屋のなかに坐っているようなことは余り好まなかったので、稚《ちいさ》いおりから善《よ》く外へ出て田畑の土を弄《いじ》ったり、若い男達と一緒に、田植に出たり、稲刈に働いたりした。而《そう》してそんな荒仕事が如何《どう》かすると寧《むし》ろ彼女に適しているようにすら思われた。養蚕の季節などにも、彼女は家中《うちじゅう》の誰よりも善く働いてみせた。そうして養父や養母の気に入られるのが、何よりの楽みであった。界隈の若いものや、傭《やと》い男などから、彼女は時々揶揄《からか》われたり、猥《みだ》らな真似《まね》をされたりする機会が多かった。お島はそうした男達と一緒に働いたり、ふざけたりして燥《はしゃ》ぐことが好《すき》であったが、誰もまだ彼女の頬や手に触れたという者はなかった。そう云う場合には、お島はいつも荒れ馬のように暴れて、小《こ》ッぴどく男の手顔《てかお》を引かくか、さもなければ人前でそれを素破《すっぱ》ぬいて辱《はじ》をかかせるかして、自ら悦ばなければ止まなかった。

　お島は今でもその頃のことを善く覚えているが、彼女がここへ貰われて来たのは、七つの年であった。お島は昔気質《むかしかたぎ》の律義な父親に手をひかれて、或日の晩方《ばんがた》、自分に深い憎しみを持っている母親の暴《あら》い怒と惨酷な折檻《せっかん》から脱れるために、野面《のづら》をそっち此方彷徨《こっちうろつ》いていた。時は秋の末であったらしく、近在の貧しい町の休茶屋《やすみぢゃや》や、飲食店などには赤い柿の実が、枝ごと吊されてあったりした。父親はそれらの休み茶屋へ入って、子供の疲れた足を劬《いた》わり休めさせ、自分も茶を呑んだり、莨《たばこ》をふかしたりしていたが、無智なお島は、茶屋の女が剝《む》いてくれる柿や塩煎餅などを食べて、臆病らしい目でそこらを見まわしていた。今まで赤々していた夕陽がかげって、野面からは寒い風が吹き、方々の木立や、木立の蔭の人家、黄色い懸稲《かけいね》、黝《くろ》い畑などが、一様に夕靄《ゆうもや》に裹《つつ》まれて、一日苦使《こきつか》われて、疲れた躰《もの》を慵《う》げに、往来を通ってゆく駄馬の姿などが、物悲しげにみえた。お島は大きな重い車をつけられて、柔順に引張られてゆく動物の、しょぼしょぼした目などを見ると、何となし涙ぐまれるようであった。気の荒い母親からのがれて、娘の遣場《やりば》に困っている自分の父親も可哀そうであった。

お島は爾時《そのとき》、ひろびろした水のほとりへ出て来たように覚えている。それは尾久《おく》の渡《わたし》あたりでもあったろうか。のんどりした暗碧《あんぺき》なその水の面《おも》には、まだ真珠色の空の光がほのかに差していて、静かに漕いでゆく淋しい舟の影が一つ二つみえた。岸には波がだぶだぶと浸って、怪獣のような暗い木の影が、そこに揺めいていた。お島の幼い心も、この静かな景色を眺めているうちに、頭のうえから爪先まで、一種の畏怖と安易とにうたれて、黙ってじっと父親の痩せた手に縋《すが》っているのであった。

二

その時お島の父親は、どういう心算《つもり》で水のほとりへなぞ彼女をつれて行ったのか、今考えてみても父親の心持は素《もと》より解《わか》らない。或《あるい》は渡しを向うへ渡って、そこで知合《しりあい》の家《うち》を尋ねてお島の躰の始末をする目算であったであろうが、お島はその場合、水を見ている父親の暗い顔の底に、或可恐《おそろ》しい惨忍な思着《おもいつき》が潜んでいるのではないかと、ふと幼心に感づいて、怯えた。父親の顔には悔恨と懊悩の色が現われていた。

赤児のおりから里にやられていたお島は、家へ引取られてからも、気強い母親に疎まれがちであった。始終めそめそしていたお島は、どうかすると母親から、小さい手に焼火箸を押つけられたりした。お島は涙の目で、その火箸を見詰めていながら、剛情にも其手《そのて》を引込めようとはしなかった。それが一層母親の憎しみを募《つの》らせずにはおかなかった。

「この業《ごう》つく張《ばり》め。」彼女はじりじりしてそう言って罵った。

昔は庄屋であったお島の家は、その頃も界隈の人達から尊敬されていた。祖父が将軍家の出遊《しゅつゆう》のおりの休憩所として、広々した庭を献納したことなどが、家の由緒に立派な光を添えていた。その地面は今でも市民の遊園地として遺っている。庭作りとして、高貴の家へ出入していたお島の父親は、彼が一生の瑕《きず》としてお島たちの母親である彼が二度目の妻を、賤しいところから迎えた。それは彼が、時々酒を飲みに行く、近辺の或安料理屋にいる女の一人であった。彼女は家にいては能く働いたが其の身状《みじょう》は誰も好く言うものはなかった。

お島が今の養家へ貰われて来たのは、渡場でその時行逢った父親の知合の男の口入であった。紙漉場などをもって、細々と暮していた養家では、その頃不思議な利得《りとく》があって、遽《にわか》に身代《しんだい》が太り、地所などをどしどし買入れた。お島は養親《やしない》の口から、時々その折の不思議を洩れ聞いた。それは全然《まるで》作物語りにでもありそうな事件であった。或冬の夕暮に、放浪《さすらい》の旅に疲れた一人の六部が、そこへ一夜の宿を乞求めた。夜があけてから、思いがけない或幸いが、この一家を見舞うであろう由を言告げて立去った其旅客の迹《あと》に、貴い多くの小判が、外に積んだ楮《かぞ》のなかから、二三日たって発見せられた。養父は大分たってから、一つはその旅客の迹を追うべく、一つは諸方の神仏に、自分の幸を感謝すべく、同じ巡礼の旅に上《のぼ》ったが、終《つい》にそれらしい人の姿にも出逢わなかった。左《と》に右《かく》、養家はそれから好い事ばかりが続いた。ちょいちょい町の人達へ金を貸つけたりして、夫婦は財産の殖《ふ》えるのを楽んだ。

「その六部が何者であったかな。」養父は希《まれ》に門辺《かどべ》へ来る六部などへ、厚く報謝をするおりなどに、その頃のことを思出して、お島に語聞《かたりきか》せたが、お島はそんな事には格別の興味もなかった。

養家へ来てからのお島は、生の親や兄弟たちと顔を合す機会は、滅多《めった》になかった。

三

然《しか》し時がたつに従って、その時の事実の真相が少しずつお島の心に沁込《しみこ》むようになって来た。養家の旧《もと》を聞知っている学校友達などから、ちょいちょい聞くともなし聞嚙《ききかじ》ったところによると、六部はその晩急病のために其処で落命したのであった。そして死んだ彼の懐ろに、小判の入った重い財布があった。それをそっくり養父母は自分の有《もの》にして了《しま》ったと云うのであった。お島は其の説の方に、より多く真実らしいところがあると考えたが、矢張《やっぱり》好い気持がしなかった。

「言いたがるものには、何とでも言わしておくさ。お金ができると何とか彼とか言いたがるものなのだよ。」

お島がその事を、私《そっ》と養母に糺《ただ》したとき、彼女はそう言って苦笑していたが、養父母に対する彼女の是迄の心持は、段々裏切られて来た。自分の幸福にさえ黒い汚点《しみ》が出来たように思われた。そして其《それ》からと云うもの、出来るだけ養父母の秘密と、心の傷を劬《いたわ》りかばうようにと力《つと》めたが、如何《どう》かすると親たちから疎まれ憚《はばか》られているような気がさしてならなかった。

六部の泊ったと云う、仏壇のある寂しい部屋を、お島は夜厠《かわや》への往来《ゆきき》に必ず通らなければならなかった。そこは畳の凸凹した、昼でも日の光の通わないような薄暗い八畳《じょう》であった。夫婦はそこから一段高い次の部屋に寝ていたが、お島は大きくなってからは大抵勝手に近い六畳の納戸に寝されていた。お島はその八畳を通る度《たんび》に、そこに財布を懐ろにしたまま死んでいる六部の蒼白い顔や姿が、まざまざ見えるような気がして、身うちが慄然《ぞっ》とするような事があった。夜はいつでも宵の口から臥床《ふしど》に入ることにしている父親の寝語《ねごと》などが、ふと寝覚《ねざめ》の耳へ入ったりすると、それが不幸な旅客の亡霊か何ぞに魘《うな》されている苦悶の声ではないかと疑われた。

陽気のほかほかする春先などでも家のなかには始終湿っぽく、陰惨な空気が籠っているように思えた。そして終日庭むきの部屋で針をもっていると、頭脳《あたま》がのうのうして、寿命がちぢまるような鬱陶しさを感じた。お島は糸屑を払いおとして、裏の方にある紙漉場の方へ急いで出ていった。

藪畳《やぶだたみ》を控えた広い平地にある紙漉場の葭簀《よしず》に、温《あたた》かい日がさして、楮を浸すために盈々《なみなみ》と湛えられた水が生暖かくぬるんでいた。そこらには桜がもう咲きかけていた。板に張られた紙が沢山日に干されてあった。この商売も、この三四年近辺に製紙工場が出来などしてからは、早晩罷《や》めてしまうつもりで、養父は余り身を入れぬようになった。今は職人の数も少かった。そして幾分不用になった空地は庭に作られて、洒落た枝折門《しおりもん》などが営《しつら》われ、石や庭木が多く植え込まれた。住居《すまい》の方もあちこち手入をされた。養父は二三年そんな事にかかっていたが、今は単にそればかりでなく、抵当流れになったような家屋敷も外《ほか》に二三箇所はあるらしかった。けれど養父母はお島には余り詳しいことを話さなかった。

「貧乏くさい商売だね。」お島は自分の稚《ちいさ》い時分から居ずわりになっている男に声かけた。その男は楮の煮らるる釜の下の火を見ながら、跪坐《しやが》んで莨《たばこ》を喫っていた。顎髯《あごひげ》の伸びた蒼白い顔は、明い春先になると、一層貧相らしくみえた。

「お前さんの紙漉も久しいもんだね。」

「駄目だよ。旦那が気がないから。」作と云うその男は俛《うつむ》いたまま答えた。「もう椿のなかから小判の出て来る気遣もないからね。」

「真実《ほんとう》だ。」お島は鼻頭《はなのさき》で笑った。

四

お島は幼《ちいさ》い時分この作という男に、よく学校の送迎《おくりむかい》などをして貰ったものだが、養父の甥に当る彼は、長いあいだ製紙の職工として、多くの女工と共に働かされたのみならず、野原仕事《のらしごと》や養蚕にも始終苦使《こきつか》われて来た。而《そう》して気の強い主婦からはがみがみ言われ、お島からは豕《ぶた》か何ぞのように忌嫌われた。絶え間のない労働に堪えかねて、彼は如何《どう》かすると気分がわるいといって、少し遅くまで寝ているようなことがあると、主婦のおとらは直《じき》に気荒く罵った。

「おいおい、この忙《せわ》しいのに寝ている奴があるかよ。旧《もと》を考えてみろ。」

おとらは作の隠れて寝ている物置のような汚い其部屋を覗込みながら、毎時《いつ》ものお定例《きまり》を言って呶鳴《どな》った。甲走《かんばし》ったその声が、彼の脳天までぴんと響いた。作は主人の兄にあたるやくざ者と、どこのものともしれぬ旅芸人の女との間《なか》にできた子供であった。彼の父親は賭博や女に身上《しんしょう》を入揚《いりあ》げて、その頃から弟の厄介ものであったが、或時身寄を頼って、上州の方へ稼ぎに行っていたおりに其女に引かかって、それから乞食のように零落《おちぶ》れて、間もなくまた二人でこの町へ復《かえ》って来た。そして其時身重であったその女が、作を産おとしてから程なく、子供を弟の家に置去《おきざり》に、どこともなく旅へ出た。男が病気で死んだと云う報知《しらせ》が、木更津《きさらづ》の方から来たのは、それから二三年も経ってからであった。

お島はおとらが、その頃のことを何かのおりには作に言聞かせているのを善く聞いた。おとらは兄夫婦が、汽車にも得乗《えの》らず、夏の暑い日と、野原の荒い風に焼けやつれた黝《くろ》い顔をして、疲れきった足を引ずりながら這込んで来た光景を、口癖のように作に語って聞かせた。少しでも怠けたり、ずるけたりすると其を持出した。

「あの衆と一緒だったら、お前だって今頃は乞食でもしていたろうよ。それでも生みの親が恋しいと思うなら、いつだって行くがいい。」

作は親のことを言出されると、時々ぽろぽろ涙を流していたものだが、終《しまい》にはえへへと笑って聞いていた。

作はそんなに醜い男ではなかったが、いじけて育ったのと、発育盛を劇《はげ》しい労働に苦使《こきつか》われて営養が不充分であったので、皮膚の色沢《いろつや》が悪く、青春期に達しても、ばさばさしたような目に潤いがなかった。主人に吩咐《いいつ》かって、雨降りに学校へ迎えに行ったり、宵に遊びほうけて、何時《いつ》までも近所に姿のみえないおりなどは、遠くまで捜しにいったりして、負《おぶ》ったり抱いたりして来たお島の、手足や髪の見ちがえるほど美しく肉づき伸びて行くのが物希《ものめずら》しくふと彼の目に映った。たっぷりした其髪を島田に結って、なまめかしい八つ口から、むっちりした肱《ひじ》を見せながら、襷《たすき》がけで働いているお島の姿が、長いあいだ彼の心を苦しめて来た、彼女に対する淡い嫉妬をさえ、吸取るように拭ってしまった。それまで彼は歴々《れっき》とした生みの親のある、家の後取娘として、何彼《なにか》につけておとらから衒《ひけ》らかす様に、隔てをおかれるお島を、詛《のろ》わしくも思った。

五

お島が作を一層嫌って、侮蔑するようになったのも其頃からであった。

蒸暑い夏の或真夜中に、お島はそこらを開放《あけはな》して、蚊帳《かや》のなかで寝苦しい躰を持余《もてあま》していたことがあった。酸っぱいような蚊の唸声が夢現《ゆめうつつ》のような彼女のいらいらしい心を責《せめ》苛《さいな》むように耳についた。その時ふとお島の目を脅《おびや》かしたのは、蚊帳のそとから覗いている作の蒼白い顔であった。

「莫迦《ばか》、阿母《おっか》さんに言告《いいつ》けてやるぞ。」

お島は高い調子に叫んだ。それで作はのそのそと出ていったが、それまで何の気もなしに見ていた其と同じような作の挙動が、その時お島の心に一々意味をもって来た。お島は劇《はげ》しい侮蔑を感じた。或時は野良仕事をしている時につけ廻されたり、或時は湯殿にいる自分の体に見入っている彼の姿を見つけたりした。

お島はそれ以来、作の顔を見るのも胸が悪かった。そして養父から、善く働く作を自分の婿に択《えら》ぼうとしているらしい意嚮《いこう》を洩されたときに、彼女は体が竦《すく》むほど厭な気持がした。しかし養父のその考えが、段々分明《はっきり》して来たとき、お島の心は、自ら生みの親の家の方へ嚮《む》いていった。

「何しろ作は己《おれ》の血筋のものだから、同じ継せるなら、彼《あれ》に後を取らせた方が道だ。」

養父は時おり妻のおとらと、其事を相談しているらしかったが、お島はふとそれを立聞したりなどすると、堪えがたい圧迫を感じた。我儘な反抗心が心に湧返って来た。

作の自分を見る目が、段々親しみを加えて来た。彼は出来るだけ打釈《うちと》けた態度で、お島に近づこうとした。畑で桑など摘んでいると、彼はどんな遠いところで、忙《せわ》しい用事に働いている時でも、彼女を見廻ることを忘れなかった。彼はその頃から、働くことが面白そうであった。叔父夫婦にも従順であった。お島は一層それが不快であった。

おとらが内々お島の婿にしようと企てているらしい或若い男の兄が、その頃おとらのところへ入浸っていた。青柳と云う其男は、その町の開業医として可也《かなり》に顔が売れていたが、或私立学校を卒業したという其弟をも、お島はちょいちょい見かけて知っていた。気爽《きさく》で酒のお酌などの巧いおとらは、夫の留守などに訪ねて来る青柳を、よく奥へ通して銚子のお燗をしたりしているのを、お島は時々見かけた。一日かかって四十把の楮を漉くのは、普通一人前の極度の仕事であったが、おとらは働くとなると、それを八十把も漉くほどの働きものであった。そして人のいい夫を其方退《そっちの》けにして、傭い人を見張ったり、金の貸出方や取立方に抜目のない頭脳《あたま》を働かしていたが、青柳の顔が見えると、どんな時でも彼女の様子がそわそわしずにはいなかった。

お島の目にも、愛相《あいそ》のいい青柳の人柄は好ましく思えた。彼は青柳から始終お島坊お島坊と呼びなずけられて来た。最近青柳がいつか養父から借りて、新座敷の造営に費《つか》った金高は、少い額ではなかった。

六

お島は作との縁談の、まだ持あがらぬずっと前から、よく養母のおとらに連れられて青柳と一緒に、大師さまやお稲荷さまへ出かけたものであった。天性《うまれつき》目性《めしょう》の好くないお島は、いつの頃からこの医者に時々かかっていたか、分明《はっきり》覚えてもいないが、そこにいたお花と云う青柳の姪にあたる娘とも、その頃から遊び友達であった。

おとらは時には、青柳の家で、お島と対の着物をお花に拵えるために、そこへ反物屋を呼んで、柄の品評《しなさだめ》をしたりしたが、仕立あがった着物を着せられた二人の娘は、近所の人の目には、双児としかみえなかった。おとらは青柳と大師まいりなどするおりには、初めは、お島だけしか連れていかなかったものだが、偶《たま》にはお花をも誘い出した。お花という連のある時は然《そ》うでもなかったが、自分一人のおりには、お島は大人同志からは、全然《まるで》除けものにされていなければならなかった。

「じゃね、小父《おじ》さんと阿母《おっか》さんは、此処で一服しているからね。お前は目がわるいんだから能くお詣りをしておいで。ゆっくりで可《い》いよ。阿母さんたちは何《ど》うせ遊びに来たんだからね。小父さんも折角来たもんだから、お酒の一口も飲まなければ満《つま》らないだろうし、阿母さんだって偶に出るんだからね。」

おとらは然う言って、博多と琥珀《こはく》の昼夜帯《ちゅうやおび》の間から紙入を取出すと、多分のお賽銭をお島の小さい蟇口《がまぐち》に入れてくれた。そこは大師から一里も手前にある、ある町の料理屋であった。二人は其の奥の、母屋から橋がかりになっている新築の座敷の方へ落着いてから、お島を出してやった。

それは丁度初夏頃《はつなつごろ》の陽気で、肥ったお島は長い野道を歩いて、脊筋《せすじ》が汗ばんでいた。顔にも汗がにじんで、白粉《おしろい》の剝げかかったのを、懐中から鏡を取出して、直したりした。山がかりになっている料理屋の庭には、躑躅《つつじ》が咲乱れて、泉水に大きな緋鯉が絵に描いたように浮いていた。始終働きづめでいるお島は、こんなところへ来て、偶に遊ぶのはそんなに悪い気持もしなかったが、落着のない青柳や養母の目色を候《うかが》うと、何となく気がつまって居辛かった。そして小いおりから母親に媚びることを学ばされて、そんな事にのみ敏《さと》い心から、自然《ひとりで》に故《ことさ》ら二人に甘えてみせたり、燥《はしや》いでみせたりした。

「ええ、可《よ》ござんすとも。」

お島は大きく頷いて、威勢よくそこを出ると、急いで大師の方へと歩き出した。町には同じような料理屋や、休み茶屋が外にも四五軒目に着いたが、人家を離れると直に田圃道へ出た。野や森は一面に青々して、空が美しく澄んでいた。白い往来には、大師詣りの人達の姿が、ちらほら見えて、或雑木林の片陰などには、汚い天刑病者が、そこにも此処にも頭を土に摺つけていた。それらの或者は、お島の迹《あと》から絡《まつ》わり着いて来そうな調子で恵みを強請《ねだ》った。お島は如何《どう》かすると、蟇口を開けて、銭を投げつつ急いで通過ぎた。

七

曲りくねった野道を、人の影について辿って行くと、旋《やが》て大師道へ出て来た。お島はぞろぞろ往来《ゆきき》している人や俥《くるま》の群に交《まざ》って歩いていったが、本所や浅草辺の場末から出て来たらしい男女のなかには、美しく装った令嬢や、意気な内儀《かみ》さんも偶には目についた。金縁眼鏡をかけて、細捲を用意した男もあった。独法師《ひとりぼつち》のお島は、草履や下駄にはねあがる砂埃のなかを、人なつかしいような可憐《いじら》しい心持で、ぱっぱと蓮葉《はすは》に足を運んでいた。脛《はぎ》に絡わる長襦袢《ながじゅばん》の、ぽっとりとした膚触《はだざわり》が、気持のいいほど軽く足を運ばせた。今別れて来た養母や青柳のことは直に忘れていた。

　大師前には、色々の店が軒を並べていた。張子の虎や起きあがり法師を売っていたり、おこしやぶっ切り飴を鬻《ひさ》いでいたりした。蠑螺《さざえ》や蛤なども目についた。山門の上には馬鹿囃の音が聞えて、境内にも雑多の店が居並んでいた。お島は久しく見たこともないような、かりん糖や太白飴の店などを眺めながら本堂の方へあがって行ったが、何処《どこ》も彼処《かしこ》も在郷くさいものばかりなのを、心寂しく思った。お島は母に媚びるためにお守札や災難除のお札などを、こてこて受けることを怠らなかった。

　そこを出てから、お島は野広い境内を、其方《そっち》こっち歩いてみたが、所々に海獣の見せものや、田舎廻りの手品師などがいるばかりで、一緒に来た美しい人達の姿もみえなかった。お島は隙《ひま》を潰すために、若い桜の植えつけられた荒れた貧しい遊園地から、墓場までまわって見た。田舎爺の加持《かじ》のお水を頂いて飲んでいるところだの、蠟燭のあがった多くの大師の像のある処の前に佇《たたず》んでみたりした。木立のなかには、海軍服を着た痩猿の綱渡などが、多くの人を集めていた。お島はそこにも暫く立とうとしたが、焦立つような気分が、長く足を止《とど》めさせなかった。

　休茶屋で、ラムネに渇いた咽喉やいき熱《ほて》る体を癒しつつ、帰路についたのは、日がもう大分かげりかけてからであった。田圃に薄寒い風が吹いて、野末のここ彼処に、千住《せんじゅ》あたりの工場の煙が重く棚引《たなび》いていた。疲れたお島の心は、取留のない物足りなさに掻乱されていた。

旧のお茶屋へ還って往くと、酒に酔《え》った青柳は、取ちらかった座敷の真中に、座蒲団《ざぶとん》を枕にして寝ていたが、おとらも赤い顔をして、楊枝を使っていた。

「まあ可かったね。お前お腹がすいて歩けなかったろう。」おとらはお愛相を言った。

「お前、お水を頂いて来たかい。」

「ええ、どっさり頂いて来ました。」

お島はそうした嘘を吐《つ》くことに何の悲しみも感じなかった。

おとらはお島に御飯を食べさせると、脱いで傍に畳んであった羽織を自分に着たり、青柳に着せたりして、やがて其処を引揚げたが、町へ帰り着く頃には、もう悉皆《すっかり》日がくれて蛙の声が静な野中に聞え、人家には灯が点《とも》されていた。

「みんな御苦労御苦労。」おとらは暗い入口から声かけながら入って行ったが、養父は裏で連《しきり》に何か取込んでいた。

八

お島は養父がいつまでも内へ入って来ようともしず、入って来ても、飯がすむと直ぐ帳簿調に取かかったりして、無口でいるのを自分のことのように気味悪くも思った。お島はいつもするように、「肩をもみましょうか」と云って、養父の手のすいた時に、後へ廻って、養母に代って機嫌を取るようにした。お島は九つ十の時分から、養父の肩を揉ませられるのが習慣になっていた。

おとらは一ト休みしてから、晴着の始末などすると、そっち此方戸締をしたり、一日取ちらかった其処らを疳性らしく取片着けたりしていたが、そのうちに夫婦の間にぽつぽつ話がはじまって、今日行ったお茶屋の噂なども出た。そのお茶屋を養父も昔から知っていた。

此処から三四里もある或町の農家で同じ製紙業者の娘であったおとらは、其父親が若いおりに東京で懇意になった或女に産れた子供であったので、東京にも知合が多く、都会のことは能く知っていたが、今の良人《おっと》が取引上のことで、ちょくちょく其処へ出入《ではいり》しているうちに、いつか親しい間《なか》になったのだと云うことは、お島もおとらから聞かされて知っていた。其頃痩世帯《やせじょたい》を張っていた養父は、それまで義理の母親に育てられて、不仕合せがちであったおとらと一緒になってから、二人で心を合せて一生懸命に稼いだ。その苦労をおとらは能くお島に言聞せたが、身上ができてからの此二三年のおとらの心持には、いくらか弛《たる》みができて来ていた。世間の快楽については、何もしらぬらしい養父から、少しずつ心が離れて、長いあいだの圧迫の反動が、彼女を動《と》もすると放肆《ほうし》な生活に誘出《おびきだ》そうとしていた。

お島は長いあいだ養父母の躰を揉んでから、漸《やっ》と寝床につくことが出来たが、お茶屋の奥の間での、刺戟の強い今日の男女《ふたり》の光景を思浮べつつ、直に健やかな眠に陥ちて了った。蛙の声がうとうと疲れた耳に聞えて、発育盛の手足が懈《だる》く熱《ほて》っていた。

翌朝《あした》も養父母は、何のこともなげな様子で働いていた。

お花を連出すときも、男女《ふたり》の遊び場所は矢張同じお茶屋であったが、お島はお花と一緒に、浅草へ遊びにやって貰ったりした。お島はお花と俥《くるま》で上野の方から浅草へ出て往った。そして観音さまへお詣りをしたり、花屋敷へ入ったりして、晷《とき》を消した。二人は手を引合って人込のなかを歩いていたが、矢張心が落着かなかった。

おとらは時とすると、若い青柳の細君をつれだして、東京へ遊びに行くこともあったが、内気らしい細君は、誘わるるままに素直について往った。おとらは往返りには青柳の家へ寄って、姉か何ぞのように挙動《ふるま》っていたが、細君は心の侮蔑を面にも現わさず、物静かに待遇《あしら》っていた。

九

何時の頃であったか、多分その翌年頃の夏であったろう。その年重《おも》にお島の手に委《まか》されてあった、僅《わずか》二枚ばかりの蚕が、上簇《じょうぞく》するに間のない或日、養父とごたごたした物言の揚句、養母は着物などを着替えて、ぶらりと何処かへ出ていって了《しま》った。

養母はその時、青柳にその時々に貸した金のことについて、養父から不足を言われたのが、気に障わったと云って、大声をたてて良人《おっと》に喰ってかかった。話の調子の低いのが天性《もち》である養父は、嵩《かさ》にかかって言募《いいつの》って来るおとらの為めに遣込められて、終《しまい》には宥《なだ》めるように辞《ことば》を和げたが、矢張《やっぱり》自分にもいつまでもぐずぐず言っていた。

「ちっと昔しを考えて見るが可《い》いんだ。お前さんだって好いことばかりもしていないだろう。旧を洗ってみた日には、余り《あんま》大きな顔をして表を歩けた義理でもないじゃないか。」

養蚕室にあてた例の薄暗い八畳で、給桑に働いていたお島は、甲高な其声を洩聞くと、胸がどきりとするようであった。お島は直に六部のことを思出さずにいられなかった。ぶすぶす言っている哀れな養父《ちち》の声も途断《とぎ》れ途断れに聞えた。

青柳に貸した金の額は、お島にはよくは判らなかったが、家の普請に幾分用立てた金を初めとして、ちょいちょい持っていった金は少い額ではないらしかった。此一二年青柳の生活が、いくらか華美になって来たのが、お島にも目についた。養父の知らない様な少額の金や品物が、始終養母の手から私《そっ》と供給されていた。

お島は其年の冬の頃、一度青柳と一緒に落会った養母のお伴をしたことがあったが、十七になるお島を連出すことはおとらにも漸く憚られて来た。場所も以前のお茶屋ではなかった。

その日も養父は、使い道の分明《はっきり》しないような金のことについて、昼頃からおとらとの間に紛紜《いざこざ》を惹起していた。長いあいだ不問に附して来た、青柳への貸のことが、ふと其時彼の口から言出された。そして日頃肚《はら》に保《も》っていた色々の場合のおとらの挙動《ふるまい》が、ねちねちした調子で詰《なじ》られるのであった。

結句《けっく》おとらは、綺麗に財産を半分わけにして、別れようと言出した。そして良人の傍を離れると、奥の間へ入って、暫く用箪笥の抽斗《ひきだし》の音などをさせていたが、それきり出ていった。

「まあ阿母《おっか》さん、そんなに御立腹なさらないで、後生ですから家にいて下さい。阿母さんが出ていっておしまいなすったら、私なんざ如何するんでしょう。」

お島はその傍へいって、目に涙をためて哀願したが、おとらは振顧《ふりむ》きもしなかった。

夜になってから、お島は養父に吩咐《いいつ》かって、近所をそっち此方尋ねてあるいた。青柳の家へもいって見たが、見つからなかった。

おとらの未《ま》だ帰って来ない、或日の午後、蚕に忙《せわ》しいお島の目に、ふと庭向の新建《しんだち》の座敷で、おとらを生家《さと》へ出してやった留守に、何時か為たように、夥しい紙幣《さつ》を干している養父の姿を見た。八畳ばかりの風通しのいい其部屋には、紙幣の幾束が日当りへ取出されてあった。

十

お島は養父が、二三軒の知合の家へ葉書を出したことを知っていたが、おとらが帰ってから、漸《やっ》と届いたおとらの生家《さと》の外は、其返辞はどこからも来なかった。

養父は如何かすると、蚕室にいるお島の傍へ来て、もうひきるばかりになっている蚕を眺めなどしていた。蚕の或物はその蒼白い透徹るような躰を硬張《こわば》らせて、細い糸を吐きかけていた。

「お前阿母《おっかあ》から口止されてることがあるだろうが。」

養父は此時に限らず、おとらのいない処で、如何かするとお島に訊ねた。

「何うしてです。いいえ。」お島は顔を赧《あか》めた。

しかし養父はそれ以上深入しようとはしなかった。お島にはおとらに対する養父の弱点が見えすいているようであった。

もう遊びあいて、家が気にかかりだしたと云う風で、おとらの帰って来たのは、その日の暮近くであった。養父はまだ帳場の方を離れずにいたが、おとらは亭主には辞《ことば》もかけず、「はい只今」と、お島に声かけて、茶の間へ来て足を投出すと、せいせいするような目色《めつき》をして、庭先を眺めていた。濃い緑の草や木の色が、まだ油絵具のように生々《なまなま》してみえた。

お島は脱ぎすてた晴衣《はれぎ》や、汗ばんだ糯袢《じゅばん》などを、風通しのいい座敷の方で、衣紋竹《えもんだけ》にかけたり、茶をいれたりした。

「こんな時に顔を出しておきましょうと思って、方々歩きまわって来たよ。」おとらは行水《ぎょう》《ずい》をつかいながら、背《せなか》を流しているお島に話しかけた。その行った先には、種違いのおとらの妹の片着先や、子供のおりの田舎の友達の縁づいている家などがあった。それらは皆《みん》な東京のごちゃごちゃした下町の方であった。そして誰も好い暮しをしている者はないらしかった。そして一日二日もいると、直に厭気がさして来た。おとら夫婦は、金ができるにつれて、其等の人達との間に段々隔てができて、往来《ゆきき》も絶えがちになっていた。生家とも矢張そうであった。

湯から上って来ると、おとらは東京からこてこて持って来た海苔や塩煎餅のようなものを、明《あかり》の下で亭主に見せなどしていたが、飯がすむと蚊のうるさい茶の間を離れて、直に蚊帳のなかへ入ってしまった。

毎夜毎夜寝苦しいお島は、白い地面の瘟気《いきれ》の夜露に吸取られる頃まで、外へ持出した縁台に涼んでいたが、近所の娘達や若いものも、時々そこに落会った。町の若い男女の噂が賑ったり、悪巫山戯《わるふざけ》で女を怒らせたりした。

仕舞湯《しまいゆ》をつかった作が、浴衣を引かけて出て来ると、うそうそ傍へ寄って来た。

「この莫迦また出て来た。」お島は腹立しげについと其処を離れた。

十一

おとらと青柳との間に成立っていたお島と青柳の弟との縁談が、養父の不同意によって、立消えになった頃には、おとらも段々青柳から遠ざかっていた。一つはお島などの口から、自分と青柳との関係が、うすうす良人の耳に入ったことが、其様子で感づかれたのに厭気《いやき》がさしたからであったが、一つは青柳夫婦がぐるになって、慾一方でかかっていることが余りに見えすいて来たからであった。

お島が十七の暮から春へかけて、作の相続問題が、また養父母のあいだに持あがって来た。お島はそのことで、養父母の機嫌をそこねてから、一度生みの親達の傍へ帰っていた。お島は其頃、誰が自分の婿であるかを明白《はっきり》知らずにいた。そして婚礼支度の自分の衣裳などを縫いながら、時々青柳の弟のことなどを、ぼんやり考えていた。東京の学校で、機械の方をやっていた其弟と、お島はついこれまで口を利いたこともなかったし、自分を如何思っているかをも知らなかったが、深川の方に勤め口が見つかってから、毎朝はやく、詰入《つめいり》の洋服を着て、鳥打をかぶって出て行く姿をちょいちょい見かけた。途中で逢うおりなどには、双方でお辞儀ぐらいはしたが、お島自身は彼について深く考えて見たこともなかった。そして青柳とおとらとの間に、その話の出るとき毎時《いつも》避けるようにしていた。

ある時そんな事については、から薄ぼんやりなお花の手を通して、綺麗な横封に入った手紙を受取ったが、洋紙にペンで書いた細《こま》い文字が、何を書いてあるのかお花にはよくも解らなかったが、双方の家庭に対する不満らしいことの意味が、お島にもぼんやり頭脳《あたま》に入った。お島のそんな家庭に縛られている不幸に同情しているような心持も、微《かすか》に受取れたが、お島は何だか厭味なような、擽《くすぐ》ったいような気がして、後で揉《もみ》くしゃにして棄ててしまった。その事を、多少は誇りたい心で、おとらに話すと、おとらも笑っていた。

「あれも妙な男さ。養子なんかに行くのは厭だといっておきながら、そんな物をくれるなんて、厭だね。」

お島は養父母が、悉皆作に取決めていることを感づいてから、仕事も手につかないほど不快を感じて来た。おとらは不機嫌なお島の顔をみると、お島が七つのとき初めて、人につれられて貰われて来た時の惨《みじめ》なさまを掘返して聞せた。

「あの時お前のお父《とっ》さんは、お前の遣場に困って、阿母さんへの面あてに川へでも棄ててしまおうと思ったくらいだったと云う話だよ。あの阿母さんの手にかかっていたら、お前は産れもつかぬ不具《かたわ》になっていたかも知れないよ。」おとらはそう言って、産みの親の無情なことを語り聞かせた。

十二

近所でも知らないような、作とお島との婚礼談《ばなし》が、遠方の取引先などで、意《おも》いがけなくお島の耳へ入ったりしてから、お島は一層分明《はっきり》自分の惨な今の身のうえを見せつけられるような気がして、腹立しかった。そして其事を吹聴してあるくらしい、作の顔が一層間ぬけてみえ、厭らしく思えた。

「まだ帰らねえかい。」そう言って、少さい時分から学校へ迎えに来た作は、昔も今も同じような顔をしていた。

「外に待っておいで。」お島はよく叱りつけるように言って、入口の外に待たしておいたものだが、今でも矢張、下駄に手をふれられても身ぶるいがするほど厭であった。

婚礼談が出るようになってから、作は懲りずまに善くお島の傍へ寄って来た。余所行《よそゆき》の化粧をしているとき、彼は横へ来てにこにこしながら、横顔を眺めていた。

「あっちへ行っておいで。」お島はのしかかるような疳癪声《かんしゃくごえ》を出して逐退《おいしりぞ》けた。

「そんなに嫌わんでも可《い》い。」作はのそのそ出ていった。

作の来るのを防ぐために、お島は夜自分の部屋の襖に心張棒《しんばりぼう》を突支《つっか》えておいたりしなければならなかった。

「厭だ厭だ、私死んでも作なんどと一緒になるのは厭です。」お島は作のいる前ですら、始終母親にそう言って、剛情を張通して来た。

「作さんが到頭お島さんのお婿さんに決ったそうじゃないか。」

お島は仕切を取りに行く先々で、揶揄《からか》い面《づら》で訊かれた。足まめで、口のてきぱきしたお島は、十五六のおりから、そうした得意先まわりをさせられていた。お島はきびきびした調子と、蓮葉な取引とが、到るところで評判がよかった。物馴れてくるに従って、お島の顔は一層広くなって行った。

それが小心な養父には、気に入らなかった。時々お島は養父から小言を言われた。

「可いじゃありませんか阿父《おとっ》さん、家の身上をへらすような気遣はありませんよ。」お島は煩さそうに言った。

「阿父さんのように吝々《けちけち》していたんじゃ、手広い商売は出来やしませんよ。」

ぱっぱっとするお島の遣口《やりくち》に、不安を懐《いだ》きながらも、気無性《きぶしょう》な養父は、お島の働きぶりを調法《ちょうほう》がらずにはいられなかった。

「嘘ですよ。」

お島は作と自分との結婚を否認した。

「それでも作さんが然う言っていましたぜ。」取引先の或人は、そう言って面白そうにお島の顔を瞶《みつ》めた。

「あの莫迦の言うことが、信用できるもんですか。」お島は鼻で笑っていた。王子の方にある生家へ逃げて帰るまでに、お島の周囲には、その噂が到るところに拡がっていた。

「それじゃお前は、どんな男が望みなのだえ。」おとらは終《しまい》にお島に訊ねた。

「まあ然《そう》ですね。」お島はいつもの調子で答えた。「私はあんな愚図愚図した人は大嫌いです。些《ちつ》とは大きい仕事をしそうな人が好きですの。そして、もっと綺麗に暮していけるような人でなければ。一生紙をすいたり、金の利息の勘定してるのはつくづく厭だと思いますわ。」

十三

盆か正月でなければ、滅多に泊ったことのない生みの親達の家へ来て二三日たつと、直に養母が迎いに来た。

お島が盆暮に生家を訪ねる時には、砂糖袋か鮭を提《たずさ》えて作が屹度《きつと》お伴をするのであったが、この二三年商売の方を助けなどするために、時には金の仕舞ってある押入や用簞笥《と》の鍵を委《まか》されるようになってからは、不断は仲のわるい姉や、母親の感化から、これも動《す》もすると自分に一種の軽侮を持っている妹に、半衿や下駄や、色々の物を買って行って、お辞儀をされるのを矜《ほこ》りとした。姉や妹に限らず、養家へ出入《ではいり》する人にも、お島はぱっぱと金や品物をくれてやるのが、気持が好かった。貧しい作男の哀願に、堅く財布の口を締めている養父も、傍へお島に来られて喙《くち》を容れられると、因業《いんごう》を言張って許り《ばか》もいられなかった。遊女屋から馬をひいて来る職工などに、お島は自分の考えで時々金を出してくれた。それらの人は、途《みち》でお島に逢うと、心から叮嚀《ていねい》にお辞儀をした。

大方の屋敷まわりを兄に委せかけてあった実家の父親は、兄が遊蕩を始めてから、また自分で稼業に出ることにしていたので、お島はそうして帰って来ていても滅多に父親と顔を合さなかった。毎日毎日箸の上下しに出る母親の毒々しい当こすりが、お島の頭脳《あたま》をくさくさせた。

「そう毎日毎日働いてくれても、お前のものと云っては何にもありゃしないよ。」

母親は、外へ出て広い庭の草を取ったり、父親が古くから持っていて手放すのを惜んでいる植木に水をくれたりして、まめに働いているお島の姿をみると、家のなかから言きかせた。広い門のうちから、垣根に囲われた山がかりの庭には、松や梅の古木の植わった大きい鉢が、幾個《いくつ》となく置駢《おきなら》べられてあった。庭の外には、幾十株松を育ててある土地があったり、雑多の庭木を植つけてある場所があったりした。この界隈に散ばっている其等の地面が、近頃兄弟達の財産として、それぞれ分割されたと云うことはお島も聞いていた。いつか父親が、自分の隠居所にするつもりで、安く手に入れた材木を使って建てさせた屋敷も、其等の土地の一つのうちにあった。

「ええ。些《ちつ》とばかりの地面や木なんぞ貰ったって、何になるもんですか。水島の物にだって目をくれてやしませんよ。」お島は跣足《はだし》で、井戸から如露《じよろ》に水を汲込みながら言った。

「好い気前だ。その根性骨だから人様に憎がられるのだよ。」

「憎むのは阿母さんばかりです。私は是まで人に憎がられた覚《おぼえ》なんかありゃしませんよ。」

「そうかい。然う思っていれや間違はない。他人のなかに揉まれて、些とは直ったかと思っていれや、段々不可《いけな》くなるばかりだ。」

「余計なお世話です。自分が育てもしない癖に。」お島は如露を提げて、さっさと奥の方へ入って行った。

十四

お島はもう大概水をくれて了ったのであったが、家へ入ってからの母親との紛紜《いさくさ》が気煩《うるさ》さに、矢張大きな如露をさげて、其方こっち植木の根にそそいだり、可也の距離から来る煤煙に汚れた常磐木の枝葉を払いなどしていたが、目が時々入染《にじ》んで来る涙に曇った。

「お島さん、どうも済んませんね。」などと、仕事から帰って来た若いものが声をかけたりした。

「私はじっとしていられない性分だからね。」とお島はくっきりと白い頰のあたりへ垂れかかって来る髪を掻あげながら、繁みの間から晴やかな笑声を洩していたが、預けられてあった里から帰って来て、今の養家へもらわれて行くまでの短い月日のあいだに、母親から受けた折檻《せっかん》の苦しみが、憶起《おもいおこ》された。四つか五つの時分に、焼火箸を捺《おし》つけられた痕は、今でも丸々した手の甲の肉のうえに痣《あざ》のように残っている。父親に告口をしたのが憎らしいと云って、口を抓《つ》ねられたり、妹を窘《いじ》めたといっては、二三尺も積っている脊戸《せど》の雪のなかへ小突出されて、息の窒《つま》るほどぎゅうぎゅう圧しつけられた。兄弟達に食物を頒《わ》けるとき、お島だけは傍に突立ったまま、物欲しそうに、黙ってみている様子が太々《ふてぶて》しいといって、何もくれなかったりした。土掻《つちかき》や、木鋏《きばさみ》や、鋤鍬《すきくわ》の仕舞われてある物置にお島はいつまでも、めそめそ泣いていて、日の暮にそのまま錠をおろされて、地轔《じだんだ》ふんで泣立てたことも一度や二度ではなかったようである。

父親は、その度《たんび》に母親をなだめて、お島を赦してくれた。

「多勢子供も有《も》ってみたが、こんな意地張は一人もありゃしない。」母親はお島を捻りもつぶしたいような調子で、父親と争った。

お島は我子ばかりを劬《いた》わって、人の子を取って喰ったという鬼子母神《きしぼじん》が、自分の母親のような人であったろうと思った。母親はお島一人を除いては、何《ど》の子供にも同じような愛執を持っていた。

日が暮れる頃に、お島は物置の始末をして、漸と夕飯に入って来たが、父親は難しい顔をして、いつか長火鉢の傍で膳に向って、お仕着せの晩酌をはじめているところであった。外はもう夜の色が這拡がって、近所の牧場では牛の声などがしていた。往来の方で探偵ごっこをしていた子供達も、姿をかくして、空には柔かい星の影が春めいてみえた。

「まあ一月でも二月でも家においてやるがいい。奉公に出したって、もう一人前の女だ。」父親はそんなことを言って、何かぶつくさ言っている母親を和《なだ》めているらしかったが、お島は台所で、それを聞くともなしに、耳を立てながら、自分の食器などを取出していた。

「今に見ろ、目の飛出るようなことをしてやるから。」お島はむらむらした母への反抗心を抑えながら、平気らしい顔をしてそこへ出て行った。切《せ》めて自分を養家へ口入した、西田と云う爺さんの行《や》っている様な仕事に活動してみたいとも思った。その爺さんは、近頃陸軍へ馬糧《ばりよう》などを納めて、めきめき家を大きくしていた。実直に働いて来た若いものにくれてやった姉などを、さも幸福らしく言たてる母親を、お島は苦々しく思っていたが、それにつけても、一生作などと婚礼するためには、養家の閾《しきい》は跨《また》ぐまいと考えていた。食事をしている間も、昂奮した頭脳が、時々ぐらぐらとするようであった。

十五

　或日の午後におとらが迎いに来たとき、父親も丁度家に居合せて、ここから二三町先にある持地《もちじ》で、三四人の若い者を指図して、可也《かなり》大きな赤松を一株《ひともと》、或得意先へ持運ぶべく根拵《ねごしら》えをしていた。

　お島はおとらを客座敷の方へ案内すると、直に席をはずして了ったが、実母の吩咐《いいつけ》で父親を呼びに行った。お島はこうして邪慳《じゃけん》な実母の傍へ来ていると、少さい時分から自分を可愛がって育ててくれた養母の方に、多くの可懐《なつか》しみのあることが分明感ぜられて来た。養家や長い馴染の其周囲も恋しかった。

「島ちゃん、お前さん然う幾日《いくか》幾日《いくか》もこちらの御厄介になっていても済まないじゃないか。今日は私がつれに来ましたよ。」おとらにいきなり然う言って上り込んで来られた時、お島は反抗する張合がぬけたような気がして、何だか涙ぐましくなって来た。

「手前の躾《しつけ》がわりいから、あんな我儘を言うんだ。此先もあることだから放抛《うっちゃ》っておけと、宅ではそう言って怒っているんですけれど、私もかかり子にしようと思えばこそ、今日まで面倒を見てきたあの子ですからね。」

　おとらの然う言っている挨拶を茶の間で茶をいれながら、お島は聞いていたが、お島のことと云うと、誰に向ってもひり出すように言いたい実母も、ただ簡短な応答《うけこたえ》をしているだけであった。

こんな出入に口無調法《くちぶちょうほう》な父親は、さも困ったような顔をしていたが、旋《やが》て井戸の方へまわって手顔《てかお》を洗うと、内へ入って来た。お島は母親のいないところで、つい此の一両日前にも、父親が事によったら、母親に秘密で自分に頒けてもいいと言った地面の坪数や価格などについて、父親に色々聞されたこともあった。その坪は一千弱《たらず》で、安く見積っても木ぐるみ一万円が一円でも切れると云うことはなかろうと云うのであった。お島は心強いような気がしたが、母親の目の黒いうちは、滅多にその分前《わけまえ》に有附けそうにも思えなかった。「家の地面は、全部で何《ど》のくらいあるの。」お島は爾時《そのとき》も父親に訊いてみた。「そうさな」と、父親は笑っていたが、それが大見《おおけん》一万近いものであることは、お島にも考えられた。中には野菜畠や田地も含まれていた。子供が多いのと、この二三年兄が浪費が多かったのとで、借金の方《かた》へ入っている場所も少くなかった。去年の秋から、家を離れて、田舎へ稼ぎにいっている兄の傍には、暫く係合っていた商売人《くろうと》あがりの女が未だに附《つき》絡《まと》っていたり、嫂《あによめ》が三つになる子供と一緒に、東京にある其実家へ引取られていたりした。父親の助《す》けになる男片《おとこきれ》と云っては、十六になるお島の弟が一人家にいる限《きり》であった。

家が段々ばたばたになりかかっていると云うことが、そうして五日も六日も見ているお島の心に感ぜられて来た。母親のやきもきしている様子も、見えすいていた。

十六

お島は父親が内へ入ってからも、暫く裏の植木畑のあたりを逍遥《ぶらつ》いていた。何うせ此にいても、母親と毎日毎日啀《いが》みあっていなければならない。啀み合えば合うほど、自分の反抗心と、憎悪の念とが募って行くばかりである。長いあいだ忘れていた自分の子供の時分に受けた母親の仕打が、心に熟《う》み爛れてゆくばかりである。一万二万と弟や妹の分前はあっても、自分には一握《ひとつかみ》の土さえないことを思うと頼りなかった。それかと言って、養家へ帰れば、寄って集《たか》って屹度《きっと》作と結婚しろと責められるに決っていた。多くの取引先や出入《ではいり》の人達には、もう其が単なる噂《ただ》ではなくて、事実となって刻まれている。お島は作の顔を見るのも厭だと思った。あの禿《はげ》あがったような貧相《ひんそう》らしい頸《えり》から、いつも耳までかかっている尨犬《むくいぬ》のような髪毛《かみのけ》や赤い目、鈍《のろ》くさい口の利方《ききかた》や、卑しげな奴隷根情などが、一緒に育って来た男であるだけに、一層醜くも蔑視《さげす》ましくも思えた。あんな男と一緒に一生暮せようとは、如何しても考えられなかった。実母がそれを生意気だといって罵るのはまだしも、実父にまで、時々それを圧つけようとする口吻《こうふん》を洩されるのは、堪えられないほど情なかった。

大分たってから皆の前へ呼ばれていった時、お島は漸《やつ》と目に入染《にじ》んでいる涙を拭いた。

「私《わし》もこの四五日忙《せわ》しいんで、聞いてみる隙《ひま》もなかったが、全体お前の了簡は如何いうんだな。」

お島が太《ふ》てたような顔をして、そこへ坐ったとき、父親が硬い手に煙管《きせる》を取あげながら訊ねた。お島は曇《うる》んだ目色《めつき》をして、黙っていた。

「今日《こんにち》までの阿母さんの恩を考えたら、お前が作さんを嫌うの何のと、我儘が言えた義理じゃなかろうじゃねえか。ようく物を考えてみろよ。」

「私は厭です。」お島は顔の筋肉を戦《わなな》かせながら言った。

「他の事なら、何でも為て御恩返しをしますけれど、此丈は私厭です。」

父親は黙って煙管を啣《くわ》えたまま俛《うつむ》いてしまったが、母親は憎さげにお島の顔を瞶《みつ》めていた。

「島、お前よく考えてごらんよ。衆《みな》さんの前でそんな御挨拶をして、それで済むと思っているのかい。義理としても、そうは言わせておかないよ。真実《ほんと》に惘《あき》れたもんだね。」

「どうしてまた然う作太郎を嫌ったものだろうねえ。」おとらは前屈《まえこご》みになって、華車《きやしや》な銀煙管に煙草をつめながら一服喫《ふか》すと、「だからね、其はそれとして、左《と》に右《かく》私と一緒に一度還っておくれ。そんなに厭なものを、私だって無理にとは言いませんよ。出入の人達の口も煩《うるさ》いから、今日はまあ帰りましょう。ねえ。話は後でもできるから。」と宥《なだ》めるように言って、そろそろ煙管を仕舞いはじめた。

お島を頷かせるまでには、大分手間がとれたが、帰るとなると、お島は自分の関係が分明わかって来たようなこの家を出るのに、何の未練気もなかった。

「どうも済みません。色々御心配をかけました。」お島はそう言って挨拶をしながら、おとらについて出た。

そして何時にかわらぬ威勢のいい調子で、気爽《きさく》におとらと話を交えた。

「男前《おとこまえ》が好くないからって、そう嫌ったもんでもないんだがね。」

おとらは途々《みちみち》お島に話しかけたが、左《と》に右作《かく》の事は是きり一切口にしないという約束が取決められた。

十七

おとらは途で知合の人に行逢うと、きっとお島が、生家の母親の病気を見舞いにいった体《てい》に吹聴していたが、お島にも其心算《つもり》でいるようにと言含めた。

「作太郎にも余りつんけんしない方がいいよ。あれだってお前、為ることは鈍間《のろま》でも、人間は好いものだよ。それにあの若さで、女買い一つするじゃなし、お前をお嫁にすることとばかり思って、ああやって働いているんだから。彼《あれ》に働かしておいて、島ちゃんが商売をやるようにすれば、鬼に鉄棒というものじゃないか。お前は今にきっと然う思うようになりますよ。」おとらはそうも言って聞せた。

お島は何だか変だと思ったが、欺したり何かしたら承知しないと、独《ひとり》で決心していた。

家へ帰ると、気をきかして何処かへ用達しにやったとみえて、作の姿は何処にも見えなかったが、紙漉場の方にいた養父は、おとらの声を聞つけると、直に裏口から上って来た。お島はおとらに途々言われたように、「御父《おとっ》さんどうも済みません」と、虫を殺して其だけ言ってお叩頭《じぎ》をしたきりであったが、おとらが、さも自分が後悔してでもいるかのような取做方《とりなしかた》をするのを聞くと、急に厭気がさして、かっと目が晦《くら》むようであった。お島は此家が遽《にわか》に居心がわるくなって来たように思えた。取返しのつかぬ破滅に陥ちて来たようにも考えられた。

「あの時王子の御父さんは、家へ帰って来ると、島は隅田川へ流してしまったと云って、御母《おっか》さんに話したと云うことは、お前も忘れちゃいない筈だ。」養父はねちねちした調子で、そんな事まで言出した。

お島はつんと顔を外向《そむ》けたが、涙がほろほろと頬へ流れた。

「旧《もと》を忘れるくらいな人間なら、駄目のこった。」

お島がいらいらして、そこを立かけようとすると、養父はまた言足した。

「それで王子の方では、皆さんどんな考えだったか。よもやお前に理があるとは言うまいよ。」

お島は俛《うつむ》いたまま黙っていたが、気がじりじりして来て、じっとして居られなかった。おとらが汐《しお》を見て、用事を吩咐《いいつ》けて、そこを起《たた》してくれたので、お島は漸と父親の傍から離れることが出来た。そして八畳の納戸で着物を畳みつけたり、散かったそこいらを取片着けて、埃《ごみ》を掃出しているうちに、自分がひどく脅されていたような気がして来た。

夕方裏の畑へ出て、明朝《あした》のお汁《つゆ》の実にする菜葉をつみこんで入って来ると、今し方帰ったばかりの作が、台所の次の間で、晩飯の膳に向おうとしていた。作は少し慍《おこ》ったような風で、お島の姿を見ても、声をかけようともしなかったが、大分たってから明朝の仕かけをしているお島の側へ、汚れた茶碗や小皿を持出して来た時には、矢張いつものとおり、にやにやしていた。

「汚い、其方へやっとおき。」お島はそんな物に手も触れなかった。

十八

お島が作との婚礼の盃がすむか済まぬに、二度目にそこを飛出したのは、その年の秋の末であった。

残暑の頃から悩んでいた病気の予後を上州の方の温泉場で養生していた養父が、急にその事が気にかかり出したといって、予定よりもずっと早く、持っていった金も半分弱《たらず》も剰《あま》して、帰って来てから、此春の時に用意したお島の婚礼着の紋着《もんつき》や帯がまた箪笥から取出されたり、足りない物が買足されたりした。

お島は此夏は、いつもの養蚕時が来ても、毎年毎年仕馴れた仕事が、不思議に興味がなかった。そして病床に寝ている養父が、時々じれじれするほど、総てのことに以前のような注意と熱心とを欠いて来た。家におって、薬や食物の世話をしたり、汚れものを洗濯したりするよりも、市中や田舎の方の仕切先を廻って、うかうか時間を消すことが、多かった。七つのおりからの、色々の思出を辿ってみると、養父や養母に媚びるために、物の一時間もじっとしている時がないほど、粗雑《がさつ》ではあったが、きりきり働いて来たことが、今になってみると、自分に取って身にも皮にもなっていないような気がした。或時は着物の出来るのが嬉しかったり、或時は財産を譲渡《ゆずりわた》されると云う、遠い先のことに朧《おぼろ》げな矜《ほこり》を感じていた。そして妹達に比べて、自分の方が、一層慈愛深い人の手に育てられている一人娘の幸福を悦んでいた。

「お島さんお島さん」と云って、周囲の人が、挙《こぞ》って自分を崇《あが》めているようにも見えた。馬糧用達の西田の爺《じじ》いから、不断ここの世話になっている、小作人に至るまで、お島では随分助かっている連中も、お島が一切を取仕切る時の来るのを待設けているらしくも思われた。

「くよくよしないことさ。今にみんな好くしてあげようよ。ここの身代一つ潰そうと思えば、何でもありゃしないじゃないの。」

お島は借金の言訳に、ぺこぺこしている男を見ると、然ういって大束《おおたば》を極込《きめこ》んだ。病気の間もそうであったが、養父が湯治《とうじ》に行ってからは、青柳がまたちょくちょく入込《いりこ》んでいた。それでなくとも、十年来住なれて来ながら、一生ここで暮せようとは思えなくなった家に、滅切《めっきり》親しみがなくなって来たお島は、よく懇意の得意先へあがっていって、半日も話込んでいた。主人《あるじ》に代って、店頭《みせさき》に坐ってお客にお世辞を振撒いたり、気の合った内儀《かみ》さんの背後《うしろ》へまわって髪を取あげてやったりした。

「私二三年東京で働いてみようかしら。」お島は何か働《はたら》き効《がい》のある仕事に働いてみたい望みが湧いていた。

「笑談《じょうだん》でしょう。」内儀さんは笑っていた。

「いいえ真実《まったく》。私この頃つくづくあの家が厭になってしまったんです。」

「でも貴方《あなた》にぬけられちゃ、お家《うち》じゃ困るでしょう。」

「如何ですかね。安心して私に委《まか》せておけないような人達ですからね。何を仕出来《しでか》すかと思って、可怕《おっかな》いでしょう。」お島は可笑そうに笑った。

目こする間に、さっさと髷《まげ》に取揚げられた内儀さんの頭髪《あたま》は、地が所々引釣るようで、痛くて為方《しかた》がなかった。

十九

お島は或時は、それとなく自分に適当した職業を捜そうと思って、人にも聞いてみたり、自分にも市中を彷徨《ぶらつ》いてみたりしたが、自分の智識が許しそうな仕事で、一生懸命になり得るような職業はどこにも見当らなかった。坐って事務を取るようなところは、碌々《ろくろく》小学校すら卒業していない彼女の学力が不足であった。

お島は時とすると、口入屋の暖簾をくぐろうかと考えて、その前を往ったり来たりしたが、そこに田舎の駈出しらしい女の無智な表情をした親だの、みすぼらしい蝙蝠《こうもり》や包みやレーザの畳のついた下駄などが目につくと、もう厭になって、其仲間に成下《なりさが》ってまでゆこうと云う勇気は出なかった。

お島は日がくれても家へ帰ろうともしず、上野の山などに独《ひとり》でぼんやり時間を消《け》すようなことが多かった。山の下の多くの飲食店や商家《あきないや》には灯が青黄色い柳の色と一つに流れて、そこを動いている電車や群衆の影が、夢のように動いていた。お島はそんな時、恩人の子息《むすこ》で、今アメリカの方へ行っているという男のことなどを憶出《おもいだ》していた。そして旅費さえ偸《ぬす》み出すことができれば、何時《なんどき》でも其男を頼って、外国へ渡って行けそうな気さえするのであった。

「ここまで漕つけて、今一ト息と云うところで、あの財産を放抛《うつちや》って出るなんて、そんな奴があるものか。」

お島がその希望をほのめかすと、西田の老人は頭からそれを排斥した。この老人の話によると、養家の財産は、お島などの不断考えているよりは、迥《はるか》に大きいものであった。動産不動産を合せて、十万より凹むことはなかろうと云うのであった。床下の弗函《ドルばこ》に収ってあると云う有金だけでも、少い額ではなかろうと云うのであった。其中には幾分例の小判もあろうと云う推測も、強《あなが》ち嘘ではなかろうと思われた。

小《こまか》い子供を多勢持っている此のお爺さんも、旧は矢張《やっぱり》お島の養父から、資金の融通を仰いだ仲間の一人《いちにん》であった。今でも未償却のままになっている額が、少くなかった。老人は、何をおいても先《まず》、慾を知らなければ一生の損だということをお島にくどくど言聴した。

お島はそれで其時はまた自分の家の閾《しきい》を跨《また》ぐ気になるのであったが、此老人や青柳などの口利で、婿が作以外の人に決めらるるまでは、動きやすい心が、動《と》もすると家を離れて行こうとした。

二十

婚礼沙汰が初まってから、毎日のように来ては養父母と内密《ないしょ》で談《はなし》をしていた青柳は、その当日も手隙《てすき》を見てはやって来て、床の間に古風な島台《しまだい》を飾りつけたり、何処からか持って来た箱のなかから鶴の二幅対《ふくつい》を取出して、懸けて眺めたりしていた。

「今度と云う今度は島ちゃんも遁出《にげだ》す気遣はあるまい。己《おれ》の弟は男が好いからね。」青柳はそう言いながら、この二三日得意先まわりもしないでいるお島の顔を眺めた。青柳は頭顱《あたま》の地がやや薄く透けてみえ、明みで見ると、小鬢に白髪も幾筋かちかちかしていたが、顔はてらてらして、張のある美しい目をしていた。弟はそれほど立派ではなかったが、摺った揉んだの揚句に、札《ふだ》がまた其男におちたと聞されたとき、お島は何となく晴がましいような気がせぬでもなかった。彼はその頃、通いつつある工場の近くに下宿していて、兄の家にはいなかった。お島はこの正月以来その姿を見たこともなかった。一度自分に附文などをしてから、妙に疎々《うとうと》しくなっていたあの男が、婚礼の晩にどんな顔をして来るかと思うと、それが待遠しいようでもあり、不安なようでもあった。

その日は朝からお島は、気がそわそわしていた。そしてまだ夜露のじとじとしているような畠へ出て、根芋を掘ったきりで、何事にも外の働きはしなかった。畑にはもう刈残された玉蜀黍《とうもろこし》や黍《きび》に、ざわざわした秋風が渡って、囀《さえず》りかわしてゆく渡鳥の群が、晴きった空を遠く飛んで行った。

午頃《ひるごろ》に頭髪《かみ》が出来ると、自分が今婚礼の式を挙げようとしていることが、一層分明してた。

来る様であったが、其相手が、十三四の頃から昵《なじ》んで、よく揶揄《からか》われたり何かして来た気象《きしょう》の剽軽《ひょうきん》な青柳の弟に当る男だと思うと、更《あらたま》ったような気分にもなれなかった。おとらと三人でいる時でも、青柳はよくめきめき娘に成ってゆくお島の姿形を眺めて、おとらをして油断ができないと思わせるような猥《みだら》な辞《ことば》を浴せかけた。

作太郎はというと、彼も今日は一日一切の仕事を休ませられて、朝から床屋へいったり、湯に入ったりして冶《めか》していた。そしてお島の顔さえみるとにこにこして、座敷へ入って、ごたごた積重ねられてある諸方からの祝の奉書包や目録を物珍らしそうに眺めていた。

頼んであった料理屋の板前が、車に今日の料理を積せて曳込んで来た頃には、羽織袴の世話焼が、そっち行き此方いきして、家中が急に色めき立って来た。その中には、始終気遣しげな顔をして、ひそひそ話をしている西田の老人もあった。

「今夜遁出すようじゃ、お島さんも一生まごつきだぞ。何でも可いから、己に委して我慢をして……いいかえ。」

箪笥に倚かかって、ぼんやりしているお島の姿を見つけると、老人は側へよって来て力をこめて言聴かせた。

二十一

お島が、これも当夜の世話をしに昼から来ていた髪結に、黒の三枚襲ねを着せてもらった頃には、王子の父親も古めかしい羽織袴をつけ、扇子などを帯にはさんで、もうやって来ていた。余り人中へ出たことのない母親は、初めから来ないことになっていた。川へ棄てようかとまで思余したお島が、ここの家を相続することに成りさえすれば、婿が誰であろうと、そんな事には頓着のない父親は、お島の姿を見ても見ぬ振をして、茶の間で養父と、地所や家屋に関して世間話に耽っていた。日頃内輪同様にしている二三の人の顔もそこに見えた。不断養父等の居間にしている六畳の部屋に敷かれた座布団も、大概塞がっていた。中には濁声《だみごえ》で高話《たかばなし》をしている男もあった。

外が暗くなる時分に、白粉をこてこて塗って繰込んで来た若い女連と無駄口を利いたりして、お島は時の来るのを待っていた。女連は大方は一度か二度以上口を利合った人達であったが、それが孰《いずれ》も、式のあとの披露の席に、酌や給仕をするために傭《やと》われて来たのであった。其中には着物の着こなしなどの、きりりとした東京ものも居た。

女達が、膳椀などの取出された台所へ出て行く時分に、漸と青柳の妻君や髪結につれられて、お島は盃の席へ直《なお》された。

子をぬぐことを許されなかった。

「まあ今日《こんにち》のベールだね」などと、青柳が心持わなないているお島の綿帽子を眺めながら気軽そうに言った。そんな物を着ることをお島が拒んだので、着せる着せないで談《はなし》がその日も縺《もつ》れていたが、到頭被せられることになってしまった。

盃がすむと、お島は逃げるようにして、自分の部屋へ帰って来た。それまでお島は綿帽子をぬぐことを許されなかった。

着替をして、再び座敷の入口まで来たときには、人の顔がそこに一杯見えていたが、手をひかれて自分の席へ落着くまでは、今日の盃の相手が、作であったことには少しも気がつかなかった。折目の正しい羽織袴をつけて、彼はそこに窮屈そうに坐っていた。そして物に怯えたような目で、お島をじろりと見た。

お島は頭脳が一時に赫《かっ》として来た。女達の姿の動いている明るいそこいらに、旋風《つむじ》がおこったような気がした。そしてじっと俛《うつむ》いていると、躰がぞくぞくして来て為方がなかった。

「如何だい島ちゃん、こうして並んでみると万更でもないだろう。」青柳が一二杯猪口をあけた時分に、前屈《まえこご》みになって舐めるような調子で、私《そっ》とお島の方へ声かけた。

吸物椀にぎごちない箸をつけていた作は、「えへへ」と笑っていた。

お島は年取った人達のすることや言うことが、可恐《おそろ》しいような気がしていたが、作の物を貪り食っている様子が神経に触れて来ると、胸がむかむかして、躰中が顫《ふる》えるようであった。旋《やが》てふらふらと其処を起《た》ったお島の顔は真蒼であった。

二三人の人が、ぱらぱらと後を追って来たとき、お島は自分の部屋で、夢中で着物をぬいでいた。

二十二

追《おっ》かけて来た人達は、色々にいってお島をなだめたが、お島は箪笥をはめ込んである押入の前に直《ぴった》り喰着《くっつ》いたなりで、身動きもしなかった。「これあ為様《しよう》がない。」幾度手を引張っても出て来ぬお島の剛情に惘《あき》れて、青柳が出ていったあとに、西田の老人と王子の父親とが、そこへお島を引据えて、低声《こごえ》で脅したり賺《すか》したりした。

「あれほど己が言っておいたに、今ここでそんなことを言出すようじゃ、まるで打壊《ぶちこわ》しじゃないか。」お爺さんは可悔《くやし》そうに言った。

「ですから行きますよ。少し気分が快《よ》くなったら屹度行きます。」お島は涙を拭きながら、漸と笑顔《わらいがお》を見せた。

「厭なものは厭でいいてこと。それは其として何処までも頑張っていなければ損だよ。なに財産と婚礼するのだと思えば肚《はら》はたたねえ。」お爺さんは、そう言いながら、漸と安心して出て行った。

しんとして白けていた座敷の方が、また色めき立って来た。ちょいちょい立ってはお島を覗きに来た人達も、やっと席に落着いて、銚子を運ぶ女の姿が、一時《ひとしきり》忙《せわ》しく往来していた。

「おい島ちゃん、そんなに拗《す》ねんでもいいじゃないか。」作が部屋の前を通りかかったとき、薄暗りのなかにお島の姿を見つけて、言寄って来た。お島は帯をときかけたままの姿で、押入に倚《よ》っかかって、組んだ手のうえに面《おもて》を伏せていた。疳癪まぎれに頭顱《あたま》を振たくったとみえて、綺麗に結った島田髷の根が、がっくりとなっていた。お島は酒くさい熱い息が、ほっと自分の顔へ通って来るのを感じたが、同時に作の手が、脇明《わきあき》のところへ触れて来た。

「何をするんだよ。」お島はいきなり振顧ると、平手でぴしゃりとその顔を打《ぶ》った。

「おお痛え。えれえ見脈《けんまく》だな。」作は頬っぺたを抑えながら、怨《うら》めしそうにお島の顔を眺めていた。

髪結が来て、顔を直してくれてから、お島が再び座敷へ出て行った頃には、席はもう乱れ傍題《ほうだい》に乱れていた。お島はぐでぐでに酔っている青柳に引張られて、作の側へ引すえられたが、父親や養父の姿はもう其処には見えなかった。作は四五人の若いものに取囲まれて、連《しきり》に酒を強いられていたが、その目は見据って、あんぐりした口や、ぐたりとした躰が、他哩《たわい》がなかった。

二十三

その夜の黎明《ひきあけ》に、お島が酔潰れた作太郎の寝息を候《うかが》って、そこを飛出した頃には、お終《しまい》まで残ってつい今し方まで座敷で騒いで、ぐでぐでに疲れた若い人達ももう寝静ってしまっていた。

お島は庭の井戸の水で、白粉のはげかかった顔を洗いなどしてから、裏の田圃道まで出て来たが、濛靄《もや》の深い木立際の農家の土間から、釜の下を焚つける火の影が、ちょろちょろ見えたり、田圃へ出て行く人の寒そうな影が動いていたりした。じっとりした往来には、荷車の軋《きし》みが静かなあたりに響いていた。徹宵《よっぴて》眠られなかったお島は、熱病患者のように熱《ほて》った頬を、快い暁の風に吹れながら、野原道《のらみち》を急いだ。酒くさい作の顔や、ごつごつした手足が、まだ頬や躰に絡わりついているようで、気味がわるかった。

王子の町近く来た時分には、もう日が高く昇っていた。そこにも此処にも烟《けぶり》が立って、目覚めた町の物音が、ごやごやと聞えていた。

「今時分はみんな起きて騒いでるだろうよ。」お島はそう思いながら、町垠《まちはずれ》にある姉の家の裏口の方へ近《ちかよ》っていった。

山茶花《さざんか》などの枝葉の生茂った井戸端で、子供を負《おぶ》いながら襁褓《むつき》をすすいでいる姉の姿が、垣根のうちに見られた。花畠《はなばた》の方で、手桶から柄杓で水を汲んでは植木に水をくれているのは、以前生家の方にいた姉の婿であった。水入らずで、二人で俔《こう》して働いている姉夫婦の貧しい生活が、今朝のお島の混乱した頭脳には可羨《うらやま》しく思われぬでもなかった。姉は自分から好きこのんで、貧しいこの植木職人と一緒になったのであった。畠には春になってから町へ持出さるべき梅や、松などがどっさり植つけられてあった。旭が一面にきらきらと差していた。はね釣瓶が、ぎーいと緩《ゆる》い音を立てて動いていた。

「長くはいませんよ。ほんの一日か二日でいいから。」お島はそう言って、姉に頼んだ。そして、いきなり洗いものに手を出して、水を汲みそそいだり、絞ったりした。

「そんな事をして好いのかい。どうせお詫《わび》を入れて、此方から帰って行くことになるんだからね。」姉は手ばしこく働くお島の様子を眺めながら、子供も揺《ゆす》り揺り突立っていた。

「なに、そんな事があるもんですか。何といったって、私今度と云う今度は帰ってなんかやりませんよ。」

お島は絞ったものを、片端から日当のいいところへ持っていって棹にかけたりした。日光が腫れただれたように目に沁込んで、頭痛がし出して来た。

「またお島ちゃんが逃げて来たんですよ。」姉は良人に声かけた。

良人は柄杓を持ったまま「へへ」と笑って、お島の顔を眺めていた。お島も眩しい目をふいて笑っていた。

二十四

晩方近くに、様子を探りかたがた、ここから幾許《いくら》もない生家を見舞った姉は、養家の方からお島を尋ねに出向いて来た人達が、その時丁度奥で父親とその話をしているところを見て帰って来た。それらの人を犒《ねぎら》うために、台所で酒の下物《さかな》の支度などをしていた母親と、姉は暫く水口のところで立話をしてから、お島のところへ戻って来たのであった。

「島ちゃん、お前さん今のうちちょっと顔をだしといた方がいいよ。」一日痛い頭脳をかかえて奥で寝転んでいたお島の傍へ来て、姉は説勧《ときすす》めた。

お島は何だか胸がむしゃくしゃしていた。今夜にも旅費を拵えて、田舎の方にいる兄のところへ遠《とお》っ走《ぱし》りをしようかとも考えていた。どこか船で渡るような遠い外国へ往って、労働者の群へでも身を投じようかなどと、棄鉢《すてばち》な空想に耽ったりした。夜明方まで作と闘った躰の節々が、所々痛みをおぼえるほどであった。

姉婿も同じようなことを言って、お島に意見を加えた。お島はくどくどしい其等の注告が、耳にも入らなかったが、何時まで頑張ってもいられなかった。

「ふん、御父さんや御母さんに、私のことなんか解るものですか。彼奴等《あいつら》は寄ってたかって私を好いようにしようと思っているんだ。」お島はぷりぷりして呟きながら出ていった。

外はもうとっぷり暮れて、立昇った深い水蒸気のなかに、山の手線の電灯や、人家《じんか》の灯《ひ》影《かげ》が水々して見えた。茶畑などの続いている生家《さと》の住居《すまい》の周囲《まわり》の垣根のあたりは、一層静かであった。

お島が入っていった時分には、もう衆《みんな》は弓張提灯などをともして、一同引揚げていったあとであった。お島は両親《ふたおや》の前へ出ると、急に胸苦しくなって、昨夜《ゆうべ》から張詰めていた心が一時に弛《ゆる》ぶようであった。

「御心配をかけて、どうも済みません。」お島はそう言ってお叩頭《じぎ》をしようとしたが、筋肉が硬張ったようで首も下らなかった。

「何て莫迦《ばか》なまねをしてくれたんだ。」父親はお島に口も開《あか》せず、いきなり熱《いき》り立って来たが、養家の財産のために、何事にも目をつぶろうとして来たらしい父親の心が、やっとお島にも見えすいて来た。

二十五

お島が数度《すど》の交渉の後、到頭また養家へかえることになって、青柳につれられて家を出たのは、或日の晩方であった。

お島はそれまでに、幾度となく父親や母親に逆らって、彼等を怒らせたり悲しませたり、絶望させたりした。滅多に手荒なことをしたことのなかった父親をして、終《しまい》にお島の頭髪《たぶさ》を掴んで、彼女をそこに捻伏せて打《ぶち》のめすような憤怒《ふんど》を激発せしめた。お島を懲しておかなければならぬような報告が、この数日《すじつ》のあいだに養家から交渉に来た二三の顔利きの口から、父親の耳へも入っていた。それらの人の話によると、安心して世帯を譲りかねるような挙動《ふるまい》が、お島に少くなかった。金遣いの荒いことや、気前の好過ぎることなども其一つであった。おとらと青柳との秘密を、養父に言告げて、内輪揉めをさせるというのも其一つであったが、総てを引括《ひっくる》めて、養家に辛抱しようと云う堅い決心がないと云うのが、養父等のお島に対する不満であるらしかった。

「だから言わんこっちゃない。稚《ちいさ》い時分から私が黒い目でちゃんと睨んでおいたんだ。此方から出なくたって、先じゃ疾《とう》の昔に愛相《あいそ》をつかしているのだよ。」母親はまた意地張なお島の幼《ちいさ》い時分のことを言出して、まだ娘に愛着を持とうとしている未練げな父親を詛った。

「こんなやくざものに、五万十万と云う身上を渡すような莫迦が、どこの世界にあるものか。」

太《ふ》てていて、飯にも出て来ようとしないお島を、妹や弟の前で口汚く嘲るのが、此の場合母親に取って、自分に隠して長いあいだお島を庇護《かばい》だてして来た父親に対する何よりの気持いい復讐であるらしく見えた。

お島も負けていなかった。母親が、角張った度強《どづよ》い顔《かお》に、青い筋をたてて、わなわな顫えるまでに、毒々しい言《ことば》を浴せかけて、幼いおりの自分に対する無慈悲を数えたてた。目からはぼろぼろ涙が流れて、抑えきれない悲しみが、遣瀬《やるせ》なく涌立って来た。

「手前」とか、「くたばってしまえ」とか、「親不孝」とか、「鬼婆」とか、「子殺し」とか云うような有りたけの暴言が、激しきった二人の無思慮な口から、連《しきり》に迸《ほとばし》り出た。

そんな争いの後に、お島は言葉巧な青柳につれられて、また悄々《すごすご》と家を出て行ったのであった。

二十六

その晩は月は何処の森の端にも見えなかった。深く澄わたった大気の底に、銀梨地《ぎんなしじ》のような星影がちらちらして、水藻のような蒼い濛靄《もや》が、一面に地上から這のぼっていた。思いがけない足下に、濃い霧を立てて流れる水の音が、ちょろちょろと聞えたりした。お島はこの二三日、気が狂ったような心持で、有らん限りの力を振絞って、母親と闘って来た自分が、不思議なように考えられた。時々顔を上げて、彼女は太息《といき》を洩した。道が人気の絶えた薄暗い木立際へ入ったり、線路ぞいの高い土堤の上へ出たりした。底にはレールがきらきらと光って、虫が芝生に途断れ途断れに啼立っていた。青柳がいなければ、お島はそこに疲れた躰を投出して、独《ひとり》で何時《いつ》までも心の限り泣いていたいとも考えた。けれどもお島は、長くは青柳と一緒に歩いてもいなかった。松の下に、墓石や石地蔵などのちらほら立った丘のあたりへ来たとき、先刻《さき》から微な予感に怯えていた青柳の気紛れな思附が、到頭彼女の目の前に、実となって現われた。

「ちょッ……笑談《じょうだん》でしょう。」

道傍に立竦んだお島は、悪戯な男の手を振払って、笑いながら、さっさと歩きだした。甘い言《ことば》をかけながら、青柳はしばらく一緒に歩いた。

「御母さんに叱られますよ。」お島は軽くあしらいながら歩いた。

「現にその御母さんが如何だと思う。だから、あの家のことは、一切己の掌《て》のうちにあるんだ。ここで島ちゃんの籍をぬいて了《しま》おうと、無事に収めようと、すべて己の自由になるんだよ。」

威嚇の辞《ことば》と誘惑の手から脱がれて、絶望と憤怒に男をいら立せながら、旧の道へ駈出すまでに、お島は可也悶踠《もが》き争った。

直にお島は、息せき家へ駈つけて来た。そしていきなり父親の寝室《ねま》へ入って行った。

「それが真実とすれあ、己にだって言分があるぞ。」いつか眠についていた父親は、床のうえに起あがって、煙草を吐《ふか》しながら考えていた。

「彼奴はあんな奴ですよ。畜生人を見損っていやがるんだ。」お島は乱れた髪を掻あげながら、腹立しそうに言った。そして興《はず》んだ調子で、現場の模様を誇張して話した。父の信用を恢復《とりかえ》せそうなのと、母親に鼻を明させるのが、気色が好かった。

二十七

お島が不断から目をかけてやっている銀さんと云う年取った車夫が、誰の指図とも知れず、俥を持って迎いに来たのは、お島たちが漸とこ床に就こうとしている頃であった。

「何だ今時分……。」玄関わきの部屋に寝ていたお島は、その声を聞つけると、寝衣《ねまき》に着替えたまま、門の潜りを開けに出たが、盆暮にお島が子供に着物や下駄を買ってくれたり、餅をついてやったりしていた銀さんは、どうでも今夜中に帰ってくれないと、家の首尾がわるいと言って、門の外に立ったまま動かなかった。

「きっと青柳と御母さんと相談ずくで、寄越したんだよ。」お島は一応その事を父親に告げながら笑った。

父親は、お島から養家の色々の事情を聞いて、七分通り諦めているようであったが、矢張このまま引取って了う気にはなれていなかった。作太郎と表向き夫婦にさえなってくれれば、少しくらいの気儘や道楽はしても、大目に見ていようと云ったと云う養母の弱味なども、父親には初耳であった。

「芸人を買おうと情人《おとこ》を拵えようとお前の腕ですることなら、些《ちっ》とも介意《かま》やしないなんて、そこは自分にも覚えがあるもんだから、お察しがいいと見えて、よく然う言いましたよ。どうして、あの御母さんは、若い時分はもっと悪いことをしたでしょうよ。」お島は頑固な父親をおひゃらかすように、そうも言った。

　そんな連中のなかにお島をおくことの危険なことが、今夜の事実と照合《てりあわ》せて、一層明白《はっきり》して来るように思えた父親は、愈《いよいよ》お島を引取ることに、決心したのであったが、迎いが来たことが知れると、矢張心が動かずにはいなかった。

「作さんを嫌って、お島さんが逃げたって云うんで、近所じゃ大評判さ。」とにかく今夜は帰ることにして、銀さんは、漸《ようよ》うお島を俥に載せると、梶棒につかまりながら話しはじめた。

「だが今あすこを出ちゃ損だよ。あの身代を人に取られちゃ詰らないよ。」

「作の馬鹿はどんな顔している。」お島は車のうえから笑った。

　家へ入っても、いつものように父親の前へ出て謝罪《あやま》ったり、お叩頭《じぎ》をしたりする気になれなかったお島は、自分の部屋へ入ると、急いで寝支度に取かかった。

「帰ったら帰ったと、なぜ己んとこへ来て挨拶をしねえんだ。」養母にさえられながら、疳癪声を立てている養父の声が、お島の方へ手に取るように聞えた。

「お前がまたわるいよ。」おとらは、寝衣のまま呼つけられて枕頭《まくらもと》に坐っているお島を窘《たしな》めた。

「それに自分の着物を畳みもせずに、脱っぱなしで寝て了うんなんて、それだから御父さんも、此の身上は譲られないと言うんじゃないか。」

剛情なお島は、到頭麺棒で撲られたり足蹴にされたりするまでに、養父の怒を募らせてしまった。

二十八

植源《うえげん》という父の仲間うちの隠居の世話で、父や母にやいやい言われて、翌年の春、神田の方の或鑵詰屋へ縁着かせられることになったお島は、長いあいだの掛合で、やっと幾分かを養家から受取ることのできた着物や頭髪《あたま》のものを持って、心淋しい婚礼をすまして了った。

植源の隠居の生れ故郷から出て来て、長いあいだ店でも実直に働き、得意先まわりにも経験を積み、北海道の製造場にも二年弱《たらず》もいて、職人と一緒に起伏《おきふし》して来たりした主人は、お島より十近くも年上であったが、家附の娘であった病身がちのその妻と死別れたのは、つい去年の秋の頃だと云うのであった。

鶴さんという其の主人を、お島の姉もよく知っていた。神田の方のある棟梁の家から来ている植源の嫁も、その主人のことを始終鶴さん鶴さんといって、噂していた。植源の嫁は、生家の近所にあったその鑵詰屋のことを、何でもよく知っていたが、色白で目鼻立のやさしい鶴さんをも、まだ婿に直らぬずっと前から知っていた。その頃鶴さんは、鳥打帽をかぶって、自転車で方々の洋食店のコック場や、普通の家の台所へ、自家製の鑵詰ものや、西洋食料品の註文を持ちまわっていた。

先《せん》の上《かみ》さんが、肺病で亡《なく》なったことを、お島はいよいよ片着くという間際まで、誰からも聞されずにいたが、姉の口からふとそれが洩れたときには、何だか厭なような気がした。

「先の上さんのような、しなしなした女は懲々《こりごり》だ。何でも丈夫で働く女がいいと言うのだそうだから、島ちゃんなら持って来いだよ。」姉は肥りきったお島の顔を眺めながら揶揄ったが、男のいい鶴さんを旦那に持つことになったお島の果報に嫉妬を持っていることが、お島に感づかれた。死んだ上さんの衣裳が、そっくり其まま二階の箪笥に二棹もあると云うことも、姉には可羨《うらやま》しかった。

結納の取換《とりかわ》せがすんで、目録が座敷の床の間に恭しく飾られるまでは、お島は天性《もちまえ》の反抗心から、傍《はた》で強《しい》つけようとしているようなこの縁談について、結婚を目の前に控えている、多くの女のように素直な満足と喜悦《よろこび》に和ぎ浸ることができずに、暗い日蔭へ入っていくような不安を感じていた。養家にいた今までの周囲の人達に対する矜を傷《きず》つけられるようなのも、片身《かたみ》が狭かった。作太郎に嫁が来たと云う噂が、年のうちに此方へも伝ってい た。お島はそのことを、糧秣問屋の爺さんからも聞いたし、其土地の知合の人からも話さ れた。その嫁はお島も知っている、男に似合いの近在の百姓家の娘であった。

「あの馬鹿が、どんな顔してるか一度見にいってやりましょうよ。」お島は面白そうに笑ったが、何彼《なにか》につけ、それを引合いに自分をわるく言う母親などから、そんな女と一つに見られるのが腹立しかった。

二十九

結婚の翌日、新郎の鶴さんは朝早くから起出して、店で小僧と一緒に働いていた。昨夜《ゆうべ》極親しい少数の人たちを呼んで、二人が手軽な祝言をすました手狭な二階の部屋には、まだ新郎の礼服がしまわれずあったり、新婦の紋着《もんつき》や長襦袢が、屏風の蔭に畳みかけたまま重ねられてあったりした。蓬莱を飾った床の間には、色々の祝物が、秩序もなくおかれてあった。

客がみなお開きになってからも、それだけは新調したらしい黒羽二重の紋着をもぬぐ間がなく、新郎の鶴さんは二度も店へ出て、戸締や何かを見まわったりしていたが、いつの間にか誰が延べたともしれぬ寝所《ねどこ》の側に坐っているお島の側へ戻って来ると、いきなり自分の商売上のことや、財産の話を花嫁に為て聞せたりした。そして病院へ入れたり、海辺へやったりして手を尽して来た、前の上さんの病気の療治に骨のおれたことや、金のかかった事をも零《こぼ》した。先代の時から続いてやっている、確な人に委せて、監督させてある北海道の方へも、東京での販路拡張の手隙には、年に一度くらいは行ってみなければならぬことをも話して聞かせた。そういう時には、お島は店を預かって、しっかり遣ってくれなければならぬと云うので、多少そんなことに経験と技量のあるように聞いているお島に、望みを措いているらしかった。

部屋などの取片着をしているうちに、翌日一日は直に経ってしまった。お島は時々細《こまか》い格子のはまった二階の窓から、往来を眺めたり、向いの化粧品屋や下駄屋や莫大小屋《めりやすや》の店を見たりしていたが、檻のような窮窟な二階に竦んでばかりもいられなかった。それで階下《した》へおりてみると、下は立込んだ廂《ひさし》の差交したあいだから、やっと微かな日影が茶の室《ま》の方へ洩れているばかりで、そこにも荷物が沢山入れてあった。店には厚司《あつし》を着た若いものなどが、帳場の前の方に腰かけていた。鶴さんがそこに坐って、帳簿を見たり、新聞を読んだりしていた。お島はそこへ姿を現して、暫く坐ってみたが、やっぱり落着がなかった。

二日三日と日がたって行った。お島は頭髪を丸髷に結って、少しは帳場格子のなかに坐ることにも馴れて来たが、鶴さんはどうかすると自転車で乗出して、半日の余《よ》も外廻りをしていることがあった。そして夜は疲れて早くから二階の寝床へ入ったが、お島は段々日の暮れるのを待つようになって来た、自分の心が不思議に思えた。姉や植源の嫁が騒いでいるように、鶴さんが、そんなに好い男なのかと、時々帳場格子のなかに坐っている良人《おっと》の顔を眺めたり、独り居るときに、そんな思いを胸に育み温めていたりした自分の心が、次第に良人の方へ牽《ひき》つけられてゆくのを、感じないではいられなかった。

三十

麗《うららか》な春らしい天気の続いた或日、鶴さんは一日潰してお島と一緒に、媒介《なこうど》の植源などへ礼まわりをして、それからお島の生家の方へも往《い》ってみようかと言出した。同じ鑵詰屋を出している、前《ぜん》の上さんの義理の弟――先代の妾《めかけ》とも婢《はした》とも知れないような或女に出来た子供――のいる四谷の方へもお島は顔出しをしなければならないように言われていたが、それはもう商売上の用事で、二度も尋ねて来たりして、大概その様子がわかっていたが、鶴さんはそのお袋が気に喰わぬといって、後廻しにすることにした。

お島はこの頃漸く落着いて来た丸髷に、赤いのは道具の大きい、較強味《ややきつみ》のある顔に移りが悪いというので、オレンジがかった色の手絡《てがら》をかけて、こってりと濃い白粉に、いくらか荒性の皮膚を塗つぶして、首だけ出来あがったところで、何を着て行こうかと思惑っていた。

　鶴さんは傍で、髷の型の大きすぎたり、化粧の野暮くさいのに、当惑そうな顔をしていたが、着物の柄も、鶴さんの気に入るような落着いたのは見当らなかった。

「かねのを少し出してごらん。お前に似合うのがあるかも知れない。」

　鶴さんはそう言って、押入の用箪笥のなかから、じゃらじゃら鍵を取出して、そこへ投《ほう》り出《だ》した。

「でも初めていくのに、そんな物を着てなぞ行かれるものですか。」

「それも然だな」と、鶴さんは淋しそうな顔をして笑っていた。

「それにおかねさんの思いに取着《とっつ》かれでもしちゃ大変だ。」お島はそう言いながら、自分の箪笥のなかを引くら返していた。

「でも如何《どん》な意気なものがあるんだか拝見しましょうか。」

「何のかのと言っちゃ、四谷のお袋が大分運んでいったからね。」鶴さんは心から其お袋を好かぬらしく言った。

「あの慾張婆め、これも廃《すた》れた柄だ、あれも老人《としより》じみてるといっちゃ、かねが生きてるうちから、ぽつぽつ運んでいたものさ。」鶴さんはそう言いながら、さも惜いことをしたように、舌打ばかりしていた。

　お島は錠をはずして、抽斗を二つ三つぬいて、そっちこっち持あげて覗いていたが、お島の目には、またそれがじみすぎて、着てみたいと思うようなものは少かった。

「そんなに思いをかけてる人があるなら、みんなくれてお仕舞いなさいよ。その方がせいせいして、如何《どんな》に好いか知れやしない。」お島は蓮葉《はすは》に言って笑った。

「笑談じゃない。くれるくらいなら古着屋へ売っちまう。」

左《と》に右《かく》二人は初めて揃って、外へ出てみた。鶴さんは先へ立って、近所隣をさっさと小半町も歩いてから振顧ったが、お島はクレーム色のパラソルに面を隠して、長襦袢の裾をひらひらさせながら、足早に追ついて来た。外は漸くぽかぽかする風に、軽く砂がたって、いつの間にか芽ぐんで来た柳条《やなぎのえだ》が、たおやかに輭《しな》っていた。お島は何となく胸を唆られるようで、今までとは全然《まるで》ちがって明るい世間へ出て来たような歓喜を感じていたが、良人の心持がまだ底の底から汲取れぬような不安と哀愁とが、時々心を曇らせた。今まで人に恵んだり、助力を与えたりしたことは、養父母の非難を買ったほどであったが、矜と満足はあっても、心から愛しようと思おうとしたような人は、一人《いちにん》もなかった。真実《ほんと》に愛せられることも曾《かつ》てなかった。愛しようと思う鶴さんの心の奥には、まだおかねの亡霊が潜み蟠《わだか》まっているようであった。鶴さんは、それは其として大事に秘めておいて、自身の生活の単なる手助として、自分を迎えたのでしかないように思えた。駢《なら》んで電車に乗ってからも、お島はそんなことを思っていた。

三十一

奉公人などに酷だというので、植源いこうか茨《ばら》脊負《しょ》うか、という語《ことば》と共に、界隈では古くから名前の響いたその植源は、お島の生家などとは違って、可也派手な暮しをしていたが、今は有名な喧《やかま》し家《や》の女隠居も年取ったので、家風はいくらか弛んでいた。お島は一二度ここへ来たことはあったが、奥へ入ってみるのは、今日が初めてであった。大政《だいまさ》の娘である嫁のおゆうが、鶴さんの口にはゆうちゃんと呼れて、小僧時代からの昵《なじ》みであることが、お島には何となし不快な感を与えたが、それもしみじみ顔を見るのは、初めてであった。

おゆうは浮気ものだということを、お島は姉から聞いていたが、逢ってみると、芸事の稽古などをした故《せい》か、嫻《しとや》かな落着いた女で、生際《はえぎわ》の富士形になった額が狭く、切の長い目が細くて、口もやや大きい方であったが、薄皮出の細やかな膚が、くっきりした色白で、小作な躰の様子がいかにも好いと思った。いつも通るところとみえて、鶴さんは仕立物などを散かした其部屋へいきなり入っていこうとしたが、おゆうは今日は更《あらた》まったお客さまだから失礼だといって、座敷の床の前の方へ、お島のと並べてわざとらしく座蒲団をしいてくれた。

「そう急に他人行儀にしなくても可いじゃありませんか。」鶴さんは蒲団を少しずらかして坐った。

「いいじゃありませんか。もう極《きまり》のわりいお年でもないでしょう。」おゆうは顔を赧《あか》めながら言って、二人を見比べた。

「貴女《あなた》ちっとは落着きなさいましたか」おゆうはお島の方へも言《ことば》をかけた。

「何ですか、私はこういうがさつものですから、叱られてばかりおりますの。」お島は体よく遇《あし》らっていた。

「でもあの辺は可うございますのね、周囲《まわり》がお賑かで。」おゆうはじろじろお島の髷の形などを見ながら、自分の頭髪へも手をやっていた。

性急《せっかち》の鶴さんは、蒲団の上にじっとはしておらず、縁側へ出てみたり、隠居の方へいったりしていたが、おゆうも落着きなくそわそわして、時々鶴さんの傍へいって、燥いだ笑声をたてていたりした。広い庭の方には、薔薇《ばら》の大きな鉢が、温室の手前の方に幾十となく並んでいて、植木棚のうえには、紅《あか》や紫の花をつけている西洋草花が、取出されてあった。四阿屋《あずまや》の方には、遊覧の人の姿などが、働いている若い者に交って、ちらほら見えていた。

「如何しよう、これからお前の家へまわっていると遅くなるが……」鶴さんは、時計を見ながら、「何なら一人でいっちゃ如何だ。」

「不可《いけ》ませんよ、そんな事は……。」おゆうはいれ替えて来たお茶を注ぎながら言った。

それで鶴さんはまた一緒にそこを出ることになったが、お島は何だか張合がぬけていた。

三十二

日がそろそろかげり気味であったので、此のうえ二三十町もある道を歩くことが、二人には何となし気懈《けだる》い仕事のように思えた。鶴さんは植源へ来るのが今日の目的で、お島の生家へ行ってみようと云う興味は、もう悉皆《すっかり》殺《そ》げてしまったもののように、途中で幾度《いくたび》となく引返しそうな様子を見せたが、お島も、自分が全く嫌われていないまでも、鶴さんの気持が自分と二人限《ふたりきり》の時よりも、おゆうの前に居る時の方が、話しの調子がはずむようなので、古昵《ふるなじ》みのなかを見せつけにでも連れて来られたように思われて、腹立しかった。二人は初めほど睦み合っては歩けなくなった。

「でも此処まで来て寄らないといっちゃ、義理が悪いからね。」

今度はお島が立寄るまいと言出したのを、鶴さんが何処か商人風の堅いところを見せて、悉皆気が変ったように言った。

「それ程にして戴かなくたって可いんですよ。あの人達は、親だか子だか、私なぞ何とも思っていませんよ。生家は生家でも、縁も由縁もない家ですよ。」お島はそう言いながら、従いて行った。

生家では母親がいる限であった。母親はお島の前では、初めて来た婿にも、愛相らしい辞《ことば》をかけることもできぬ程、お互に神経が硬張ったようであったが、鶴さんと二人限になると、そんなでもなかった。お島は母親の口から、自分の悪口《あっこう》を言われるような気がして、ちょいちょい様子を見に来たが、鶴さんは植源にいた時とは全然《まるで》様子がかわって、自分が先代に取立てられるまでになって来た気苦労や、病身な妻を控えて、商売に励んで来た長いあいだの身の上談などを、例の急々《せかせか》した調子で話していた。

「此んとこで、一つ気をそろえて、みっちり稼がんことにゃ、此恢復《このとりかえし》がつきません。」

鶴さんは傍へ寄って来るお島に気もつかぬらしい様子であったが、お島には、それが悉皆母親の気に入って了ったらしく見えた。

「どうか店の方へも、時々お遊びにおいで下すって……。」

鶴さんは語《ことば》のはずみで、そう言っていたが、お島は、何を言っているかと云うような気がして、終《しまい》に莫迦莫迦しかった。それでけろりとした顔をして、外を見ていながら、時々帰りを促した。

「こう云う落着のない子ですから、お骨もおれましょうが、厳《やかま》しく仰ゃって、どうか駆使《こきつか》ってやって下さい。」母親はじろりとお島を見ながら言った。

鶴さんは感激したような調子で、弁《しゃべ》るだけのことを弁ると、煙管を筒に収めて帰りかけた。

「何を言っていたんです。」お島は外へ出ると、いらいらしそうに言った。「あの御母さんに、商売のことなんか解るものですか。人間は牛馬のように駆使いさえすれあ可いものだと思っている人間だもの。」

三十三

夏の暑い盛りになってから、鶴さんは或日急に思立《おもいた》ったように北海道の方へ旅立つことになった。気の早い鶴さんは、晩にそれを言出すと、もう其翌朝夜のあけるのも待かねる風で、着替を入れた袋と、手提鞄と膝懸と細捲とを持って、停車場《すていしょん》まで見送の小僧を一人つれて、ふらりと出ていって了った。三四箇月のあいだに、商売上のことは大体頭脳《あたま》へ入って来たお島は、悉皆《すっかり》後を引受けて良人《おっと》を送出したが、意気な白地の単衣物《ひとえもの》に、絞の兵児《へこ》帯《おび》をだらりと締めて、深いパナマを冠った彼の後姿を見送ったときには、曾《かつ》て覚えたことのない物寂しさと不安とを感じた。

それにお島は今月へ入ってからも、毎時《いつも》の其時分になっても、まだ先月から自分一人の胸に疑問になっている月のものを見なかった。而《そう》して漸《やっ》とそれを言出すことのできたのは、鶴さんが気忙しそうに旅行の支度を調えてからの昨夜《ゆうべ》であった。

「私何だか躰の様子が可笑《おかし》いんですよ。きっと然《そう》だろうと思うの。」一度床へついたお島は、厠へいって帰って来ると、漸《やっ》とうとうとと眠りかけようとしている良人《おっと》の枕頭《まくらもと》に坐りながら言った。蒸暑い夏の夜は、まだ十時を打ったばかりの宵の口で、表はまだぞろぞろ往来《ゆきき》の人の跫音がしていた。朝の早い鶴さんは、いつも夜が早かった。

「そいつあ些《ちっ》と早いな。怪しいもんだぜ。」などと、鶴さんは節の暢々《のびのび》した白い手をのばして、莨盆を引寄せながら、お島の顔を見あげた。鶴さんは其頃、お島の籍を入れるために、彼女の戸籍を見る機会を得たのであったが、戸籍のうえでは、お島は一度作太郎と結婚している躰であった。それを知ったときに、鶴さんは欺かれたものとばかり思込んで、お島を突返《つっかえ》そうと決心した。しかし鶴さんはその当座誰にもそれを言出す勇気を欠いでいた。そしてお島だけには、ちょいちょい当擦《あてこすり》や厭味を言ったりして、漸と鬱憤をもらして居たが、どうかすると、得意まわりをして帰る彼の顔に、酒気が残っていたりした。お島が帳場へ坐っている時々に、優しい女の声で、鶴さんへ電話がかかって来たりしたのも、其頃であった。そんな時は、お島は店の若いもののような仮声《こわいろ》をつかって、先の処と名を突留《つきと》めようと骨をおったが、その効《かい》がなかった。お島はその頃から、鶴さんが外へ出て何をして歩いているか、解らないと云う不安と猜疑に悩されはじめた。植源の嫁のおゆう、それから自分の姉……そんな人達の身のうえにまで思い及ばないではいられなかった。日頃口に鶴さんを讃《ほ》めている女が、片端から恋の仇か何ぞであるかのように思え出して来た。姉は、お島が片づいてからも、ちょいちょい訪ねて来ては、半日も遊んでいることがあった。

「それなら、何故私をもらってくれなかったんです。」姉は、鶴さんに揶揄《からか》われながら自分の様子をほめられたときに、半分は真剣らしく、半分は笑談《じょうだん》らしく、妹のそこにあることを意《こころ》にかけぬらしく、ぽっと上気したような顔をして言ったことがあったくらいであった。

お島はそれが癪にさわったといって、後で鶴さんと大喧嘩をしたほどであった。

三十四

鶴さんは、その当座外で酒など飲んで来た晩などには、時々お島が自分のところへ来るまでの、長い歳月の間のことを、根掘葉掘して聴くことに興味を感じた。結婚届まですましてあったお島と作太郎との関係についての鶴さんの疑いは、お島が説明して聴す作太郎の様子などで、其時はそれで釈《と》けるのであったが、其疑いは護謨《ごむ》球《まり》のように時が経つとまた旧《もと》に復《かえ》った。

「嘘だと思うなら、まあ一度私の養家へ往ってごらんなさい。へえ、あんな奴かと思うくらいですよ。然うね、何といって可いでしょう……。」お島は身顫《みぶるい》が出るような様子をして、其男のことを話した。

「嫌う嫌わないは別問題さ。左《と》に右《かく》結婚したと云うのは事実だろう。」

「だから、それが親達の勝手で然したんですよ。そんな届がしてあろうとは、私は夢にも知らなかったんです。」

「しかもお前達夫婦の籍は、お前の養家じゃなくて、亭主の家の方にあるんだから可怪《おかし》いよ。」

最初は心にもかけなかった其籍のことを、二度も三度も鶴さんの口から聴されてから、お島は養家の人達の、作太郎を自分に押つけようとしていた真意が、漸と朧げに見えすいて来たように思えた。

「そうして見ると、あの人達は、そっくり私に迹《あと》を譲る気はなかったもんでしょうかね。」

お島は長いあいだ自分一人で極込《きめこ》んでいた、養家や其周囲に於ける自分の信用が、今になって根柢からぐらついて来たような失望を感じた。

お島は、最近の養家の人達の、自分に対する其時々の素振や言《ことば》に、それと思い当ることばかりが憶出せて来た。

「畜生、今度往《い》ったら、一押着《ひともんちゃく》してやらなくちゃ承知しない。」お島はそれを考えると、不人情な養母達の機嫌を取り取りして来た、自分の愚しさが腹立しかったが、それよりも鶴さんの目にみえて狎々《なれなれ》しくなった様子に、厭気のさして来ていることが可悔《くやし》かった。

二年の余も床についていた前《ぜん》の上さんの生きているうちから、ちょいちょい逢っていた下谷《したや》の方の女と、鶴さんが時々媾曳《あいびき》していることが、店のものの口吻《くちぶり》から、お島にも漸く感づけて来た。お島はそれらの店の者に、時々思いきった小遣いをくれたり、食物を奢ったりした。彼等は如何《どう》かすると、鼻ッ張の強い女主人から頭ごなしに呶鳴《どな》りつけられて、ちりちりするような事があったが、思いがけない気前を見せられることも、希《めず》らしくなかった。

鶴さんの出ていった後から、自身で得意先を一循巡《いちじゅんまわ》って見て来たりするお島は、時には鶴さんと二人で、夜おそく土産などを提げて、好い機嫌で帰って来た。

三十五

荒い夏の風にやけて、鶴さんが北海道の旅から帰って来たのは、それから二月半も経ってからであった。暑い盛りの八月も過ぎて、東京の空には、朝晩にもう秋めかした風が吹きはじめていた。

鶴さんの話によると、帰りの遅くなったのは、東北の方にある其産れ故郷へ立寄って、年取った父親に逢ったり、旅でそこねた健康を回復するために、近くの温泉場へ湯治に行っていたりした為《ため》だというのであったが、それから程なく、鶴さんの留守の間に北海道から入って来た数通の手紙の一つが、旅で馴染になった女からであることが、その手紙の表《うわ》記《がき》でお島にも容易《たやす》く感づけた。

帰ってからも、そっちこっち飛歩いていて、碌々《ろくろく》旅の話一つしんみり為ようともしなかった鶴さんが、ある日帳簿などを調べたところによると、お島はお島だけで、留守中に可《か》也《なり》販路を拡めていることが解って来たが、それは率《おおむ》ね金払いのわるいような家ばかりであった。是までに鶴さんが手をやいた質の悪い向も二三軒あったが、中にはまたお島が古くから知っている堅い屋敷などもあった。お島は少しでも手繋《てがかり》のあるような其等の家から、食料品の注文を取ることが、留守中の毎日毎日の仕事であったが、品物ばかり出て勘定の滞っているのが、其方《そっち》にも此方《こっち》にも発見せられた。

悪阻《つわり》などのために、夏中動《と》もするとお島は店へも顔を出さず、二階に床を敷いて、一日寝て暮すような日が多かったが、気分の好い時でも、その日その日の売揚《うりあげ》の勘定をしたり、店のものと一緒に、掛取に頭脳を使ったりするのが煩わしくなると、着飾って生家《さと》や植源へ遊びに出かけるか、昵《なじ》みの多い旧《もと》の養家の居周《いまわり》や其得意先へ上って話《はなし》こむかして、時間を銷《け》さなければならなかった。養家では、作太郎が近所の長屋を一軒もらって、嫁と一緒に相変らず真黒になって働いていたが、お島は其の方へも声をかけた。

「今度《こんだ》田舎の土産でもさげて、お島さんの婿さんの顔を見にいくだかな。」作は帰りがけのお島に言ってにやにや笑っていた。
「まあ然うやって、後生大事に働いてるが可《い》いや。私も危く瞞されるとこだったよ。養母《おっか》さんたちは人がわるいからね。」お島も棄白《すてぜりふ》でそこを出た。

三十六

暫くぶりで、一日遊びに来た姉が、その日も朝から店をあけている鶴さんや、知りたくもない植源の嫁の噂などをして、一人で饒舌《しゃべ》りちらして帰って行った。お島は気骨のおれる子持の客の帰ったあとで、気憊《きづか》れのした躰を帳場格子にもたれて、ぼんやりしていた。お島の躰は、単衣《ひとえ》ものの此頃では、夕方の涼みに表へ出るのも極《きまり》のわるいほど、月が重っていた。

旅から帰って来た鶴さんは、落着いて店で帳合《ちょうあい》をするような日とては、幾《ほと》んど一日もなかった。偶《たま》に家《うち》にいても、朝から二階へあがって、枕などを取出して、横になっているような事が多かった。機嫌のいい時には、是まで口にしたこともなかった、猥《みだ》な端唄《はうた》の文《もん》句《く》などを低声《こごえ》で謳って、一人で燥《はし》ゃいでいた。

「お厭だ。誰にそんなものを教わって来ました。」お島はぽつぽつ支度にかかっていた赤子の着物の片《きれ》などを弄《いじ》りながら、傍で擽《くすぐ》ったいような笑方《わらいかた》をした。

「面白くもない。北海道の女のお自惚《のろけ》なんぞ言って。」

「如何して、そんなんじゃない」と云いそうな顔をして、鶴さんは物珍しげに、形のできた小い襦袢《じゆばん》などを眺めていた。

「ちょいと、どんな子が産れると思って。」お島は始終気にかかっている事を、鶴さんにも訊いてみた。

「どうせ私《あつし》には肖《に》ていまい。そう思っていれあ確《たしか》だ。」鶴さんは鼻で笑いながら、後向《うしろむき》になった。

「どうせ然でしょうよ、これは私のお土産ですもの。」お島は不快な気持に顔を赧《あか》めた。

「でも笑談にも然ういわれると、厭なものね。子供が可哀《かあい》そうのようで。」

「此方の身も可哀そうだ。」

「それは色女に逢えないからでしょう。」

二人の神経が段々鋭《とが》って来た。そしてお島に泣いて突かかられると、鶴さんはいきなり跳起《はねお》きて、家では滅多にあけたことのない折鞄《おりかばん》をかかえて、外へ飛出してしまった。その折鞄のなかには、女の写真や手紙が一杯入っているのであった。

今もお島は、何の気なしに聞過《ききすご》していた姉の話が、一々深い意味をもって、気遣《きづかわ》しく思浮べられて来た。姉の話では、鶴さんの始終抱《かか》えて歩いている鞄のなかの文が、時々植源の嫁の前などで、繰拡げられると云うのであった。

「それは可笑《おかし》いの。」姉は一つはお島を煽《あお》るために、一つは鶴さんと仲のいい植源の嫁への嫉妬のために、調子に乗って話した。

「その女というのが、美人の本場の越後から流れて来たとやらで、島ちゃんの旦那は、碌《ろく》素法工場《そつぼうこうば》へ顔出しもしないで、そこへばかり入浸《いりびた》っていたんだって。それで、其手紙にこんな事まで書いてあるんだってさ。これも東京の人で、彼方《あちら》へ往く度に札びら切って、大《だい》尽風《じんかぜ》をふかしているお爺さんが、鉱山《やま》が売れたら、その女を落籍《ひか》して東京へつれていくといってるから、其を踏台にして、東京へ出ましょうかって。ねえ、ちょいとお安くないじゃないの。」

姉は植源の嫁から聞いたと云う其女の噂をこまこまと話して聞した。

「それに鶴さんは、着物や半衿《はんえり》や、香水なんか、ちょいちょい北海道《あちら》へ送るんだそうだよ。島ちゃん確《しつか》りしないと駄目だよ。」姉はそうも言った。

「何《なあ》に」と思って、お島は聞いていたのであったが、女にどんな手があるか解らないような、恐怖《おそれ》と、疑惧《ぎぐ》とを感じて来た。

三十七

植源の嫁のおゆうの部屋で、鶴さんと大喧嘩をした時のお島は、これまで遂《つい》ぞ見たこともないようなお盛装《めかし》をしていた。

お島が鶴さんに無断で、其の取つけの呉服屋から、成金の令嬢か新造《しんぞ》の着る様な金目《かねめ》のものを取寄せて、思いきったけばけばしい身装《なり》をして、劈頭《のっけ》に姉を訪ねたとき、彼女は一調子かわったお島が、何を仕出来《しでか》すかと恐れの目を瞬《みは》った。看ればハイカラに仕立てたお島の頭髪は、ぴかぴかする安宝石で耀き、指にも見なれぬ指環《ゆびわ》が光って、躰に咽《むせ》ぶような香水の匂がしていた。

旅から帰ってからの鶴さんに、始終こってり作《づくり》の顔容《かおかたち》を見せることを怠らずにいたお島の鏡台には、何の考慮もなしに自暴《やけ》に費さるる化粧品の瓶が、不断に取出されてあった。夜臥床《ふしど》に就くときも、色々のもので塗りあげられた彼女の顔が、電気の灯影《ほかげ》に凄いような厭な美しさを見せていた。

「大した身装《なり》じゃないか。商人の内儀さんが、そんな事をしても可いの。」惜気《おしげ》もなくぬいでくれる、お島が持古しの指環や、櫛や手絡《てがら》のようなものを、この頃に二度も三度ももらっていた姉は、媚びるように、お島の顔を眺めていた。

「どうせ長持のしない身上だもの。今のうち好きなことをしておいた方が、此方の得さ。あの人だって、私に隠して勝手な真似をしているんじゃないか。」

お島はその日も、外へ出ていった鶴さんの行先を、てっきり植源のおゆうの許《とこ》と目星をつけて、やって来たのであった。そして気味を悪がって姉の止めるのも肯《き》かずに、出ていった。

おどおどして入っていった植源の家の、丁度お八つ時分の茶の室《ちゃま》では、隠居や子息《むすこ》と一緒に、鶴さんもお茶を飲みながら話込んでいたが、お島が手土産の菓子の折を、裏の方に濯《すす》ぎものをしているおゆうに示《み》せて、そこで暫く立話をしている間に、鶴さんも例の折鞄を持って、そこを立とうとしておゆうに声をかけに来た。

「まあ可いじゃありませんか。お島さんの顔をみて直《じ》き立たなくたって。御一緒にお帰んなさいよ。」おゆうは愛相よく取做《とりな》した。

「自分に弱味があるからでしょう。」お島は涙ぐんだ面を背向《そむ》けた。

夫婦はそこで、二言三言言争った。

「私《あっし》も、島《これ》のいる前で、一つ皆さんに訊いてもらいたいです。」鶴さんは蒼くなって言った。

そしておゆうがお島をつれて、自分の部屋へ入ったとき、鶴さんもぶつぶつ言いながら、側へやって来た。

「孰《どっち》も孰《どっち》だけれど、鶴さんだって随分可哀《かあい》そうよお島さん。」終いにおゆうはお島に言かけたとき、お島は可悔《くやし》そうにぼろぼろ涙を流していた。

夫婦はそこで、撲《なぐ》ったり、武者振《むしゃぶり》ついたりした。

大分たってから、呼びにやった姉につれられて、お島はそこから姉の家へ還されていった。

三十八

姉の家へ引取られてからも、お島の口にはまだ鶴さんの悪口《あっこう》が絶えなかった。おゆうに庇護《かば》われている男の心が、歯痒《はがゆ》かったり、妬《ねた》ましく思われたりした。男を我有《わがもの》にしているようなおゆうの手から、男を取返さなければ、気がすまぬような不安を感じた。

お島は仕事から帰った姉の亭主が晩酌の膳に向っている傍で、姉と一緒に晩飯の箸を取っていたが、心は鶴さんとおゆうの側にあった。

「そうそう、こんな事しちゃいられないのだっけ。店のものが皆な私を待っているでしょう。」お島は蚊帳のなかで子供を寝しつけている、姉の枕頭で想出したように言出した。

「良人《うち》はあんなだし、私でもいなかった日には、一日だって店が立行きませんよ。」

「今度《こんだ》あばれちゃ駄目よ。」姉は出てゆくお島を送出《おくりだ》しながら言った。

「どうもお騒がせして相済ません。」お島は何のこともなかったような顔をして、外へ出たが、鶴さんがまだ植源にいるような気がして、素直に家へ帰る気にはなれなかった。

外は悉皆《すっかり》暮れてしまって、茶の木畑や山茶花《さざんか》などの木立の多い、その界隈は閑寂《ひっそり》していた。お島の足は惹寄《ひきよ》せられるように、植源の方へ歩いていった。「鶴さんも可哀そうよ。」

そう言ってお島を窘《たしな》めたおゆうの目顔《めかお》が、まだ目についていた。北海道の女よりも、稚馴染《おさななじみ》のおゆうの方に、暗い多くの疑がかかっていた。

大きな石の門のうえに、植源と出ている軒灯の下に突立って、やがてお島は家の方の気勢《けはい》に神経を澄したが、石を敷つめた門のうちの両側に枝を差交した木蔭に見える玄関には、灯影一つ洩れて来なかった。お島は樫《かなめ》と槻《けやき》の木とで、二重になっている外囲《そとがこい》の周を、其方こっち廻ってみたが、何のこともなかった。

車で家へ帰ったのは、大分おそかった。

「お帰んなさい。」

店のもの二三人に声をかけられながら、車から降りると、奥の方の帳場に、坐っている鶴さんの顔がちらと見えたので、お島は漸と胸一杯に安心と歓喜《よろこび》との溢れて来るのを感じたが、矢張声をかける事ができなかった。

上ってみると、二階は出る時、取散していったままであった。脱棄《ぬぎすて》が投出《ほうりだ》してあったり、蔽《おお》いをとられたままの箪笥の上の鏡に、疲れた自分の顔が映ったりした。お島はその前に立って、物足りぬ思いに暫くぼんやりしていた。

三十九

お島は二三度階下《した》へおりてみたけれど、鶴さんは、いつまで経っても、帳場から離れて来る様子もなかったが、そのうちに表が段々静になって、夜が更けて来ると、店を片着けにかかっている物音が聞えたりして、鶴さんはやがて茶の間へ入って来た。お島は気持わるく壊《くず》れた髪を、束髪に結直《ゆいなお》して、長火鉢の傍へ来て坐ってみたりしていたが、頭脳《あたま》がぴんぴん痛みだして来たので、鶴さんが二階へ上って来る時分には、彼女《かれ》もいつか蒲団を引被《ひっかつ》いで寝ていた。

「お先へ失礼しましたよ。何だか気分がわるいので。」お島はそう言いながら、呻吟声《うめきごえ》を立てていた。

鶴さんは床についてからも、白い細長い手を出して、今朝から見るひまもなかった新聞を、かさこそ音を立てて、彼方かえし此方返しして読んでいるらしかったが、するうちに、それを投《ほう》りだして、枕につくかと思っていると、ぱちんと云う音がして、折鞄を開けて、何か取出したらしかったが、後《あと》は関寂《ひっそり》して、下の茶の室の簷端《のきば》につるしてある鈴虫の声が、時々耳につくだけであった。

お島はすうすう荒い寝息を立てながら、後向になったまま、何をするかと神経を研すましていたが、今まで懈《だる》くて為方《しかた》のなかった目までが、ぽっかり開いて来た。そして、ふと紙のうえを軋《きし》る万年筆の音が、耳にふれて来ると、渾身《からだじゅう》の全神経がそれに鍾《あつま》って来て、向返ってその方を見ない訳にいかなかった。

「何をしてるんです、今時分……。」

お島はいきなり声を立てて、鶴さんを吃驚《びっくり》させた。鞄のなかには、女の手紙が一二通はみ出しているのが見えた。

鶴さんは、ちらと此方を見たが、黙ってまたペンを動かしはじめた。お島はとろんとした目をすえて、じっと見つめていたが、忽ち床から乗出して、その手紙を褫奪《ひったく》ろうとした。

「おい、笑談じゃないぜ。」

鶴さんはそれでも落着いたもので、そっと書かけの手紙を床の下へ押込もうとしたが、同時にお島の手は、傍にあった折鞄を浚《さら》っていくために臂《ひじ》まで這出して来た。

「おい、ちょっと話がある。」大分たってから、鶴さんは床のうえに起上って、疲れて枕に突伏《つっぷし》になっているお島に声かけた。暴出《あれだ》すお島を押えたために、可也《かなり》興奮させられて来た鶴さんは、爪痕《つめあと》のばら桜《ざくら》になっている腕をさすりながら、莨《たばこ》を喫《ふか》していた。

お島はまだ肩で息をしながら、やっぱり突伏していた。

「……お前のようなものに、勝手な真似をされたんじゃ、商人は迚《とて》も立って行《いき》っこはありゃしないんだからね。」鶴さんは、自分がこの家に対する責任や、家つきの前の内儀《かみ》さんに対する立場などを説立《ときた》ててから言出した。

「そんな事は、おゆうさんにでも聞いてお貰いなさいよ。」お島は憎さげに言《ことば》を返したまま、またくるりと後向になった。

四十

返したとも返ったとも決らずに、お島が時々生家や植源の方へ往ったり来たりしていた頃には、鶴さんの家も大分ばたばたになりかけていた。

北海道の女の方の其はそれとして、以前から関係のあった下谷《したや》の女の方へ、一層熱中して来た鶴さんは、店のものの一人が所々の仕切先をごまかして、可也《かなり》な穴を開けたことにすら気のつかぬほど、店を外《そと》にしていた。

「子供だけは私《あっし》が家において立派に育ててやるつもりです。」

鶴さんは、植源の隠居や嫁の前へ来ると、いつもお島の離縁話を持出しては、口癖のように言っていたが、お島に向ってもそれを明言した。

植源の隠居に委《まか》してある、自分の身のうえに深い不安を懐きながら、毎日毎日母親に窘《いび》りづめにされていたお島は、ある朝釜の下の火を番しながら、跪坐《しゃが》んでいたとき、言《ことば》を返したのが胸にすえかねたといって、母親のために、そこへ突転《つきこか》されて、竈《へっつい》の角で脇腹を打ったのが因《もと》で、到頭不幸な胎児が流れてしまった。

その時お島は、飯の支度をすまして、衆《みんな》と一緒に、朝飯の膳に向って、箸を取かけていた。もう十月の半で、七輪のうえに据えた鍋のお汁《つゆ》の味噌の匂や、飯櫃から立つ白い湯気にも、秋らしい朝の気分が可懐《なつか》しまれた。

女を追って、田舎へ行ったきり、もう大分になる総領の姿のみえぬ家のなかは、急に衰《おとろ》えのみえて来た父親の姿とともに、此頃際立って寂しさが感ぜられて来た。食かけた朝飯《あさめし》の箸を持ったまま、急に目のくらくらして来たお島は、声を立てるまもなく、そこへ仆《たお》れてしまったのであったが、七月《ななつき》になるかならぬの胎児が出てしまったことに気の着いたのは、時を経てからであった。

一目もみないで、父親や鶴さんの手で、産児の寺へ送られていったのは、其晩方であったが、思いがけなく躰の軽くなったお島の床についていたのは、幾日《いくか》でもなかった。

健康が回復して来ると同時に、母親と植源の隠居との如何した談合《はなしあい》でか、当分植源にいっていることに決められたお島は、そこで台所に働いたり、冬物の針仕事に坐ったりしていた。ぐれ出した鶴さんは、口喧《くちやかま》しい隠居の頑張っている此の閾《しきい》も高くなっていた。お島はおゆうの口から、下谷の女を家へ入れる入れぬで、苦労している彼の噂をおりおり聞されたりした。

「ああなってしまっちゃ、あの人ももう駄目よ。」おゆうは鶴さんに愛相がつきたように言った。

四十一

一つは人に媚びるため、働かずにはいられないように癖つけられて来たお島は、一年弱《たらず》の鶴さんとの夫婦暮しに嘗《な》めさせられた、甘いとも苦いとも解らないような苦しい生活の紛紜《いざこざ》から脱れて、何処まで弾むか知れないような躰を、ここでまた荒い仕事に働かせることのできるのが、寧《むし》ろ其日其日の幸福であるらしく見えた。

植源の庭には、大きな水甕が三つもあった。お島は男の手の足りないおりおりには、その一つ一つに、水を盈々《なみなみ》汲込まなければならなかった。そして其を沢山の花圃《かほ》や植木に漑《そそ》がなければならなかった。其頃かかっていた病身な出戻りの姉娘の連れていた二人の子供の世話も、朝晩に為なければならなかった。田舎で鉄道の方に勤めていた官吏の許へ片づいていた其姉は、以前この家に間借をしていたことのある其良人が、田舎へ転任してから、七年目の今茲《ことし》の夏、遽に病死してしまった。

東北訛《なまり》のその子供は、おゆうには二人とも嫌われたが、お島には能く懐いた。お島は暇さえあると、髪を結ったり、リボンをかけてやったり、寝起や入浴や食事の世話に骨惜みをしなかった。

嫁にやられるとき、拵《こしら》えて行ったものなどを不残亡《そっくり》くして、旅費と当分の小遣にも足りぬくらいの金を、少許《すこしばかり》の家財を売払って持って来た姉は、まだ乳離れのせぬ小い方の男の子を膝にのせて、時々縁側の日南《ひなた》に坐りながら、ぼんやりお島の働きぶりを眺めていた。

「能くそんなに躰が動いたもんだわね。」

姉は感心したように言をかけた。お島は襷《たすき》がけの素跣足《すはだし》で、手洗鉢《ちょうずばち》の水を取かえながら、鉢前の小石を一つ一つ綺麗《きれい》に洗っていた。夏中縁先に張出されてあった葭簀《よしず》の日覆《ひおい》を洩れて、まだ暑苦しいような日の差込む時が、二三日も続いた。

「ええ、子供の時分から慣れっこになっていますから。」お島は笑いながら応えた。

「子供を産んだ人とは思われないくらいですよ。」

「だって漸う《ようよ》七月《ななつき》ですもの。私顔も見ませんでしたよ。淡泊《さっぱり》したもんです。」

「それにしたって、旦那のことは忘れられないでしょう。」

「然ですね。がさがさしてる癖に、余り好い気持はしませんね。」

「矢張《やっぱり》惚れていたんだわね。」

「然かも知れませんよ。」お島は顔を赧めて、

「私が暴れて打壊《ぶちこわ》したようなもんですの。あの人はまた如何して、あんなに気が多いんで

しょう。些《ちよ》いと何かいわれると、もう好い気になって一人で騒いでいるんですもの。其癖《そのくせ》嫉妬《やきもち》やなの。」

「でも能く思切って了ったわね。」

「芸者や女郎じゃあるまいし、いつ迄、くよくよしていたって為方がないですもの。私はあんなへなへなした男は大嫌いですよ。」

「それも然うね。――私も思切って、どこか働きに行きましょうかしら。」

「御笑談《ごじようだん》でしょう。そんな可愛い坊ちゃんをおいて、何処へ行けるもんですか。」

四十二

夜になると、お島はまた隠居の足腰をさすって、寝かしつけてやるのが、毎日の日課であったが、時とすると子息《むすこ》夫婦に対する、病的な嫉妬から起るこの老婦《としより》の兇暴な挙動《ふるまい》をも宥《なだ》めてやらなければならなかった。

四十代時分には、時々若い遊人などを近《ちかづ》けたと云う噂のある隠居は、おゆうが嫁に来るまでは、幼《ちい》さい時から甘やかして育てて来た子息の房吉を、猫可愛がりに愛した。一度脳を患ったりなどしてから、気に引立《ひつたち》がなくなって、温順《おとな》しい一方なのが、彼女《かれ》には不憫でならなかった。房吉は植木屋の仕事としては、此と云うこともさせられずに日を送って来たが、始終家にばかり引込んで、母親の傍に牽つけられていたので、友達というもののなかった。絵の好きであった彼は、十六七の時分には、絵師になろうとの希望を抱きはじめたが、それも母親に遮られて、修業らしい修業もしずにしまった。

　寝るにも起きるにも、自分ばかりを凝視《みつ》めて暮しているような、年取った母親の苛辣《からつ》な目が、房吉には段々厭わしくなって来た。そして何時の頃からか時々顔を合す機会のあった、おゆうの懐かしい娘姿に心が惹つけられた。どんなことがあっても、おゆうちゃんを嫁に貰ってくれなければならない、房吉のそう言った辞《ことば》が、母親の口から大政《だいまさ》やおゆうの耳へも入れられた。

　結婚してからも、どうかすると、おゆうから離されて、房吉が気鬱《きぶせ》な母親の側《そば》に寝かされたり、おゆうが夜おそくまで、母親の側に坐って、足腰を揉ませられたりした。夜更《よなか》に目敏《めざと》い母親の跫音が、夫婦の寝室《ねま》の外の縁側に聞えたり、夜の未明《ひきあけ》に板戸を引あけている、いらいらしい声が聞えたりした。

　お島が来てからも、おゆうが物蔭で泣いているようなことが、時々あった。

　家にいても、大抵きちんとした身装《なり》をして、庭の方は職人まかせにして、自身は花を活けたり、書画を弄《いじ》ったりして暮している内気な房吉は、如何かすると母親から、聴いていられないような毒々しい辞《ことば》を浴せられた。

「あれを手前の子と思ってるのが、大間抜だ。」母親はそうも言った。

衰えのみえる目などの滅切水々《めつきりみずみず》して来たおゆうは、爾時五月《そのときいつつき》の腹を抱えていた。日に日に気懈《けだる》そうにみえて来るおゆうの媚《なまめ》いた姿や、良人に甘えるようなおゆうの素振が、母親には腹立しくてならなかった。

四十三

お島の姉が、暑い日盛《ひざかり》を帽子も冠《かぶ》せない子供を、手かけに負《おぶ》って、庭の方からまわって、おゆうを呼出しに来たとき、門のうちに張物《はりもの》をしていたお島と、自分の部屋の縁側で、髪を洗っていたおゆうを除いたほか、大抵の人は風通しの好さそうな場所を択《えら》んで、昼寝をしていた。房吉は時々出かけてゆく、近所の釣堀へ遊びに行っていたし、房吉の姉のお鈴は、小さい方の子供に、乳房を啣《ふく》ませながら、茶の室《ちゃま》の方で、手枕をしながら、乱次《だらし》なく眠っていた。家のなかは、どこも彼処も長い日の暑熱に倦み疲れたような懈さに浸っていた。

大輪の向日葵《ひまわり》の、萎《しお》れきって頸《うな》だれた花畑尻《はなばたじり》の垣根ぎわに、ひらひらする黒い蝶の影などが見えて、四下《あたり》は汚点《しみ》のあるような日光が、強く漲っていた。

姉はおゆうと、五六分ばかり縁側で話をしていたが、やがて子供をそこへ卸して、袂《たもと》で汗をふいていた。おゆうはまだ水気の取りきれぬ髪の端に、紙片《かみきれ》を捲つけて、それを垂らしたまま、あたふた家を出ていった。

「きっと鶴さんが来ているんだ。」

お島はそう思うと、急に張物が手に着かなくなって、胸がいらいらして来た。

「姉さんも随分な人だよ。」

お島はいきなり姉の側へ寄っていった。

「如何してさ。」姉は這っている子供に、乳房を出して見せながら、汗ばんだ顔を赧めた。

「解ってますよ。」

「可笑《おかし》な人だね。解っていたら可いじゃないの。」

「そんな事をしても可いんですか。」

「いいも悪いもないじゃないか。感違いをしちゃ困りますよ。」

二三度口留をしてから、姉の話すところによると、金の工面に行詰った鶴さんが、隠居や房吉に内密《ないしょ》で、おゆうから少許り融通《ゆずう》をしてもらうために、私と姉の家へ密《そっ》とやって来たのだと云うのであった。鶴さんが、そんな困っているとは、お島には信ぜられないくらいであったが、姉の真顔で、それは事実であるらしく思えた。

「ふむ。」お島は首を傾げて、「じゃもう、あの店も駄目だね。」

「然うなんでしょう。事によったら、田舎へ行くて言ってるわ。」

「芸者を引張込むようじゃ、長続きはしないね。散々《さんざ》好きなことをして、店を仕舞うがいいや。」

お島は自暴《やけ》に言いすてて、仕事の方へ帰って来たが、目が涙に曇っていた。せかせか出て行った今のおゆうの姿や、おゆうを待受けている鶴さんの、此頃の生活に荒《すさ》みきった神経質な顔などが、目について来た。

暫く経って、帰って来たおゆうの顔には、鶴さんのためなら、何でも為かねないような浮いた大胆さと不安が見えていた。

おゆうの部屋を出て行く姉は、手に、小袖を四五枚入れたほどの、ぽっとりした包みが提げられた。

四十四

堅い口留をして、ふと其等の事をお鈴に洩したお島は、それを又お鈴から聞いて、宛然《さながら》姦通《かんつう》の手証《てしょう》でも押えたように騒ぎたてる、隠居の病的な苛責からおゆうを庇護《かば》うことに骨がおれた。

宵の口に、お島にすかし宥められて、一度眠りについた隠居は、衆《みんな》がこれから寝床につこうとしている時分に、目がさめて来ると、広々した蚊帳のなかに起き坐って、さも退屈な夜の長さに倦み果てたように、四方《あたり》を見回していた。

宵に母親に警《いま》しめ責められた房吉は、隠居がじりじりして業を煮せば煮すほど、その事には冷淡であった。遊人などを近けていた母親の過去を見せられて来た房吉の目には、彼女の苦しみが、滑稽にも莫迦莫迦しくも見えた。

「誰のためでもない、みんなお前が可愛いからだ。」

尫弱《ひよわ》かった幼《ちいさ》い頃の房吉の養育に、気苦労の多かったことなどを言立てる隠居の言《ことば》を、好い加減に房吉は聴流していた。

「不義した女を出すことが出来ないような腑ぬけと、一生暮そうとは思わない。私《わし》の方から出ていくから然う思うがいい。」

思っていることの半分も言えない房吉は、それでも二言三言辞《ことば》を返した。

「そんな事があったか否《ない》か知らないけれど、私《あっし》の家内なら、阿母《おっか》さんは黙ってみていたらいいでしょう。一体誰がそんな事を言出したんです。」

隠居の肩を揉んでいたお島は、顔から火が出るように思ったが、矢張房吉を歯痒《はがゆ》く思った。

無成算な、其日其日の無駄な働きに、一夏を過して来たお島は、習慣でそうして来た隠居の機嫌取や、親子の間の争闘の取做《とりなし》にも疲れていた。寝苦しい晩などには、お島は自分自身の肉体の苦しみが、まだ戸もしめずに、いつまでもぼそぼそ話声のもれている若夫婦の寝室《ねま》の方へも見廻ってみる、隠居と一つに神経を働かせた。

「まあ、そんな事はいいでしょう。」お島は外方《そっぽう》を向きながら鼻で笑った。

「お前がそんな二本棒《にほんぼう》だから、おゆうが好な真似をするんだ。お前が承知しても、この私が承知できない。さあ今夜という今夜は、立派におゆうの処分をしてみせろ。それが出来ないような意気地なしなら、首でも縊《くく》って一思いに死んでしまえ。」

それよりも、部屋で泣伏しているおゆうの可憐《いじら》しい姿に、心の惹かるる房吉は、やがて其傍《そのそば》へ寄って、優しい辞《ことば》をかけてやりたかった。妊娠《みおも》だと云うことが、一層男の愛憐を唆《そそ》った。

お島にささえられないほどの力を出して、隠居が剃刀を揮《ふり》まわして、二人のなかへ割って入ったとき、おゆうは寝衣《ねまき》のまま、跣足《はだし》で縁から外へ飛出していった。

四十五

二時過まで、植源の人達は騒いでいた。

お鈴と二人で漸と宥《なだ》めて、房吉から引離して、蚊帳のなかへ納められた隠居が鎮《しずま》ってから、お島はじっとしても居られなかった。

「如何しましょうね。大丈夫でしょうか。」お島は庭の方を捜してから、此も矢張そこいらを捜しあぐねて、蚊帳の外に茫然《ぼんやり》坐っている房吉の傍《そば》へ帰って来て言った。

房吉は蒼白めた顔をして、涙含《なみだぐ》んでいた。

「大丈夫とは思うけれど、偶然《ひょっ》とするとおゆうは帰って来ないかも知れないね。不断から善く死ぬ死ぬと言っていたから。」

「然ですか。」お島は仰山《ぎょうさん》らしく顫《ふる》え声で言った。

「それじゃ私少し捜して来ましょう。」

お島が近所の知った家を二三軒訊いてあるいたり、姉の家へ行ってみたり、途中で鶴さんや大政へ電話をかけたりしてから、漸う帰って来たのは、もう大分夜が更けてからであった。

「安心していらっしゃい。」お島は房吉の部屋へ入ると、せいせい息をはずませながら言った。「おゆうさんは大丈夫大政さんにいるんですよ。」

お島が、大政へ電話をかけたとき、出て来て応答《うけこたえ》をしたのは、おゆうには継母にあたる大政の若い内儀さんであった。

おゆうが俥で、飛込んでいった時、生家ではもう臥床《ねどこ》に入っていたが、おゆうはいきなり昔し堅気の頑固な父親に、頭から脅《おどか》しつけられて、一層突つめた気分で家を出た。鶴さんに着物を融通したり何かしたと云うことが、植源へ片着かない前からの浮気っぽいおゆうを知っている父親には赦すことのできぬ悪事としか思えなかった。

おゆうが帰って来たとき、お島は自分の寝床へ帰って、表の様子に気を配りながら、まんじりともせず疲れた躰を横《よこた》えていた。

帰って来たおゆうが、一つは姑《しゅうと》や父親への面当《つらあて》に、一つは房吉に拗《す》ねるために、いきなり剃刀で髪を切って、庭の井戸へ身を投げようとしたのは、その晩の夜中過であった。おゆうは、うとうと床のなかに坐っている房吉には声もかけず、いきなり鏡台の前に立って、隠居の手から取離されたまま、そこに置かれた剃刀を見つけると、いきなり振釈《ふりほど》いた髪を、一握ほど根元から切ってしまった。

「可悔《くやし》い可悔い。」跣足《はだし》で飛出して来たお島に遮《さえ》えられながら、おゆうは暴れ悶踠《もが》いて叫んだ。

漸くのことで、房吉と一緒におゆうを座敷へ連込んで来たお島の目には、髪を振乱したまま、そこに泣沈んでいるおゆうが、可憐《いじら》しくも妬ましくも思えた。

「みんな鶴さんへの心中立だ。」お島は心に呟きながら、低声《こごえ》でおゆうを宥《なだ》めさすっている房吉と、それを耳にもかけず泣沈んでいるおゆうの美しい姿とを見比べた。

四十六

情婦《おんな》の流れて行っている、或山国の町の一つで、暫く漂浪《ひょうろう》の生活を続けている兄の壮太郎が、其処で商売に着手していた品物の仕入かたがた、仕事の手助にお島をつれに来たのはその夏の末であった。

「阿母《おっか》さんは、一体いつまで私を彼処《あすこ》で働かしておくつもりだろう。」

植源の忙《せわ》しい働き仕事や、絶え間のないそこの家のなかの紛紜《いざこざ》に飽はてて来たお島は、息をぬきに家へやって来ると父親に零《こぼ》した。

長いあいだ家へ寄つきもしない壮太郎の代りに、家に居坐らせるため、植源を出て来て、父の手助に働かせられていたお島は、兄に説《とき》つけられて、其時ふいと旅へ出る気になったのであった。

「誰が来たって駄目だ。お前ならきっと辛抱ができる。」

お島に家へ坐られることが不安であったと同時に、田舎で遣かけようとしている仕事と、そこで人に囲われている女とから離れることの出来なかった兄の壮太郎は、そう言って話に乗易いお島を唆《そその》かした。

田舎の植木屋仲間に売るような色々の植木と、西洋草花の種子《たね》などを、どっさり仕込んで、それを汽車に積んで、兄はしばらく住なれた其町の方へ出かけていった。一緒に乗込んだお島の心には、まだ見たことのない田舎の町のさまが色々に想像されたが、是まで何処へ行っても頭を抑えられていたような冷酷な生母、因業な養父母、植源の隠居、それらの人達から離れて暮せるということを考えるだけでも、手足が急に自由になったような安易を感じた。

「みっちり働いて、お金を儲けて帰ろう。」お島はそう思うと、何も彼も自分を歓迎するための手をひろげて待っているような気がした。

黝《くろず》んだ土や、蒼々した水や広々した雑木林——関東平野を北へ北へと横《よこぎ》って行く汽車が、山へさしかかるに連れて、お島の心には、旅の哀愁が少しずつ沁《しみ》ひろがって来た。

「矢張こんなような町。」お島は汽車が可也《かなり》大きなある停車場へ乗込んだとき、窓から顔を出して、壮太郎にささやいた。

停車場には、日光帰りとみえる、紅色をした西洋人の姿などが見えた。

「迚《とて》もこんな大きなんじゃない。」壮太郎は、長く沁込んだ其町の内部の生活を憶出していると云う顔をして笑った。その土地では、壮太郎はもう可也色々の人を知っていた。

「どこを見ても山だからね。でも住なれてみると、また面白いこともあるのさ。」

汽車は段々山国へ入っていった。深い谿《たに》や、遠い峡《はざま》が、山国らしい木立の隙間や、風にふるえている梢の上から望み見られた。客車《かくしや》のなかは一様に関寂《ひつそり》していた。

四十七

車窓に襲いかかる山気《さんき》が、次第に濃密の度を加えて来るにつれて、汽車はざッざッと云う音を立てて、静に高原地を登っていった。鬱蒼としたそこ此処の杉柏《さんばく》の梢からは、烟霧《えんむ》のような翠嵐が起って、細い雨が明い日光に透して視られた。思いもかけない山麓の傾斜面に瘦せた田畑があったり、厚い藪畳の蔭に、人家があったりした。其の町へ着くまでに、汽車は寂しい停車場に、三度も四度も駐った。東京の居囲に見れている町よりも美しい町が、自然の威圧に怯じ疲れて、口も利けないようなお島の目に異様に映った。

「へえ、こんな処にもこんな人がいるのかね。」お島は不思議そうに、そこに見えている人達の姿を凝視《みつ》めた。

S——と云う其の町へ入った時にも、小雨がしとしとと降そそいでいた。停車場を出て橋を一つ渡ると、直ぐそこに町端《まちばな》らしい休茶屋や、運送屋の軒に続て、燻《くすぶ》りきった旅籠屋《はたごや》が、二三軒目についた。石南花《しゃくなげ》や岩松《いわまつ》などの植木を出してある店屋もあった。壮太郎とお島とは、そこを俥《くるま》で通って行った。

町はどこも彼処も、関寂《ひっそり》していた。

俥は直《じき》に大通の真中へ出ていった。そこに石造《せきぞう》の門口《もんぐち》を閉した旅館があったり、大きな用水桶をひかえた銀行や、半鐘を備えつけた警察署があったりした。

壮太郎の家は、閑静なその裏通にあった。町屋風の格子戸や、土塀に囲われた門構の家などが、幾軒と立続いたはずれに、低い垣根に仕切られた広々した庭が、先ずお島の目を惹《ひ》いた。木組などの繊細《かぼそ》いその家は、まだ木香《きが》のとれないくらいの新建《しんだち》であった。

留守を頼んで行った大家の若い衆《しゆ》と、そこの子供とが、広い家のなかを、我もの顔にごろごろしていた。

「へえ、こんな処でも商売が利くんですかね。」

部屋に落着いたお島は、縁端《えんばな》へ出て、庭を眺めながら呟いた。

「この町は先ずこれだけのものだけれど、居周には、また夫々《それぞれ》大きな家があるからね。」

壮太郎は、茶盆《ちゃぼん》や湯沸をそこへ持出して来ると、羽織をぬいで胡坐《あぐら》を掻《か》きながら呟いた。

秋雨のような雨がまだじとじと降っていた。水分の多い冷い風が、遠く山国に来ていることを思わせた。ごとんごとんと云う慵《だる》い水車の音が、どこからか、物悲しげに聞えていた。

四十八

そこにお島を落着けさせてから、壮太郎が荷物運搬の采配に、雨のなかを再び停車場へ出かけていってから、お島は晩の食事の支度に台所へ出たが、女がおりおり来ると見えて、暫く女中のいない男世帯としては、戸棚や流元が綺麗に取片着ていた。

壮太郎は、夜までかかって、車で二度に搬《はこ》び込まれた植木類を、悉皆《すっかり》庭の方へ始末をしてから、お島にはどこへ往くとも告げずに、またふいと羽織や帽子を被《き》て出て往ったが、お島はその晩裏から入って来た壮太郎が、何時頃帰ったかを知らないくらい、疲れて熟睡した。

明朝《あした》目のさめたとき、水車の音が先ずお島の耳に着いた。お島はその音を聞きながら、寝床のなかにうとうとしていたが、今日から全く知らない土地に暮すのだと思うと、今迄憎み怨んでいた東京の人達さえ懐しく思われた。

　ここから二停車場ほど先にある、或大きな市《まち》へ流れて来て、そこで商売をしていた兄の女が、その頃二三里の山奥にある或鉱山《こうざん》の方に係っている男に落籍《ひか》されて、市とS――町との間にある鉱山《やま》つづきの小さい町に、囲われていたことは、お島も東京を立つ前から聴されていた。女がまだ商売をしている頃から、兄はその市へ来て、何も為ることなしに、宿屋にごろついていたり、居周の温泉場に遊んでいたりしているうちに、土地の遊人仲間にも顔を知られて、おりおり勝負事などに手を出していた。女が今の男に落籍されてから、彼は少許《すこしばかり》の資本《もとで》をもらって、夤縁《つて》のあった此のS――町へ来て、植木に身を入れることになったのであった。

　昼頃に雨があがってから、お島は壮太郎に連れられて、つい二三町ほど隔っている、大家の家へ遊びに往った。そこは此町の唯一の精米所でもあり、金持でもあった。大きな門を入ると、水車仕掛の大きな精米所が、直《じき》にお島の目についた。話声が聴取れないほど、轟々いう音がそこから起っていた。

「この米が皆な鉱山《やま》へ入るんだぜ。」壮太郎は、お島をその入口まで連れていって、言って聴せた。白くなって働いている男達と、壮太郎は暫く無駄話をしていた。

主人は硝子戸《ガラスど》のはまった、明い事務室で、椅子に腰かけて、青い巾《きれ》の張られた大《おおき》な卓子《ていぶる》に倚《よ》っかかって、眼鏡をかけて、その日の新聞の相場づけに目を通していたが、壮太郎の方へ笑顔を向けると、お島にも叮嚀《ていねい》にお辞儀をした。柱の状挿《じょうさし》には、主に東京から入って来る手紙や電報が、夥《おびただ》しく挿《はさ》まれてあった。米屋町の旦那のような風をした其の主人を、お島は不思議そうに眺めていた。

「ここの庭さ、己が手を入れたというのは……。」壮太郎は飛石伝いに、築山がかりの庭へ出てゆくと、お島に話しかけたが、そこから上へ登ってゆくと、小い公園ほどの広々した土地が、目の前に展《ひら》けた。

「へえ、こんな暮しをしている人があるんですかね。」

お島はそこから、築山のかかりや、家建《やだち》の工合を見下しながら呟いた。

「ここへみっしり木を入れて、この町の公園にしようてえのが、あの人の企劃《もくろみ》なんだがね。金のかかる仕事だから、少し景気が直ってからでないと……。」

兄はそう言って、子供のためのグラウンドのような場所の周にある、木蔭のベンチに腰をおろして、莨《たばこ》をふかしはじめた。

四十九

直《じき》にお島は、ここの主人や上《かみ》さんや、子供達とも懇意になったが、来た時から目についた、通りの方の浜屋と云う旅館の人達とも親しくなった。

旅館の方には、お島より二つ年下の娘の外に、里から来ている女中が三人ほどいたが、始終帳場に坐っている、色の小白い面長《おもなが》な優男《やさおとこ》が、そこの主人であった。物堅そうな其の主人は、大い声では物も言わないような、温順《おとな》しい男であった。

山国のこの寂《さび》れた町に凉気《すずけ》が立って来るにつれて、西北に聳えている山の姿が、薄墨色《うすずみいろ》の雲に封《とざ》されているような日が続きがちであった。鬱々《くさくさ》するような降雨《あめふり》の日には、お島はよく浜屋へ湯をもらいに行って、囲炉裏縁《いろりばた》へ上り込んで、娘に東京の話をして聞せたり、立込んで来る客の前へ出たりした。

一家の締《しまり》をしている、四十六七になった、ぶよぶよ肥りの上さんと、一日小まめに躰を動かしづめでいる老爺《おじい》さんとが、薄暗いその囲炉裏の側に、酒のお燗番をしたり、女中の指図《さしず》をしたりしていた。町の旅籠や料理屋へ肴《さかな》を仕送っている魚河岸の問屋の旦那が、仕切を取りに、東京からやって来て、二日も三日も、新建の奥座敷に飲つづけていた。

精米所の主人が建ててくれたと云う、その新座敷へ、お島も時々入って見た。糸柾《いとまさ》の檜《ひのき》の柱や、欄間《らんま》の彫刻や、極彩色の模様画のある大きな杉戸や、黒柿《くろがき》の床框《とこかまち》などの出来ばえを、上さんは自慢そうに、お島に話して聞せた。

河岸の旦那の芸づくしをやっている其の部屋を、お島も物珍しそうに覗いてみた。それでも安お召《めし》などを引張った芸者や、古着か何かの友仙縮緬《ゆうぜんちりめん》の衣裳を着て、斑《まだ》らに白粉《おしろい》をぬった半玉《はんぎょく》などが、引断《ひっきり》なしに、部屋を出たり入ったりした。鼓や太鼓の音が、のべつ陽気に聞えた。笛の巧いという、盲の男の師匠が、芸者に手をひかれて、廊下づたいに連れられて行った。

そこへ精米所の主人がやって来て、炉縁に胡座をかくと、そこにごろりと寝転んでいたお爺さんは直《じき》に奥へ引込んで行った。精米所の主人の前には、直に銚子がつけられて、上さんがお酌をしはじめた。

「あれを知らねえのかい。お前も余程《よっぽど》間ぬけだな。」

兄はその主人と上さんとの間《なか》を、お島に言って聞せた。

「あの家も、精米所のお蔭で持っているのさ。だから爺さんも目をつぶって、見ているんだ。」

兄はそうも言った。

五十

旦那を鉱山《やま》へ還してから、女が一里半程の道を俥に乗って、壮太郎のところへ遣って来るのは、大抵月曜日の午前であった。

家が近所にあったところから、幼《ちいさ》いおりの馴染であった、おかなと云う其の女が、まだ東京で商売に出ている時分、兄は女の名前を腕に鏤《え》りつけなどして、嬉しがっていた。そして女の跡をおうて、此処へ来た頃には、上さんまで実家《さと》へ返して、父親からは準禁治産の形で悉皆《すっかり》見限《みきり》をつけられていた。

日本橋辺にいたことのあるおかなは、瘦《やせ》ぎすな軀《がら》の小い女であったが、東京では立行かなくなって、T——町へ来てからは、躰も芸も一層荒《すさ》んでいた。土地びいきの多い人達のなかでは、勝手が違って勤めにくかったが、鉱山から来る連中には可也に持囃《もてはや》された。

おかなは朝来ると、晩方には大抵帰って行ったが、旦那が東京へ用達などに出るおりには、二晩も三晩も帰らないことがあった。二里ほど奥にある、山間の温泉場へ、呼出をかけられて壮太郎が出向いて行くこともあった。

おかなは素人くさい風をして、山焦《やまやけ》のした顔に白粉も塗らず、ぼくぼくした下駄をはいて遣って来たが、お島には土地の名物だといって固い羊羹などを持って来た。

女のいる間、お島は家を出て、精米所へ行ったり、浜屋で遊んでいたりした。

精米所では、東京風の品のいい上さんが、家に引込《ひっこみ》きりで、浜屋の後家に産れた主人の男の子と、自分に産れた二人の女の子供の世話をしていた。

「浜屋のおばさんの処へいきましょうね。」

お島は近所の子供たちと、例の公園に遊んでいる其男の子の、綺麗《きれい》な顔を眺めながら言ってみた。

「あ」と、子供は頷いた。

「阿母《おっか》さんとおばさんと、孰《どっち》が好き?」お島は言ってみたが、子供には何の感じもないらしかった。

お島はベンチに腰かけて、慵《だる》い時のたつのを待っていた。庭の運動場の周に植った桜の葉が、もう大半黄《き》ば み枯れて、秋らしい雲が遠くの空に動いていた。お島は時々炉端で差向いになることのある、浜屋の若い主人のことなどを思っていた。T——市から来ていた其の主人の嫁が、肺病のために長いあいだ生家《さと》へ帰されていた。

五十一

お島が楽みにして世話をしていた植木畠や花圃の床に、霜が段々滋《しげ》くなって、吹曝《ふきさら》しの一軒屋の軒や羽目板《はめいた》に、或時は寒い山颪《やまおろし》が、凄じく木葉を吹つける冬が町を見舞う頃になると、商売の方が悉皆《すつかり》閑になって来た壮太郎は、また市《まち》の方へ出て行って、遊人仲間の群へ入って、勝負事に頭を浸している日が多かった。

持って行った植木の或者は、土が適《ふさ》わぬところから、お島が如何《いか》に丹精しても、買手のつかぬうちに、立枯になるようなものが多かったが、草花の方も美事に見込がはずれて、種子《たね》が思ったほど捌《さば》けぬばかりでなく、花圃に蒔かれたものも発芽や発育が充分でなかった。壮太郎はそれに気を腐らして、この一冬を如何してお島と二人で、この町に立籠ろうかと思いわずろうた。

山にはもう雪が来ていた。鉱山《こうざん》の方へ搬ばれてゆく、味噌や醤油などを荷造した荷馬《にうま》が、町に幾頭となく立駢《たちなら》んで、時雨《しぐれ》のふる中を尾をたれて白い息を吹いているような朝が幾日《いくか》となく続いた。小春日和《こはるびより》の日などには、お島がよく出て見た松並木の往還にある木挽《こびき》小舎の男達の姿も、いつか見えなくなって、そこから小川を一つ隔てた田圃なかにある遊廓の白いペンキ塗の二階や三階の建物を取捲いていた林の木葉も、悉皆落尽《おちつく》してしまった。

それでも浜屋の奥座敷だけには、裏町にある芸者屋から、時々裾をからげて出てゆく箱《はこ》屋《や》や芸者の姿が見られて、どこからともなく飲みに来る客が絶えなかった。お島は町を通るごとに目についていた、通りの飲食店や、町がさびれてから、どこも達磨《だるま》をおくようになったと云う旅籠屋などに、働きに入ろうかとさえ思ってみることもあったが、それらのお客が皆な近在の百姓や、繭買《まゆかい》などの小商人《こあきゆうど》であることを想ってみるだけでも、身顫《みぶるい》が出るほど厭であった。

裸になって市《まち》から帰って来ると、兄はよくお島のものを持出して、顔を知っている質屋の門《かど》などを潜ったが、それも種子が尽きて来ると、矢張《やっぱり》女のところへ強請《せび》りに行くより外《ほか》なかった。

その使に、お島も時々遣《や》られた。峠の幾箇《いくつ》もある寂しい山道を、お島は独でてくてく歩いて行った。どこへ行っても人家《じんか》があった。休み茶屋や居酒屋もあった。女の囲われている町では、馬蹄や農具を拵《こしら》えている鍛冶屋《かじや》が殊に多かった。

「おかなさんが、こんな処によくいられたもんだ。」お島は不思議に思ったが、それでも女のいるところは、小瀟洒《こざっぱり》した格子造の家であった。家のなかには、東京風の箪笥や長火鉢も、きちんとしていた。

五十二

けれど、然うしてちょいちょい往ってみる、お島の目に映ったところでは、おかなは兄の思っているほど気楽な身分でもなかった。おかなの話によると鉱敷課《こうしきか》とやらの方に勤めて、鉱夫達と一緒に穴へ入るのが職務である其旦那から、月々配《あてが》われる生活費と小遣とは、幾許《いくら》でもなかった。もと居た市《まち》の方では、誰も知らないもののない壮太郎との情交《なか》が、鉱山《やま》の人達の口から、薄々旦那の耳へも伝わってから、金の受渡しが一層やかましくなって、おかなは其事で如何かすると旦那と豪《えら》い喧嘩を始めることすらあった。夏の頃から、山間の湯に行ってみたり、市の方の医者へ通っていたりしていたおかなの躰は、涼気《すずけ》が経つに従って、いくらか肉づいて来たようであったが、やっぱり色光《いろつや》が出て来なかった。それに何方《どちら》を向いても、山ばかりのこの寂しい町で、雪の深い長い一冬を越すことは、今迄賑《にぎや》かな市にいたおかなに取っては、穴へ入るほど心細い仕事であった。どこか暖かい方へ出て、もとの商売をしよう！　おかなは時々その相談を、壮太郎にも為てみるのであった。

旦那から少許《すこしばかり》の手切をもらって、おかなが知合をたよって、着のみ着のままで千葉の方へ落ちて行くことになった頃には、壮太郎も悉皆零落《おちぶ》れはてていた。月はもう十二月であった。山はどこを見ても真白で、町には毎日毎日じめじめした霙《みぞれ》が降ったり、雪が積ったりしていた。

東京の自宅《うち》の方へ、時々無心の手紙などを書いていた壮太郎が、何の手応《てごたえ》もないのに気を腐らして、女から送って来た金を旅費にして、これもこの町を立って行ったのは、十二月の月ももう半過であった。旅客の姿の幾んど全く絶えてしまった停車場へ、独《ひとり》遺《のこ》されることになったお島は、兄を送っていった。精米所の主人や、浜屋の内儀《かみ》さんなどに、家賃や、時々の小遣などの借のたまっていた壮太郎のために、双方の談合《はなしあい》で、その質《かた》に、お島の躰があずけられる事になったのであった。

寒い冬空を、防寒具の用意すらなかった兄の壮太郎は、古い蝙蝠傘《こうもりがさ》を一本もって、宛然《さながら》兇状持《きょうじょうもち》か何ぞのような身すぼらしい風をして、そこから汽車に乗っていった。鳥打《とりうち》の廂《ひさし》から、落窪《おちくぼ》んだ目ばかりがぎろりと薄気味わるく光っていた。

その日は、夕方から雪がぼそぼそ降出して来た。綿の入ったものの支度すらできなかったお島は、袷《あわせ》の肌にしみる寒さに顫えながら、汽車の出てしまった寂しい停車場を、浜屋の番傘をさして、独りですごすご出て来た。

「兄さんに悉皆かつがれてしまったんだ！」

お島は初めて気がついたように、自分の陥ちて来た立場を考えた。

達磨などの多い、飲食店の店のなかからは、煮物の煙などが、薄白く寒い風に靡《なび》いていた。

五十三

繭買《まゆか》いや行商人などの姿が、安旅籠の二階などに見られる、五六月の交《こう》になるまで、旅客の迹《あと》の悉皆絶えてしまうこの町にも、県の官吏の定宿《じょうやど》になっている浜屋だけには、時々洋服姿で入って来る泊客があった。その中には、鉄道の方の役員や、保険会社の勧誘員というような人達もあったが、それも月が一月へ入ると、ぱったり足がたえてしまって、浜屋の人達は、炉端に額を集めて、飽々する時間を消しかねるような怠屈な日が多かった。

「さあ、こんな事をしちゃいられない。」

朝の拭掃除《ふきそうじ》がすんで了うと、その仲間に加わって、時のたつのを知らずに話に耽《ふけ》っていたお島は、新建の奥座敷で、昨夜《ゆうべ》も悪好きな花に夜を更していた主婦の、起きて出て来る姿をみると、急いで暖かい炉端を離れた。そして冬中女の手のへらされた勝手元の忙《せわ》しい働きの隙々《ひまひま》に見るように、主婦から配《あて》がわれている仕事に坐った。仕事は大抵、これからの客に着せる夜着《よぎ》や褞袍《どてら》や枕などの縫釈《ぬいとき》であった。前二階の広い客座敷で、それらの仕事に坐っているお島は、気がつまって来ると、独で鼻唄を謡いながら、機械的に針を動かしていたが、遣瀬《やるせ》のない寂しさが、時々頭脳《あたま》に襲いかかって来た。

窓をあけると、鳶色《とびいろ》に曇った空の果に、山々の峰続《みねつづ》きが仄白《ほのしろ》く見られて、その奥の方にあると聞いている、鉱山《やま》の人達の生活が物悲しげに思遣られた。奥座敷の縁側に出してある、大きな籠に啼いている小禽《ことり》の声が、時々聞えていた。

市《まち》から引れてある電灯の光が、薄明く家のなかを照《てら》す頃になると、町はもう何処も彼処も戸が閉されて、裏へ出てみると、一面に雪の降積った田畠《たはた》や林や人家のあいだから、ごとんごとんと響く、水車の音が単調に聞えて、涙含《なみだぐ》まるるような物悲しさが、快活に働いたり、笑ったりして見せているお島の心の底に、しみじみ湧あがって来た。

その頃になると、いつも炉端に姿をみせる精米所の主人が、もうやって来て大きな躰を湯に浸っていた。そしてお島たちが湯に入る時分には、晩酌の好い機嫌で、懸離れた奥座敷に延べられた臥床《ふしど》につくのであったが、花がはじまると、ぴちんぴちんと云う札の響きが、衆《みんな》の寝静った静な屋内《やうち》に、いつまでも聞えていた。二三人の町の人が、そこに集っていた。

酒ものまず、花にも興味をもたない若主人と、お島は時々二人きりで炉端に坐っていた。病気が癒るとも癒らぬともきまらずに、長いあいだ生家へ帰っている若い妻の身のうえを、独で案じわずろうている此の主人の寝起の世話を、お島はこの頃自分ですることにしていた。

五十四

新座敷の方の庭から、丁字形に入込《いりこ》んでいる中庭に臨んだ主人の寝室《ねま》を、お島はある朝、毎朝《いつも》するように掃除していた。障子襖の燻《くす》ぼれたその部屋には、持主のいない真新しい箪笥が二棹《ふたさお》も駢《なら》んでいて、嫁の着物がそっくり中に仕舞われたきり、錠がおろされてあった。お島は苦しい夢を見ているような心持で、そこを掃出していたが、不安と悔恨とが、また新しく胸に沁出《しみだ》していた。お島は人に口を利くのも、顔を見られるのも厭になったような自分の心の怯《おび》えを紛《まぎ》らせるために、一層精悍《かいがい》しい様子をして立働いていた。そして客の膳立などをする場所に当ててある薄暗い部屋で、妹達と一緒に朝飯をすますと、自分独りの思いに耽るために、急いで湯殿へ入っていった。窓に色硝子などをはめた湯殿には、板壁にかかった姿見が、うっすり昨夜の湯気に曇っていた。お島はその前に立って、いびつなりに映る自分の顔に眺入《いじら》っていた。親達や兄や多くの知った人達と離れて、こんな処に働いている自分の姿が可憐しく思えてならなかった。

お島は湯をぬくために、冷い三和土《たたき》へおりて行った。目が涙に曇って、そこに溢れ流れている噴井《ふきい》の水もみえなかった。他人のなかに育って来たお蔭で、誰にも痒《かゆ》いところへ手の達《とど》くように気を使うことに慣れている自分が、若主人の背《せなか》を、昨夜も流してやったことが憶出された。然うした不用意の誘惑から来た男の誘惑を、弾返《はねかえ》すだけの意地が、自分になかったことが悲しまれた。

「鶴さんで懲々している！」

お島はその時も、溺れてゆく自分の成行《なりゆき》に不安を感じた。

お島は力ない手を、浴槽の縁につかまったまま、流れ減って行く湯を、うっとり眺めていた。ごぼごぼと云う音を立てて、湯は流れおちていった。

橋をわたって、裏の庫《くら》の方へゆく、主人の筒袖《つつそで》を着た物腰の細《ほっそ》りした姿が、硝子戸ごしにちらと見られた。お島は今朝《けさ》から、まだ一度も此の主人の顔を見なかった。親しみのないような皮膚の蒼白い、手足などの繊細《きゃしゃ》なその躰がお島の感覚には、触るのが気味わるくも思えていたのであったが、今朝は一種の魅力が、自分を惹着《ひっつ》けてゆくようにさえ思われた。

「郵便が来ているよ。」

不意にその主人が、湯殿のなかへ顔を出して、懐ろから一封の手紙を出した。それは王子の父親のところから来たのであった。

「へえ、何でしょう。」

お島は手を拭きながら、それを受取った。そして封を披《ひら》いて見た。

五十五

山に雪が融けて、紫だったその姿が、くっきり碧《あお》い空に見られるようになる頃までに、お島は三度も四度も父親の手紙を受取った。

冬中閉されてあった煤《すす》けた部屋の隅々まで、東風《こち》が吹流れて、町に陽炎《かげろう》の立つような日が、幾日《いくか》となく続いた。淡雪《あわゆき》が意《おも》いがけなく、また降って来たりしたが、春の日光に照されて、直《じき》にびしょびしょ消えて行った。樋《ひ》の破目《やれめ》から漏れおちる垂滴《すいてき》の水沫《しぶき》に、光線が美しい虹を棚引《たなび》かせて、凧の唸声などが空に聞え、乾燥した浜屋の前の往来には、よかよか飴の太鼓が子供を呼んでいた。

「お暖《あつた》かになりやした。」

浜屋の炉端へ来る人の口から、そんな挨拶が聞かれた。

ちらほら梅の咲きそうな裏庭へ出て、冷い頸元《えりもと》にそばえる軽い風に吹かれていると、お島は荐《しきり》に都の空が恋しく想出《おもいだ》された。

「御父《おとつ》さんから、また手紙が来ましたよ。」

人のいないところで、帯の間から手紙を出してお島は男に見せた。

正月頃までは、ちょいちょい嫁の病気を見にいっていた男は、此頃では悉皆市《まち》の方へも足を遠退《とおの》いていた。湯殿口や前二階で、ひそひそ話をしている二人の姿が、妹達の目にも立つようになって来た。

そんな処に何時までぐずぐずしていないで、早く立って来い。父親の手紙は、いつも同じようであったが、お島の身のうえについて、立っているらしい碌《ろく》でもない噂が、昔し気質《かたぎ》の老人《としより》を怒らせている事は、その文言《もんごん》でも受取れた。

「どうしましょう。」

お島はその度《たんび》に、目に涙をためて溜息を吐《つ》いたが、還るとも還らぬとも決らずに、話がぐずぐずになる事が多かった。

「御父さんは、私が淫売にでもなっているものと思っているでしょう。」

お島はそうも言って笑った。

一緒に東京へ出る相談などが、二人のあいだに持上ったが、何もする事のない男は、そこまで盲目には成きれなかった。市へお島を私と住わして措《そっ》こうと云う相談も出たが、精米所の補助を受けて、かつかつ遣っている浜屋の生計向《くらしむき》では、それも出来ない相談であった。

一里半ほど東に当っている谿川《たにかわ》で、水力電気を起すための、測量師や工夫の幾組かが東京からやって来たり、山から降りて来たりする頃には、二人のなかを、誰も異《あや》しまなかった。月はもう五月に入りかけていた。

五十六

嫁の生家《さと》や近所への聞えを憚るところから、主婦《おかみ》の取計いで、お島がそれとなく、浜屋といくらか縁続きになっている山の或温泉宿へやられたのは、その月の末頃であった。

S—町の埧《はずれ》を流れている川を溯《さかのぼ》って、重なり合った幾箇《いくつ》かの山裾を辿《たど》って行くと、直にその温泉場の白壁や屋の棟が目についた。勾配の急な町には疾《はや》い小川の流れなどが音を立てて、石高《いしだか》な狭い道の両側に、幾十かの人家が窮窟そうに軒を並べ合っていた。

お島の行ったところは、そこに十四五軒もある温泉宿のなかでも、古い方の家であったが、崖造《がけづくり》の新しい二階などが、蚕《かいこ》の揚り時などに遊びに来る、居周《いまわり》の人達を迎えるために、地下室の形を備えている味噌蔵の上に建出《たてだ》されてあったりした。庭にはもう苧環《おだまき》が葉を繁らせ、夏雪草《なつゆきそう》が日に熔けそうな淡紅色の花をつけていた。

雪の深い冬の間、閉《た》てきってあったような、その新建の二階の板戸を開けると、直ぐ目の前にみえる山の傾斜面に拓いた畑には、麦が青々と伸びて、蔵の瓦屋根のうえに、小禽《ことり》が怡《うれ》しげな声をたてて啼《な》いていた。

山国の深さを思わせるような朝雲が、見あげる山の松の梢ごしに奇しく眺められた。

繭時にはまだ少し間のあるこの温泉場には、近郷の百姓や附近の町の人の姿が偶《たま》に見られるきりであった。お島はその間を、ここでも針仕事などに坐らせられたが、如何かすると若い美術学生などの、函をさげて飛込んで来るのに出逢った。

「こんな山奥へ入《い》らして、何をなさいますの。」

お島は絶えて聞くことの出来なかった東京弁の懐かしさに惹着けられて、つい話に晷《とき》を移したりした。

山越えに、××国の方へ渉《わた》ろうとしているその学生は、紫だった朝雲が、まだ山の端に消えうせぬ間《ま》を、軽々しい打扮《いでたち》をして、拵えてもらった皮包の弁当をポケットへ入れて、ふらりと立っていった。

「何て気楽な書生さんでしょう。男はいいね。」

お島は可羨《うらやま》しそうにその後姿を見送りながら、主婦《かみさん》に言った。

三十代の夫婦の外に、七つになる女の貰い子があるきり、老人気《としよりけ》のない此の家では、お島は比較的気が暢《の》びりしていた。始終蒼い顔ばかりしている病身な主婦《かみさん》は、暖かそうな日には、明い裏二階の部屋へ来て、希には針仕事などを取出していることもあったが、大抵は薄暗い自分の部屋に閉籠っていた。

夏らしい暑い日の光が、山間の貧しい町のうえにも照って来た。庭の柿の幹に青蛙《あおがえる》の啼声がきこえて、銀《しろがね》のような大粒の雨が遽に青々した若葉に降りそそいだりした。午後三時頃の懶《だる》い眠に襲われて、日影の薄い部屋に、うつらうつらしていた頭脳《あたま》が急にせいせいして来て、お島は手摺ぎわへ出て、美しい雨脚《あまあし》を眺めていた。圧しつけられていたような心が、跳《はね》あがるように目ざめて来た。

五十七

浜屋の主人が、二度ばかり逢いに来てくれた。

主人は来れば屹度《きつと》湯に入って、一晩泊って行くことにしていたが、お終いに別れてから、物の二日とたたぬうちに、また遣って来た。東京から突如《だしぬけ》に出て来たお島の父親をつれて来たのであった。

お島はその時、貰い子の小娘を手かけに負《おぶ》って、裏の山畑をぶらぶらしながら、道端の花を摘んでやったりしていた。この町でも場末の汚い小家《こいえ》が、二三軒飛離れたところにあった。朝晩は東京の四月頃の陽気であったが、昼になると、急に真夏のような強い太陽の光熱が目や皮膚に沁通って、仄かな草いきれが、鼻に通うのであった。一雨ごとに桑の若葉の緑が濃くなって行った。

「東京から御父《おとつ》さんが見えたから、ここへ連れて来たよ。」

主人は或百姓家の庭の、藤棚の蔭にある溝池《どぶいけ》の縁にしゃがんで、子供に緋鯉を見せているお島の姿を見つけると、傍へ寄って来て私語《ささや》いた。

「へえ……来ましたか。」

お島は息のつまるような声を出して叫んだなり、男の顔をしげしげ眺めていた。

「いつ来ました?」

「十一時頃だったろう。着くと直《す》ぐ、連れて帰ると言うから、お島さんが此方へ来ている話をすると、それじゃ私《わし》が一人で行って連れて来るといって、急立《せきた》つもんだからな。」

「ふむ、ふむ」とお島は鼻頭《はながしら》の汗もふかずに聞いていたが、「気のはやい御父さんですからね。」と溜息をついた。

「それで如何《どう》しました。」

「今あすこで一服すって待っているだが、顔さえ見れば直ぐに引立てて連れて行こうという見幕だで……。」

「ふむ」と、お島は蒼《あお》くなって、ぶるぶるするような声を出した。

「御父さんにここで逢うのは厭だな。」お島は手を堅く組んで首を傾げていた。「どうかして逢わないで還す工夫はないでしょうか。」

「でも、ここに居ることを打明けてしまったからね。」

「ふむ……拙《まず》かったね。」

「とにかく些《ちょっ》と逢った方がいいぜ。その上で、また善く相談してみたら如何だ。」

「ふむ――」と、お島はやっぱり凄い顔をして、考えこんでいた。「東京を出るとき、私は一生親の家の厄介にはなりませんと、立派に言断《いいき》って来ましたからね。今逢うのは実に辛い！」

お島の目には、ほろほろ涙が流れだして来た。

「為方《しかた》がない、思断《おもいき》って逢いましょう。」暫くしてからお島は言出した。

「逢ったら如何にかなるでしょう。」

二人は藤棚の蔭を離れて、畔道へ出て来た。

五十八

父親は奥へも通らず、大きい柱時計や体量器の据えつけてある上り口のところに、行儀よく居住《いずま》って、お島の小さい時分から覚えている持古しの火の用心で莨をふかしていたが、お島や浜屋にしつこく言われて、漸と勝手元に近い下座敷の一つへ通った。

「よく入《いら》っしゃいましたね。」お島は父親の顔を見た時から、胸が一杯になって来たが、空々しいような辞《ことば》をかけて、茶をいれたり菓子を持って来たりして、何か言出しそうにしている父親の傍に、じっと坐ってなぞいなかった。

「私のことなら、そんな心配なんかして、わざわざ来て下さらなくとも可かったのに。でも折角来たついでですから、お湯にでも入って、ゆっくり遊んで行ったら可いでしょう。」

「なに然うもしていられねえ。日帰りで帰るつもりでやって来たんだから。」父親も落着のない顔をして、腰にさした莨入をまた取出した。

「お前の躰が、たとい如何いうことになっていようとも、恁《こ》うやって己が来た以上は、引張って行かなくちゃならない。」

「如何いう風にもなってやしませんよ」と、お島は笑っていたが、父親の口吻《くちぶり》によると、彼はお島の最初の手紙によって、てっきり兄のために躰を売られて、ここに沈んでいるものと思っていた。そして東京では母親も姉も、それを信じているらしかった。それで父親は、今日のうちにも話をつけて、払うべき借金は綺麗に払って、連れて帰ろうと主張するのであった。

お島はその問題には、可成《なるべく》触れないようにして、父親に酒の酌をしたり、夕飯の給仕をしたりすると、奥の部屋に寝転んでいる浜屋の主人のところへ来て、自分の身のうえについて、密談に晷《とき》を移していたが、お島を返すとも返さぬとも決しかねて、夜になってしまった。

「人の妾なぞ私死んだって出来やしない。そんな事を聴したら、あの堅気な人が何を言って怒るかしれやしない。」

浜屋が自分で、直に父親に話をして、当分のうちどこかに囲っておこうと言出したときに、お島はそれを拒んで言った。然うすれば、精米所の主人に、内密《ないしょ》で金を出してもらって、T——市の方で、何かお島にできるような商売をさせようと云うのが、浜屋の考えつめた果の言条《いいじょう》であった。春の頃から、東京から取寄せた薬が利きだしたといって、此頃いくらか好い方へ向いて来たところから、近いうち戻って来ることになっている嫁のことをも、彼は考えない訳に行かなかった。そして其が一層男の方へお島の心を粘《へば》つかせていった。

奥まった小さい部屋から、二人の話声が、夜更までぼそぼそ聞えていた。

その夜なかから降出した雨が、暁になるとからりと霽《はれ》あがった。そしてお島が起出した頃には、父親はもうきちんと着物を着て、今にも立ちそうな顔をして、莨をふかしていた。

五十九

お島が腫《はれ》ぼったいような目をして、父親の朝飯の給仕《きゆうじ》に坐ったのは、大分たってからであった。明放した部屋には、朝間の寒い風が吹通って、田圃の方から、ころころころと啼く蛙《かわず》の声が聞えていた。

「今日は雨ですよ。迚《とて》も帰れやしませんよ。」お島は縁の端へ出て、水分の多い曇空を眺めながら呟いた。

「さあ、如何いう風になっているんですかね、私にも薩張《さつぱり》わからないんですよ。多分お金なんか可いんでしょう。」

ここに五十両もって来ているから、それで大概借金の方は片着く意《つもり》だからといって、父親が胴捲《どうまき》から金を出したとき、お島は空恍《そらとぼ》けた顔をして言った。

「それじゃ御父《おとう》さん憑《こ》うしましょう。私も長いあいだ世話になった家ですから、是から忙しくなろうと云うところを見込んで、帰って行くのも義理が悪いから、六月一杯だけいて、遅くともお盆には帰りましょう。」

お島はそうも言って、父親を宥め帰そうと努めたが、こんな所に長くいては、どうせ碌なことにはならないからと言張って、やっぱり肯《き》かなかった。田舎へ流れていっている娘について、近所で立っている色々の風聞が、父親の耳へも伝っていた。

「立つにしたって、浜屋へもちょっと寄らなくちゃならないし、精米所だって顔を出さないで行くわけにいきやしませんよ。私だって髪の一つも結わなくちゃ……」お島は腹立しそうに終《しまい》にそこを立っていったが、父親も到頭職人らしい若い時分の気象を出して、娘の躰を牽着《ひきつ》けておく風の悪い田舎の奴等が無法だといって怒りだした。

「お前と己とじゃ話の片がつかねえ。誰でもいいから、話のわかるものを此処へ呼んできねえ。」

父親は高い声をして言出した。

廊下をうろうろしていたお島の姿が、やがて浴場の方に現われた。

お島は目に一杯涙をためて、鏡の前に立っていたが、硝子戸をすかしてみると、今起きて出たばかりの男の白い顔が、湯気のもやもやした広い浴槽のなかに見られた。

「弱っちまうね、御父さんの頑固にも……」お島はそこへ顔を出して、溜息を吐《つ》いた。

「何といったって駄目だもの。」

如何しようと云う話もきまらずに、そこに二人は暫く立話をしていたが、するうち晷《とき》が段々移っていった。

浜屋が湯からあがった時分には、お島の姿はもう家のどの部屋にも見られなかった。町を離れて、山の方へお島は一人でふらふら登って行った。山はどこも彼処も、咽《むせ》かえるような若葉が鬱蒼《うつそう》としていた。痩せた菜花《なたね》の咲いているところがあったり、赭土《あかつち》の多い禿山の蔭に、瀬戸物を焼いている竈《かま》の煙が、ほのぼのと立昇っていたりした。お島は静かな其の山のなかへ、ぐんぐん入っていった。誰の目にも触れたくはなかった。どこか人迹《ひとあと》のたえたところで、思うさま泣いてみたいと思った。

六十

山の方へ入って行くお島の姿を見たという人のあるのを頼りに、方々捜しあるいた末に、或松山へ登って行った浜屋と父親との目に、猟師に追詰められた兎か何ぞのように、山裾の谿川の岸の草原に跪坐《しやが》んでいる彼女の姿の発見されたのは、それから大分たってからであった。

赤い山躑躅《やまつつじ》などの咲いた、その崖の下には、迅い水の瀬が、ごろごろ転がっている石や岩に砕けて、水沫《しぶき》を散しながら流れていた。危い丸木橋が両側の巌鼻《いわはな》に架渡《かけわた》されてあった。お島はどこか自分の死を想像させるような場所を覗いてみたいような、悪戯な誘惑に唆《そそ》られて、そこへ降りて行ったのであったが、流れの音や四下《あたり》の静《しず》けさが、次第に悟《もど》かしいような彼女の心をなだめて行った。

人の声がしたので、跳《はね》あがるように身を起したお島の目に、松の枝葉を分けながら降りて来る二人の姿がふと映った。お島は可恥《はずか》しさに躰が慄《ぞっ》然と立悚《たちすく》むようであった。二人の間に挟まれて、やがて細い崖道を降りて行ったが、目が時々涙に曇って、足下が見えなくなった。

父親に引立てられて、お島が車に乗って、山間のこの温泉場を離れたのは、もう十時頃であった。石高《いしだか》な道に、車輪の音が高く響いて、長いあいだ耳についていた町の流れが、高原の平地へ出て来るにつれて、次第に遠ざかって行った。

夏時《かじ》に氾濫する水の迹《あと》の凄いような河原を渉《わた》ると、しばらく忘れていたS――町のさまが、直にお島の目に入って来た。見覚えのある場末の鍛冶屋や桶屋が、二三月前の自分の生活を懐しく想出させた。軒の低い家のなかには、そっちこっちに白い繭の盛られてあるのが目についた。諸方から入込んでいる繭買いの姿が、滅切《めっきり》夏めいて来た町に、景気をつけていた。

お島は浜屋で父親に昼飯の給仕をすると、碌々男と口を利くひまもなく、直に停車場《ステーション》の方へ向ったが、主人も裏通りの方から見送りに来た。

「帰ってみて、もし行くところがなくて困るような時には、いつでも遣って来るさ。」浜屋は切符をわたすとき、お島に私語《ささや》いた。

停車場では、鞄や風呂敷包をさげた繭商人《まゆあきゅうど》の姿が多く目に立った。汽車に乗ってからも、それらの人の繭や生糸の話で、持切りであった。窓から頭を出しているお島の曇った目に、畔伝《あぜづた》いに、鳥打をかぶって町の裏通りへ入って行く浜屋の姿がいつまでも見えた。汽車の進行につれて、S―町や、山の温泉場の姿が、段々彼女の頭脳に通のいて行った。深い杉木立や、暗い森林が目の前に拡がって来た。ゆさゆさと風にゆられる若葉が、蒼い影をお島の顔に投げて行ったりした。

自分を苛める好い材料を得たかのように、帰りを待もうけている母親の顔が、憶い出されて来た。お島はそれを避けるような、自分の落つき場所を考えて見たりした。

六十一

汽車が武蔵の平野へ降りてくるにつれて、しっとりした空気や、広々と夷《なだら》かな田畠や矮林《わいりん》が、水から離れていた魚族《ぎょぞく》の水に返されたような安易を感じさせたが、東京が近《ちか》づくにつれて、汽車の駐《と》まる駅々に、お島は自分の生命を縮められるような苦しさを感じた。

「このまま自分の生家《うち》へも、姉の家へも寄りついて行きたくはない。」お島は独りでそれを考えていた。

「何等かの運を自分の手で切拓くまでは、植源や鶴さんや、以前の都《すべ》ての知合にも顔を合したくない」と、お島はそうも思いつめた。

王子《おうじ》の停車場《ステーション》へついたのは、もう晩方であったが、お島は引摺られて行くような暗い心持で、やっぱり父親の迹へついて行った。静かな町にはもう明がついて、山国にいなれた彼女の目には、何を見ても潤いと懐かしみとがあるように感ぜられた。

父親が、温泉場で目つけて根ぐるみ新聞に包んで持って来た石楠花や、土地名物の羊羹などを提げて、家へ入って行ったとき、姉も自分の帰りを待うけてでもいたように、母親と一緒に茶の間にいた。もう三つになったその子供が、歩き出しているのが、お島の目についた。

「へえ、暫く見ないまにもうこんなになったの。」お島は無造作に挨拶をすますと、自分の傷ついた心の寄りつき場をでも見つけたように、いきなりその子供を膝に抱取った。

「寅坊《とらぼう》、このおばちゃんを覚えているかい。お前を可愛がったおばちゃんだよ。」

羊羹の片《きれ》を持たされた子供は、直にお島に懐いた。

「何て色が黒くなったんだろう。」姉はお島の山やけのした顔を眺めながら、可笑《おかし》そうに言った。お島の様子の田舎じみて来たことが、鈍い姉にも住んでいた町のさまを想像させずにはおかなかった。

「一口に田舎田舎と非《くさ》すけれど、それあ好いところだよ。」お島はわざと元気らしい調子で言出した。

「だって山のなかで、為方のないところだというじゃないか。」

「私もそう思って行ったんだけれど、住んでみると大違いさ。温泉もあるし、町は綺麗だし、人間は親切だし、王子あたりじゃ迚《とて》も見られないような料理屋もあれば、芸者屋もありますよ。それこそ一度姉さんたちをつれていって見せたいようだよ。」

「島ちゃんは、あっちで、何かできたっていうじゃないか。だから其土地が好くなったのさ。」

「嘘ですよ。」お島は鼻で笑って、「こっちじゃ私のことを何とこそ言ってるか知れたもんじゃありゃしない。困って淫売でもしていると思ってたでしょう。これでも町じゃ私も信用があったからね、土地に居つくつもりなら商売の金主《きんしゅ》をしてくれる人もあったのさ。」

「へえ、そんな人がついたの。」

六十二

山の夢に浸っているようなお島は、直に邪慳《じゃけん》な母親のために刺戟されずにはいなかった。以前から善く聴きなれている「業突張《ごうつくばり》」とか「穀潰《ごくつぶ》し」とかいうような辞《ことば》が、彼女のただれた心の創《きず》のうえに、また新しい痛みを与えた。

お島が下谷《したや》の方に独身で暮している、父親の従姉にあたる伯母のところに、暫く躰をあずけることになったのは、その夏も、もう盆過ぎであった。素《もと》は或由緒のある剣客《けんかく》の思いものであった其の伯母は、時代がかわってから、東宮殿下《とうぐうでんか》の御者などに取立てられていた良人《おっと》が、悪い酒癖《しゅへき》のために職を罷《や》められて間もなく死んでしまった後は、一人の娘とともに、少許り習いこんであった三味線を、近所の娘達に教えなどして暮していたが、今は商売をしている娘の時々の仕送りと、人の賃仕事などで、漸う生きている身の上であった。

昔しを憶いだすごとに、時々口にすることのある酒が、萎《な》えつかれた脈管《みゃくかん》にまわってくると、爪弾《つめびき》で端唄を口吟《くちずさ》みなどする三味線が、火鉢の側の壁にまだ懸っていた。良人であった其の剣客の肖像も、煤けたまま梁《うつはり》のうえに掲《かか》っていた。

お島は養家を出てから、一二度ここへも顔出しをしたことがあったが、年を取っても身だしなみを忘れぬ伯母の容態《ようたい》などが、荒く育ってきた彼女には厭味に思われた。色の白そうな、口髭や眉や額の生際《はえぎわ》のくっきりと美しい其の良人の礼服姿で撮った肖像が、その家には不似合らしくも思えた。

「伯母さんの旦那は、こんな好い男だったんですかね。」

お島は不思議そうに其前へ立って笑った。其良人が、若いおりには、井伊家《いいけ》のお抱えであったりした因縁から、桜田《さくらだ》の不意の出来事当時の模様を、この伯母さんは、お島に話して聞かせたりした。子供をつれて浅草へ遊びに行ったとき、子供が荷物に突当ったところから、天秤棒を振あげて向って来る甘酒屋を、群衆の前に取って投げて、へたばらしたという話なども、お島には芝居の舞台か何ぞのように、其の時のさまを想像させるに過ぎなかった。

「この伯母さんも、旦那のことが忘れられないでいるんだ。」

伯母と一緒に暮すことになってから、お島は段々彼女の心持に、同感できるような気がして来た。

「やっぱり男で苦労した若い時代が忘られないでいるんだ。」

お島はそうも思った。

そんなに好いものも縫えなかった伯母の身のまわりには、それでも仕事が絶えなかった。中には芸者屋のものらしい派手なものもあった。

その手助に坐っているお島は、仕事がいけぞんざいだと云って、如何かすると物差《ものさし》で伯母に手を打《ぶ》たれたりした。

重《おも》に気のはらない、急ぎの仕事にお島は重宝がられた。

六十三

客から註文のセルやネルの単衣物《ひとえもの》の仕立などを、ちょいちょい頼みに来て、伯母と親しくしていたところから、時にはお島の坐っている裁物板《たちものいた》の側へも来て、寝そべって笑談《じょうだん》を言合ったりしていた小野田《おのだ》と云う若い裁縫師と一緒に、お島が始めて自分自身の心と力を打籠めて働けるような仕事に取着《とりつ》こうと思い立ったのは、その頃初まった外国との戦争が、忙しい其等の人々の手に、色々の仕事を供給している最中《さなか》であった。

自分の仕事に思うさま働いてみたい――奴隷のような是迄の境界《きょうがい》に、盲動と屈従とを強いられて来た彼女の心に、然うした慾望の目覚めて来たのは、一度山から出て来て、お島をたずねてくれた浜屋の主人と別れた頃からであった。

東京へ帰ってからのお島から、時々葉書などを受取っていた浜屋の主人は、菊の花の咲く時分に、ふいと出て来てお島のところを尋ねあてて来たのであったが、二日三日逗留している間に、お島は浅草や芝居や寄席へ一緒に遊びに行ったり、上野近くに取っていた其の宿へ寄って見たりした。

浜屋は近頃、以前のように帳場に坐ってばかりも居られなかった。そして鉱山《やま》の売買《うりかい》などに手を出していたところから、近まわりを其方こっち旅をしたりして暮していたが、東京へ来たのも、そんな仕事の用事であった。

「気を長く待っていておくれ。そのうち一つ当れば、お島さんだって其ままにしておきゃしない。」

彼は今でもお島をT――市の方へつれていって、そこで何等かの水商売をさせて、囲っておく気でいるらしかった。

「今更あの山のなかへなぞ行って暮せるもんですか。お妾さんなんか厭なこった。」お島はそう言って笑って別れたのであった。

男は少しばかりの小遣をくれて、停車場まで送ってくれた女に、冬にはまた出て来る機会のあることを約束して、立っていった。

東京で思いがけなく男に逢えたお島は、二三日の放肆《ほしいまま》な遊びに疲れた頭脳に、浜屋のことと、若い裁縫師のことを、一緒に考えながら、ぼんやり停車場を出て来た。

六十四

「如何です、こんな仕事を少し助《す》けてくれられないでしょうか」と、小野田がそう言って、持って来てくれた仕事は、是から寒さに向って来る戦地の軍隊に着せるような物ばかりであった。

それ迄仕売物《しうりもの》ばかり拵えている或工場に働いていた小野田は、そんな仕事が仲間の手に溢れるようになってから、それを請負うことになった工場の註文を自分にも仕上げ、方々人にも頼んであるいた。

「仕事はいっくらでも出ます。引受けきれないほどあります。」

小野田はお島がやってみることになった毛布の方の仕事を背負いこんで来ると、そう言って其の遣方《やりかた》を彼女に教えて行った。

毛布というのは兵士が頭から着る柿色の防寒外套であった。女の手に出来るような其《それ》の纏めに最初働いていたお島は、縫あがった毛布にホックや釦《ボタン》をつけたり、穴かがりをしたりすることに敏捷な指頭《ゆびさき》を慣した。

「これのまとめが一つで十三銭ずつです。」小野田がそう云って配《あて》がっていった仕事を、お島は普通の女の四倍も五倍もの十四五枚を一日に仕揚《しあ》げた。

手ばしこく針を動かしているお島の傍《そば》へ来て、忙《せわ》しいなかを出来上りの納《おさめ》ものを取りに来た小野田はこくりこくりと居睡をしていた。

平気で日に二円ばかりの働きをするお島の帯のあいだの財布のなかには、いつも自分の指頭《ゆびさき》から産出《うみだ》した金がざくざくしていた。

「こんな女《ひと》を情婦《いろおんな》にもっていれば、小遣に不自由するようなことはありませんな。」

小野田は眠からさめると、せっせと穴かがりをやっている手の働きを眺めながら、そう言ってお島の働きぶりに舌を捲いていた。

「如何です、私を情婦にもってみちゃ。」お島は笑いながら言った。

「結構ですな。」

小野田はそう言いながら、品物を受取って、自転車で帰っていった。

ホックづけや穴かがりが、お島には慣れてくると段々間弛《まだる》っこくて為方がなくなって来た。

年の暮には、お島はそれらの仕事を請負っている小野田の傭われ先の工場で、ミシン台に坐ることを覚えていた。むずかしい将校服などにも、綺麗にミシンをかけることが出来てきた。

「訳あないや、こんなもの。男は意気地《いくじ》がないね。」

お島はのろのろしている、仲間を笑った。

車につんで、溜池《ためいけ》の方にある被服所の下請をしている役所へ搬《はこ》びこまれて行く、それらの納《おさ》めものが、気むずかしい役員等のために非《けち》をつけられて、素直に納《おさ》まらないようなことが、ざらにあった。

「こんなものが納まらなくちゃ為方がないじゃありませんか。」

男達に代って、それらの納めものを持って行くことになったとき、お島はそう言って、ミシンが利《き》いていないとか、服地が粗悪だとか、何《なん》だ彼《かん》だといって、品物を突返そうとする役員をよく遣込《やりこ》めた。

お島のおしゃべりで、品物が何の苦もなく通過した。

六十五

お島が自分だけで、如何かして此の商売に取着いて行きたいとの望みを抱きはじめたのは、彼女《かれ》が一日工場でミシンや裁板の前などに坐って、一円二円の仕事に働くよりも、註文取や得意まわりに、頭脳を働かす方に、より以上の興味を感じだしてからであった。

「被服も随分扱ったが、女の洋服屋ってのは、ついぞ見たことがないね。」

ちょいちょい納品《おさめもの》を持って行くうちに、直に昵近《ちかづき》になった被服廠の役員たちが、そう云って、てきぱきした彼女の商いぶりを讃《ほ》めてくれた辞《ことば》が、自分に然した才能のある事をお島に考えさせた。

「洋服屋なら女の私にだってやれそうだね。」

仕事の途絶えたおりおりに、家の方にいるお島のところへ遊びに来る小野田に、お島がその事を言出したのは、今迄その働きぶりに目を注いでいた小野田に取っては、自分の手で、彼女を物にしてみようと云う彼の企てが、巧く壺にはまって来たようなものであった。

「遣ってやれんこともないね。」感じが鈍いのか、腹が太いのか解らないような小野田は、にやにやしながら呟いた。名古屋の方で、二十歳頃まで年季を入れていた此男は、もう三十に近い年輩であった。上向になった大きな鼻頭《はながしら》と、出張った頬骨《ほほぼね》とが、彼の顔に滑稽の相を与えていたが、脊が高いのと髪の毛が美しいのとで、洋服を着たときの彼ののっしりした厳《いか》つい姿が、如何かするとお島に頼もしいような心を抱かしめた。

「私のこれまで出逢った何《ど》の男よりも、お前さんは男振が悪いよ。」お島はのっそりした無口の彼を前において、時々遠慮のない口を利いた。

「むむ。」小野田はただ笑っている限《きり》であった。

「だけどお前さんは洋服屋さんのようじゃない。よくそんな風をしたお役人があるじゃないか。」

しなくなした前垂《まえだれ》がけの鶴さんや、臘細工《ろうざいく》のように唯美しいだけの浜屋の若主人に物足りなかったお島の心が、小野田のそうした風采に段々惹着けられて行った。

「工場から引こぬいて、これを自分の手で男にしてみよう。」

薄野呂《うすのろ》か何ぞのような眠たげな顔をして、いつ話のはずむと云うこともない小野田と親しくなるにつれて、不思議な意地と愛着《あいじゃく》とがお島に起って来た。

「洋服屋も好い商売だが、やっぱり資本《もと》がなくちゃ駄目だよ、金の寝《ね》る商売だからね。」

小野田はお島に話した。

「資本があってする商売なら、何だって出来るさ。だけれど、些《ちょっ》とした店で、どのくらいかかるのさ。」

「店によりきりさ。表通りへでも出ようと云うには、生やさしい金じゃ迚《とて》も駄目だねぇ。」

六十六

芝《しば》の方で、適当な或小い家が見つかって、そこで小野田と二人で、お島が此こそと見込んだ商売に取着きはじめたのは、十二月も余程押迫って来てからであった。小然うなるまでに、お島は幾度生家《うち》の方へ資金の融通を頼みに行ったか知れなかった。小いところから仕揚げて大くなって行った大店《おおだな》の成功談などに刺戟されると、彼女は如何でも係《こう》でもそれに取着かなくてはならないように心が焦だって来た。町を通るごとに、何れも此も相当に行き立っているらしい大きい小いそれらの店が、お島の腕をむずむずさせた。見たところ派手でハイカラで儲《もうけ》の荒いらしいその商売が、一番自分の気分に適《ふさ》っているように思えた。

「田町《たまち》の方に、こんな家があるんだよ。」

お島はもと郵便局であった、間口二間に、奥ゆき三間ほどの貸家を目つけてくると、早速小野田に逢って其の話をした。金をかけて少しばかり手入をすれば、物に成りそうに思えた。

「取着には持ってこいの家だがね。」

持主が、隣の酒屋だと云うその家が、小野田にも望みがありそうに思えた。

「あすこなら、物の百円とかけないで、手頃な店が出来るね。それに屋賃は安いし大家《おおや》の電話は借りられるし。」

幾度足を運んでも、母親が我張《がんば》って金を出してくれない生家《うち》から、鶴さんと別れたとき搬びこんで来たままになっている自分の箪笥や鏡台や着物などを、漸とのことで持出して来たとき、お島は小野田や自分の手で、着物の目星《めぼ》しいものをそっち此方売ってあるいた。

もと大政の兄弟分であった大工の愛宕下《あたごした》の方にいることを、思いだして、それに店の手入を頼んでから、郵便局に使われていた古い其家の店が、急に土間に床《ゆか》が拵えられたり、天井に紙が張られたり、棚が作られたりした。一畳三十銭ばかりの安畳が、どこかの古道具屋から持運ばれたりした。

雨降がつづいて、木片や鋸屑《おがくず》の散《ちら》かった土間のじめじめしているようなその店へ、二人は移りこんで行った。

陳列棚などに思わぬ金がかかって、店が全く洋服屋の体裁を具《そな》えるようになるまでに、昼間お島の帯のあいだに仕舞われてある財布が、二度も三度も空になった。大工が道具箱を隅の方に寄せて、帰って行ってから、お島はまたあわただしく箪笥の抽斗《ひきだし》から取出した着物の包をかかえて、裏から私《そっ》と出て行った。

外はもう年暮《としぐれ》の景気であった。赤い旗や紅提灯に景気をつけはじめた忙しい町のなかを、お島は込合う電車に乗って、伯母の近所の質屋の方へと心が急かれた。

六十七

ミシンや裁台《たちだい》などの据えつけに、それでも尚足りない分を、お島の顔で漸と工面《くめん》ができたところで、二人の渡り職人と小僧とを傭い入れると、直に小野田が被服廠の下請からもらって来た仕事に働きはじめた。

「大晦日《おおみそか》にはどんな事があってもお返しするんですがね。仕事は山ほどあって、面白いほど儲かるんですから。」

お島はそう言ってそのミシンや裁板を買入れるために、小野田の差金で伯母の関係から知合いになった或衣装持の女から、品物で借りて漸と調《ととの》えることのできた際《きわ》どい金を、彼女は途中で目についた柱時計や、掛額などがほしくなると、ふと手を着けたりした。

「みんな店のためです。商売の資本《もと》になるんです。」

お島は小野田に文句を言われると、悧巧《りこう》ぶって応《こた》えた。

まだ自分の店に坐った経験のない小野田の目にも、そうして出来あがった店のさまが物珍らしく眺められた。

「うんと働いておくれ。今にお金ができると、お前さんたちだって、私が放抛《うつちや》っておきゃしないよ。」お島はそう言って、のろのろしている職人に声をかけたが、夜おそくまで廻っているミシンの響や、アイロンの音が、自分の腕一つで動いていると思うと、お島は限ない歓喜と矜とを感じずにはいられなかった。

劇《はげ》しい仕事のなかに、朝から薄ら眠いような顔をしているような乱次《だらし》のない小野田の姿が、時々お島の目についた。

「ちッ、厭になっちまうね。」

お島は針の手を休めて、裁板の前にうとうとと居睡をはじめている彼の顔を眺めて呟いた。

「どうしてでしょう。こんな病気があるんだろうか。」

職人がくすくす笑出した。

「そんなこって善く年季が勤まったと思うね。」

「莫迦《ばか》いえ。」小野田は性《しよう》がついて来ると、また手を働かしはじめた。

色々なものの支払いのたまっている、大晦日が直に来た。品物でかりた知合の借金に店賃、ミシンの月賦《げつぷ》や質の利子もあった。払いのこしてあった大工の賃銀《ちんぎん》のことも考えなければいられなかった。

「こんなことじゃ迚《とて》も追着《おつつ》きこはありゃしない。」お島は暮に受取るべき賃銀を、胸算用で見積ってみたとき、そう言って火鉢の前に腕をくんで考えこんだ。
「もっともっと稼がなくちゃ。」お島はそうも言って気をあせった。

六十八

大晦日《おおみそか》が来るまでに、二時になっても三時になっても、皆が疲れた手を休めないような日が、三日も四日も続いた。

　夜が更けるにつれて、表通りの売出しの楽隊の囃《はや》しが、途絶えてはまた気懈《けだる》そうに聞えて来た。門飾《かどかざり》の笹竹《ささだけ》が、がさがさと憊《くたび》れた神経に刺るような音を立て、風の向で時々耳に立つ遠くの町の群衆の跫音が、潮《うしお》でも寄せて来るように思い做された。

　職人達の口に、嗄《か》れ疲れた話声が途絶えると、寝不足のついて廻っているようなお島の重い頭脳《あたま》が、時々ふらふらして来たりした。がたんと言うアイロンの粗雑《がさつ》な響が、絶えず裁板のうえに落ちた。ミシンがまた歯の浮くような騒々しさで運転しはじめた。

「この人到頭寝てしまったよ。」

　寒さ凌ぎに今までちびちび飲んでいた小野田が、いつの間にか、そこに躰を縮めて、ごろ寝をしはじめていた。

「今日は幾日《いくか》だと思ってるのだい。」

「上さんは感心に目《め》の堅《かた》い方《ほう》ですね。」職人がそれに続いてまた口を利いた。

「私は二日三日寝ないだって平気なもんさ。」

お島は元気らしく応えた。

晦日の夜おそく、仕揚げただけの物を、小僧にも脊負わせ、自分にも脊負って、勘定を受取って来たところで、漸と大家や外の小口を三四軒片着けたり、職人の手間賃《てまちん》を内金《うちきん》に半分ほども渡したりすると、残りは何程もなかった。

「宅《うち》じゃこういう騒ぎなんです。」

品物を借りてある女が、様子を見に来たとき、お島は振顧《ふりむ》きもしないで言った。店には仕事が散《ちら》かり傍題に散かっていた。熨斗餅《のしもち》が隅の方におかれたり、牛蒡締《ごぼうじめ》や輪飾《わかざり》が束《つく》ねられてあったりした。

「貴女の方は大口だから、今夜は勘弁してもらいましょうよ。」

お島はわざと嵩《かさ》にかかるような調子で言った。

小野田に嫁の世話を頼まれて、伯母がこれをと心がけていた其の女は、言にくそうにして、職人の働きぶりに目を注いでいた。女は居辛かった田舎の嫁入先を逃げて来て、東京で間借をして暮していた。着替や頭髪の物などと一緒に持っていた幾許《いくら》かの金も、二三月の東京見物や、月々の生活費に使ってしまってから、手が利くところから仕立物などをして、小遣を稼いでいた。二三度逢ううち直にお島はこの女を古い友達のようにして了った。

「宅《うち》で年越でもするさ。」

女は惘《あき》れたような顔をして、火鉢の傍で小野田と差向いに坐っていたが、間もなく黙って帰って行った。

「いくらお辞儀が嫌いだって、あんなこと言っちゃ可《い》けねえ。」後で小野田がはらはらしたように言出した。

「ああでも言って逐攘《おつぱら》わなくちゃ、遣切れやしないじゃないか。」お島は顫《ふる》えるような声で言った。「不人情で言うんじゃないんだよ。今に恩返しをする時もあるだろうと思うからさ。」

六十九

同じような仕事の続いて出ていた三月《みつき》ばかりは、それでもまだ如何か佸《こう》かやって行けたが、月が四月へ入って、ミシンの音が途絶えがちになってしまってからは、お島が取かかった自分の仕事の興味が、段々裏切られて来た。職人の手間を差引くと、幾許《いくら》も残らないような苦しい三十日《みそか》が、二月も三月も続いた。屋賃が滞ったり、順繰《じゆんぐり》に時々で借りた小い借金が殖《ふ》えて行ったりした。

「これじゃ全然《まるで》私達が職人のために働いてやっているようなものです。」お島は遣切《やりきり》のつかなくなって来た生活の圧迫を感じて来ると、そう言って小野田を責めた。冬中忙《せわ》しかった裁板の上が、綺麗に掃除をされて、職人の手を減した店のなかが、如何かすると吹払《ふきはら》ったように寂しかった。

近頃電話を借りに行くこともなくなった大家の店には、酒の空瓶にもう八重桜が生かっているような時候であった。そこの帳場に坐っている主人から、お島たちは、二度三度も立退の請求を受けた位であった。

「洋服屋って、皆なこんなものなの。私は大変な見込ちがいをして了った。」

終《しまい》に工賃の滞っているために、身動きもできなくなって来た職人と、店頭《みせさき》へ将棋盤などを持出していた小野田の、それにも気乗《きのり》がしなくなって来ると、ぽかんとして女の話などをしている暢気《のんき》そうな顔が、間がぬけたように見えて来ると、一人で考え込んでいたお島はその傍《そば》へ行って、やきもきする自分を強いて抑えるようにして笑いかけた。

「何《なあ》に、然《しか》うでもないよ。」

小野田は顔を顰めながら、仕事道具の饅頭を枕に寝そべりながら、気の長そうな応答《うけこたえ》をしていた。

お島はのろくさい其の居眠姿が癪にさわって来ると、そこにあった大きな型定規《かたじょうぎ》のような木片を取って、縮毛のいじいじしたような頭顱《あたま》へ投つけないではいられなかった。

「こののろま野郎！」

お島は血走ったような目一杯に、涙をためて、肉厚な自分の頬桁《ほほけた》を、厚い平手で打返さないではおかない小野田に喰ってかかった。猛烈な立まわりが、二人のあいだに始まった。

殺しても飽足りないような、暴悪な憎悪の念が、家を飛出して行く彼女の頭に湧返っていた。

暫くすると、例の女の間借をしている二階へ、お島は真蒼になって上って行った。

「あの男と一緒になったのが、私の間違いです。私の見損いです。」お島は泣きながら話した。

「どうかして一人前の人間にしてやろうと思って、方々駈ずりまわって、金をこしらえて店を持ったり何かしたのが、私の見込ちがいだったのです。」

お島は口惜しそうにぼろぼろ涙を流しながら言った。

「どうしても私は別れます。あの男と一緒にいたのでは、私の女が立ちません。」

荒い歔欷《すすりなき》が、いつまで経っても遏《や》まなかった。

七十

「如何なすったね。」

脇目もふらずに、一日仕事にばかり坐っている沈みがちな其女は、惘《あき》れたような顔をして、お島が少し落着きかけて来たとき、言出した。

「貴女《あんた》はよく稼ぐというじゃないかね、如何してそう困るね。」

「私がいくら稼いだって駄目です。私はこれまで惰《なま》けるなどと云われたことのない女です。」お島は涙を拭きながら言った。

「洋服屋というものは、大変儲かる商売だということだけれど……二人で稼いだら楽にやって行けそうなものじゃないかね。」女はやはり仕事から全く心を離《や》さずに笑っていた。

「それが駄目なんです。あの男に悪い病気があるんです。私は行ろうと思ったら、どんな事があっても遣通《やりとお》そうって云う気象ですから、のろのろしている名古屋ものなぞと、気のあう筈がないんです。」

「そんな人と如何して一緒になったね。」女はねちねちした調子で言った。

お島は「ふむ」と笑って、泣顔を背向《そむ》けたが、この女には、自分の気分がわかりそうにも思えなかった。

「でも東京というところは、気楽な処じゃないかね。私等《わしら》姑さんと気が合わなんだで、伉《こう》して別れて東京へ出て来たけれど、随分辛い辛抱もして来ましたよ。今じゃ独身《ひとり》の方が気楽で大変好いわね。御亭主なんぞ一生持つまいと思っているわね。」

そして来て為方がなかった。どこへ廻っても、誤り虐《いじらし》げられて来たような己が、可憐くて腹立しかった。

いて圧《おし》つけようとしたが、どん底から衝動《こみあ》げて来るような悲痛な念《おもい》が、留《とめ》どもなく波だっ

そしてやっぱり自分一人のことに思い耽《ふけ》っていた。時々胸からせぐりあげて来る涙を、強

「何を言っているんだ」と云うような顔をして、お島は碌々それには耳も仮《か》さなかった。

小野田がのそりと入って来たときも、静に針を動かしている女の傍に、お島は坐ってい

た。どんよりした目には、こびり着いたような涙がまだたまっていた。

「何だ、そんな顔をして。だから己が言うじゃないか、どんな商売だって、一年や二年で

物になる気遣はないんだから、家のことはかまわないで、お前はお前で働けばいいと。」

小野田はそこへ胡坐をくむと、袂から莨を出してふかしはじめた。

「被服の下請なんか、割にあわないからもう断然止めだ。そして明朝《あした》から註文取におある

きなさい。」

お島は「ふむ」と鼻であしらっていたが、女の註文取という小野田の思いつきに、心が

動かずにはいなかった。

「そしてお前には外で活動してもらって、己は内をやる。そうしたら或は成立って行くか

も知れない。」

「こんな身装《なり》で、外へなんか出られるもんか。」お島ははねつけていたが、誰もしたこと

のない其仕事が、何よりも先ず自分には愉快そうに思えた。帰るときには、お島のいらいらした感情が、悉皆和《なご》められていた。そして明日から又初めての仕事に働くと云うことが、何かなし彼女の矜を唆《そそ》った。

「こうしては居られない。」

彼女の心にはまた新らしい弾力が与えられた。

七十一

晩春から夏へかけて、それでもお島が二著《ちゃく》三著《ちゃく》と受けて来た仕事に、多少の景気を添えていた其店も、七、八、九の三月にわたっては、金にもならない直しものが偶《たま》に出るくらいで、ミシンの廻転が幾《ほと》どぱったり止ってしまった。

最初お島が仲間うちの店から借りて来たサンプルを持って、註文を引出しに行ったのは、生家《さと》の居周にある昔からの知合の家などであったが、受けて来る仕事は、大抵詰襟の労働服か、自転車乗の半窄袴《はんずぼん》くらいのものであった。それでもお島の試された如才ない調子が、そんな仕事に適していることを証すに十分であった。

サンプルをさげて出歩いていると、男のなかに交って、地《じ》を取決めたり、値段の掛引をしたり、尺を取ったりするあいだ、お島は自分の浸っている此頃の苦しい生活を忘れて、浮々した調子で、笑談やお世辞が何の苦もなく言えるのが、待設《まちもう》けない彼女の興味をそそった。

煙突の多い王子のある会社などでは、応接室へ多勢集って来て、面白そうに彼女の周囲を取捲いたりした。

「もし好かったら、どしどし註文を出そう。」

その中の一人はそう言って、彼女を引立てるような意志をさえ漏らした。

「そう一時に出ましても、手前どもではまだ資本がございませんから。」

お島はその会社のものを、自分の口一つで一手に引受けることが何の雑作もなさそうに思えたが、引受けただけの仕事の材料の仕込にすら差閊《さしつか》えていることを考えずにはいられなかった。

註文が出るに従って、材料の仕込に酷《ひど》く工面《めん》をしても追着《おつつ》かないような手づまりが、時々好い顧客《とくい》を逃したりした。

「ええ、可《よろ》しゅうございますとも、外《ほか》さまではございませんから。」

品物を納めに行ったとき、客から金の猶予を言出されると、お島は悪い顔もできずに、調子よく引受けたが、それを帰って、後の仕入の金を待設けている小野田に、報告するのが切なかった。それでまた外の顧客先へ廻って、懈《だる》い不安な時間を紛らせていなければならなかった。

「堅い人だがね、如何してくれなかったろう。」

お島は小野田の失望したような顔を見るのが厭さに、小野田がいつか手本を示したように、私《そっ》と直しものの客の二重廻しなどを風呂敷に裹《つつ》みはじめた。

「どうせ冬まで寝しておくものだ。」お島は心の奥底に淀《おど》んでいるような不安と恐怖を圧しつけるようにして言った。そして此頃昵《なじ》みになった家へ、それを抱こんで行った。

一日外をあるいているお島は、夜になるとぐっすり寝込んだ。昼間居眠をしている男の躰が、時々夢現《ゆめうつつ》のような彼女の疲れた心に、重苦しい圧迫を感ぜしめた。

七十二

それから其へと、段々展《ひろ》げて行った遠い顧客先《とくいさき》まわりをして、如何かすると、夜遅くまで帰って来ないお島には解らないような苦しい遣繰《やりくり》が持切れなくなって来たとき、小野田の計画で到頭そこを引払って、月島《つきしま》の方へ移って行ったのは、其冬の初めであった。

造作を売った二百円弱《たらず》の金が、その時小野田の手にあった。細々した近所の買がかりに支払をした残りで、彼はまた新しく仕事に取着く方針を案出して、そこに安い家を見つけて、移って行ったのであったが、意《おも》いのほか金が散かったり、品物が掛になったりして、資本の運転が止ったところで、去年よりも一層不安な年の暮が、直《すぐ》にまた二人を見舞って来た。

荒いコートに派手な頸捲《えりまき》をして、毎日のように朝夙《あさはや》くから出歩いているお島が、掛先から空手でぼんやりして帰って来るような日が、幾日《いくか》も続いた。

仕事の途絶えがちな——偶《たま》に有っても賃銀のきちんきちんと貰えないような仕事に働くことに倦《う》んで来た若い職人は、好い口を捜すために、一日店をあけていた。

病気のために、中途戦争から帰って来たその職人は、軍隊では上官に可愛がられて上等兵に取立てられていたが、久振で内地へ帰ってくると、職人気質の初めのような真面目さがなくなって、持って来た幾許《いくら》かの金で、茶屋酒を飲んだり、女に耽ったりして、金に詰って来たために、もと居た店の物をこかしたり、友達の着物を持逃したりして、居所がなくなったところから、小野田の店へ流れて来たのであったが、其時にはもう悉皆《すつかり》さめてしまって、旧《もと》の小心な臆病ものの自分になり切っていた。

来た当座、針を動かしている彼は時々巡査の影を見て怕《おそ》れおののいていた。そしてどんな事があっても、一切日《ひ》の面《おもて》へ出ることなしに、家にばかり閉籠《とじこも》っていた。彼は救われたお島のために、家のなかではどんな用事にも働いたが、昼間外へ出ることとなると、釦《ぼたん》一つ買いにすら行けなかった。点呼にも彼は居所を晦《くら》ましていて出て行く機会を失った。それが一層彼の心を萎縮させた。

今朝も彼は朝飯のとき、奥での夫婦の争いを、蒲団《ふとん》のなかで聴いていながら、臆病な神経を戦《わなな》かせていた。最初その争いは多分夫婦間独自の衝突であったらしく思えたが、此頃の行詰った生活問題にも繋っていた。

「私はこうみえても動物じゃないんだよ。そうそう外も内も勤めきれんからね。」

お島はこの頃よく口にするお株を、また初めていた。

誰があの職人を今迄引留めておいたかと言うことが、二人の争いとなった。

「お前さんさえ働けあ、家なんざ小僧だけで沢山なんだ。」飽っぽやいお島が言出していた。どんな事があっても、三人でこの店を守立ててみせると力んでいた彼女が、どんな冷酷な心を持っているかとさえ疑《うたがわ》れた。

七十三

二日ばかり捜しあるいた口が、どこにも見つからなかったのに落胆《がっかり》した彼が、日の暮方に疲れて渡場の方から帰って来たとき、家のなかは其処らじゅう水だらけになっていた。

以前友達の物を持逃したりなどしたために、警察へ突出そうと迄憤っている男もあって、急にぐれてしまった自分の悪い噂が、そっちにも此方にも広がっていることを感づいたほか、何の獲物もなかった彼は、当分またお島のところに置いてもらうつもりで、寒い渡しを渡って、町へ入って来たのであったが、お島の影はどこにも見えずに、主人の小野田が雑巾を持って、水浸しになった茶の間の畳をせっせと拭いていた。気の小さい割には、躯の巌丈《がんじょう》づくりで、厚手に出来た唇や鼻の大きい、銅色《あかがねいろ》の皮膚をした彼は、惘《あき》れたような顔をして、障子も襖もびしょびしょした茶の室《ちゃま》の入口に突立っていた。

「如何したんです。私《あっし》の留守のまに小火《ぼや》でも出たんですか。」

「何《なあ》に、彼奴《あいっ》の悪戯《いたずら》だ。為様のない化物だ。」小野田はそう言って笑っていた。

昨日の晩から頭顱《あたま》が痛いといってお島はその日一日充血したような目をして寝ていた。髪が総毛立ったようになって、荒い顔の皮膚が巌骨《いわっころ》のように硬張っていた。そして時々うんうん唸り声をたてた。

米や醤油を時買《ときがい》しなければならぬような日が、三日も四日も二人に続いていた。お島は朝から碌々《ろくろく》物も食べずに、不思議に今迄助かっていた鶴さん以来の蒲団を被って、臥《ふせ》っていた。

自身に台所をしたり、買いものに出たりしていた小野田には、女手のない家か何ぞのような勝手元や家のなかの荒れ方が、腹立しく目についたが、それは其として、時々苦しげな呻吟《うめき》の聞える月経時の女の躯が、やっぱり不安であった。

「腰の骨が砕けて行きそうなの。」

お島は傍へ寄って来る小野田の手に、絡《から》みつくようにして、赭《あか》く淀《おど》み曇《うる》んだ目を見据えていた。

小野田は優しい辞《ことば》をかけて、腰のあたりを擦《さす》ってやったりした。

「私はどこか躰を悪くしているね。今までこんな事はなかったんだもの。私の躰が人と異《ちが》っているのか知ら。誰でも恁《こ》うかしら。」お島は小野田に躰に触らせながら、この頃になって萌《きざ》しはじめて来た、自分か小野田かに生理的の欠陥があるのではないかとの疑いを、その時も小野田に訴えた。

お島は小野田に済まないような気のすることもあったが、この結婚がこんな苦しみを自分の肉体に齎《もたら》そうとは想いもかけなかった。

お島は今着ているものの聯想から鶴さんの肉体のことを言出しなどして、小野田を気拙《きまず》がらせていた。男の躰に反抗する女の手が、小野田の火照《ほて》った頬に落ちた。

兇暴なお島は、夢中で水道の護謨栓《ごむせん》を向けて、男の復讐を防ごうとした。

七十四

小野田の怯んだところを見て、外へ飛出したお島は、何処へ往くという目当もなしに、幾箇《いくつ》もの町を突切って、不思議に勢いづいた機械のような足で、ぶらぶら海岸の方へと歩いて行った。

町幅のだだっ広い、単調で粗雑《がさつ》な長い大通りは、どこを見向いても陰欝に関寂《ひっそり》していたが、その癖寒い冬の夕暮のあわただしい物音が、荒《さび》れた町の底に淀《おど》んでいた。燻《くす》みきった男女《おとこおんな》の顔が、そこここの薄暗い店屋《みせや》に見られた。活気のない顔をして職工がぞろぞろ通ったり、自転車のベルが、海辺の湿っぽい空気を透して、気疎《けうと》く耳に響いたりした。目に見えないような大道の白い砂が、お島の涙にぬれた目や頬に、如何かすると痛いほど吹つけた。

お島は死場所でも捜しあるいている宿なし女のように、橋の袂をぶらぶらしていたが、時々欄干にもたれて、争闘に憊《つか》れた躰に気息《いき》をいれながら、ぼんやり彳《たたず》んでいた。寒い汐風が、蒼い皮膚を刺すように沁透《しみとお》った。

やがて仄暗い夜の色が、縹渺《ひょうびょう》とした水のうえに這ひろがって来た。そしてそこを離れる頃には、気分の落著いて来たお島は、腰の方にまた劇しい疼痛を感じた。そして暗くなった町を通って、家へ入って行った時、店の入口で見慣れぬ老爺《じじい》の姿が、お島の目に入った。

お島は一言二言口を利いているうちに、それがつい二三日前に、ふっと引込まれて行くような射倖心《しゃこうしん》が動いて、つい買って見る気になった或賭ものの中《あた》った報知《しらせ》であることが解った。

「お上さんは気象が面白いから、急度中《きつと》りますぜ。」

暮をどうして越そうかと、気をいらいらさせているお島に、そんな事に明い職人が説勧《ときすす》めてくれた。秘密にそれの周旋をしている家の、近所にあることまで、彼は知っていた。

「厭だよ、私そんなものなんか買うのは……。」お島はそう言って最初それを拒んだが、やっぱり誘惑されずにはいられなかった。

「そんな事をいわずに、物は試しだから一口買ってごらんなさい。しかし度々は可《い》けません。中ったら一遍こきりでおよしなさい。」職人は勧めた。

「何といって買うのさ。」

「何だって介意《かま》いません。あんたが何処かで見たものとか聞いた事とか……見た夢でもあれば尚面白い。」

それでお島は、昨夜見た竜の夢で、それを買って見ることにしたのであった。

意《おも》いもかけない二百円ばかりの纏《まと》まった金を、それで其の爺さんが持込んで来てくれたのであった。

秘密な喜悦《よろこび》が、恐怖に襲われているお島たちの暗い心のうえに拡がって来た。

「気味《きび》がわるいようだね。」

爺さんの行ったあとで、お島はその金を神棚へあげて拝みながら、小野田に私語《ささや》いた。

七十五

灯明の赤々と照している下で、お島たちはまるで今迄の争いを忘れてしまったように、興奮した目を輝かして坐っていた。何か不思議な運命が、自分の身のうえにあるように、お島は考えていた。暗い頭脳の底から、光が差してくるような気がした。

「ふむ、恁云《こうい》うこともあるんだね。」お島は感激したような声を出した。

「全く木村さんのいうことは当ったよ。して見ると、私は何でもヤマを張って成功する人間かも知れないね。」

「お上さんの気前《きまえ》じゃ、地道《じみち》なことは迚《とて》も駄目かも知れませんよ。」

「面倒くさい洋服屋なんか罷《や》めて、株でも買った方がいいかも知れないよ。」

「然ですね。洋服屋なんてものは、迚も見込はありませんね。私は二日歩《あつし》いてみて、つくづく此の商売が厭になってしまった。」

職人は首を頸垂《うなだ》れて溜息を吐いた。

「そんな事を言ったって、今更この商売が罷められるものか。」小野田は何を言っているかと云う顔をして、呟いた。

職人はやっぱり深く自分のことに思入っているように、それには耳も仮さなかった。

「私《あつし》ゃ早晩洋服屋って商売は駄目になると思うね。羅紗屋と裁縫師、その間に洋服屋なんて云う商人とも職工ともつかぬ、不思議な商売の成立《なりたち》を許さない時機が、今にきっと来ると思いますね。」

職人は興奮したような調子で言った。

「如何してさ」お島は目元に笑って、

「この人はまた妙なことを言出したよ。」

「だって然うでしょう」職人は誰にもそれが解らないのが不思議のように熱心に、「だからお客は莫迦に高いものを着せられて、職人はお店《たな》のために働くということになる。その癖洋服屋は資本が寝ますから、小い店は迚も成立って行きやしませんや。これは如何したって、お客が直接地を買って、裁縫師に仕立を頼むってことにしなくちゃ嘘ですよ。」

「ふむ」と、お島は首を傾げて聴惚《ききほ》れていた。今まで莫迦にしていたこの男が、何か耳新しい特殊な智識を持っている悧巧もののように思えて来た。

「君は職人だから、自分に都合のいいように考えるんだけれど、実地にはそうは行かないよ。」小野田は冷笑《あざわら》った。

「だがこの人は莫迦じゃないね。何だか今に出世をしそうだよ。」

お島はそう言って、神棚から取おろした札束の中から、十円札を一枚持出すと、威勢よく表へ飛出して行った。

「おい、ちょっと己にもう一度見せろよ。」小野田はそう言って、札を両手に引張りながら、物慾しそうに不安な目を瞠《みは》った。

「好い気になって余りぱっぱと使うなよ。」

お島が方々札びらを切って、註文して来た酒や天麩羅で、男達はやがて飲はじめた。

七十六

そんな噂がいつか町内へ拡がったところから、縁起を祝うために、鈴木組と云う近所の請負師の親分の家で出た、註文を不意に受けたのが縁で、その男の引立で、家が遽《にわか》に景気づいて来た。

月島で幅を利していたその請負師の家へ、お島は新調の著物などを着込んで、註文を聞きに行った。寒い雨の降る日で、茶の室《ちゃのま》の火鉢の側には下に使われている男が仕事を休んで、四五人集っていた。大きな縁起棚の傍には、つい三四日前の酉の市で買って来た熊手などが景気よく飾られて、諸方からの附届けのお歳暮が、山のように積まれてあった。男達のなかには、お島が見知の顔も見受けられた。

「お上さんは莫迦に鉄火《てっか》な女だっていうから、外套を一つ拵《こさ》えてもらおうと思うんだが……。」

金歯や指環などをぴかぴかさせて、糸織《いとおり》の褞袍《どてら》に着脹《きふく》れている、五十年輩のその親方は、そう言いながら、サンプルを見はじめた。痩ぎすな三十七八の小意気な女が、軟《やわら》かものを引張《ひっぱ》って、傍に坐っていた。

「工合がよければ、またちょいちょい好いお客をおれが周旋するよ。」

親分は無造作に註文を決めて了《しま》うと、そう言って莨をふかしていた。今迄受けたこともないような河獺《かわおそ》の衿つき外套や、臘虎《らっこ》のチョッキなどに、お島は当素《あてず》法《ほう》な見積を立てて、目の飛出るほどの法外な高値を、何の苦もなく吹かけたのであった。

「これを一つあなたのような方に召していただいて、是非皆さんに御吹聴して頂きたいのでございます。如何いたしましても、親方のようなお顔の売れた方の御贔負《ごひいき》にあずかりませんと、私共《わたくしども》の商売はとても成立って行きませんのでございます。」

男達はみんなお島の弁《しゃべ》る顔を見て、面白そうに笑っていた。

「お上さんの家では、お上さんが大層な働きもので、御亭主はぶらぶら遊んでいるというじゃないか。」男たちはお島に話しかけた。

「衆《みな》さんがそう言って下さいます。」お島は赤い顔をして、サンプルを仕舞っていた。

「たまに宅へお見えになるお客がございましても、私《わたくし》がいないと御註文がないと云う始末でございますから。あれじゃお前が一人で切廻す訳だと、お客さまが仰ゃって下さいます。」

お島はそう言って、この商売をはじめた自分の行立《ゆきたて》を話して、衆《みんな》を面白がらせながら、二時間も話しこんでいた。

「あの辺でおきき下さいませば、もう誰方《どなた》でも御存じでございます。滝庄《たきしょう》という親分が、以前私の父の兄で、顔を売っていたものですから、ああ云う社会の方《かた》が、あの辺ではちょいちょい私のお得意さまでございます。」

帰りがけにお島は、自分のそうした身のうえまで話した。

七十七

そんなような仕事が、少しばかり続くあいだ、例の金で身装《みなり》のできたお島は、暮のせわしいなかを、昼間は顧客《とくい》まわりをして、夜になると能く小野田と一緒に浮々した気分で年の市などに景気づいた町を出歩いたり、友達のようになった顧客先の細君連と、芝居へ入ったり浅草辺をぶらついたりして調子づいていたが、それもまたぱったり火の消えたように閑《ひま》になって、肆《ほしいま》まに浪費した金の行方も目にみえずに、物足りないような寂しい日が毎日毎日続いた。

定《きま》りだけの仕事をすると、職人は夫婦の外を出歩いているあいだ、この頃ふとした事から思いついた翫具《がんぐ》の工夫に頭脳《あたま》を浸して、飯を食うのも忘れているような事が多かった。

仕事の切れ間になると、彼は昼間でも一心になってそれに耽っていた。時とすると、夜夫婦が寝しずまってからも、彼はこつこつ何かやっていた。

「この人は何をしているの。」

隅の方へ入って、ボール紙を切刻んだり、穴を明けたり、絵具をさしたりして、夢中になっている彼の傍へ来て、お島は可笑《おかし》そうに訊ねた。

「こう云う悪戯をしているんです。」

彼は細《こまか》く切ったその紙片を、賽の目なりに筋をひいた紙のうえに駢べていながら、振顧《ふりむ》きもしないで応えた。

「何だねその切符のようなものは……。」

「これですか。」木村はやっぱり其方に気を褫《と》られていた。

「これは軍艦ですよ。」

「軍艦をどうするの。」

「これでもって海軍将棋を拵《こさ》えようというんです。」

「海軍将棋だって? へえ。そしてそれを何にするの。」

「高尚な翫具を拵えて、一儲けしようってんですがね……この小いのが水雷艇です。」

「へえ、妙なことを考えたんだね。戦争あて込みなんだね。」

「まあ然うですね。これが当ると、お上さんにもうんと資金《もと》を貸しますよ。どうせ私《あっし》は金の要らない男ですからね。」

「はは」と、お島は笑いだした。

「可かったね。」

「此《これ》ばかりじゃないんです。」職人はこの頃夜もろくろく眠らずに凝《こ》り考えた、色々の考案が頭脳のなかに渦のように描かれていた。新しい仕事の興味が、彼の小い心臓をわくわくさせていた。

「私《あっし》ゃ子供の時分から、こんな事が好きだったんですから、この外にもまた幾箇《いくつ》も考えてるんですが、その中には一つ二つ成功するのが屹度《きっと》ありますよ。」

「じゃ木村さんは発明家になろうというんだわね。発明家って、どんな豪《えら》い人かと思っていたら、木村さんのような人でもやれるような事なら、有難くもないね。」

「笑談《じょうだん》言っちゃ可けませんよ。」

「まあ発明もいいけれど、仕事の方もやって下さいね。どしどし仕事を出しますからね。」

七十八

お島たちが、寄つく処もなくなって、一人は職人として、一人は註文取として、夫婦で築地の方の或洋服店へ住込むことになったのは、二人が半歳ばかり滞っていた小野田の故郷に近いN――と云う可也繁華な都会から帰ってからであった。

一月から三月頃へかけて、店が全く支え切れなくなったところで、最初同じ商売に取っついている知人を頼って、上海へ渡って行くつもりで、二人は小野田の故郷の方へ出向いて行ったのであったが、路用や何かの都合で、そこに暫く足を停めているうちに、ついつい引かかって了《しま》ったのであった。

二人が月島の店を引払った頃には、三月ほどかかって案じ出した木村の新案ものも、古くから出ているものに類似品があったり、特許出願の入費《にゅうひ》がなかったりしたために、孰《どれ》もこれも持腐れになってしまったのに落胆《がっかり》して、又渡り職人の仲間へ陥ちて行っていた。

南の方の海に程近いN――市では二人は少しばかり持っている著替《きがえ》などの入った貧しい行李《こうり》を、小野田の妹の家で釈《と》くことになったが、町には小野田の以前の知合も少くなかった。

主人が勤人であった妹の家の二階に二三日寝泊りしていた二人は、そこから二里許り隔たった村落にいる小野田の父親に遭《あ》って、そこから出発するはずであったが、以前住んでいた家や田畑も人の手に渡って、貧しい百姓家の暮しをしている父親の様子を、一度行って見て来た小野田は、見すぼらしげな父親をお島に逢わせるのが密《ひそか》に憚《はばか》られた。東京に住つけた彼の目には、久しく見なかった惨な父親の生活が、自分にすら厭わしく思えた。

逢いさえすれば、路費《ろひ》の出来そうに言っていた父親の家への同行を、お島は二度も三度も迫ってみたが、小野田は不快な顔をして、いつもそれを拒んだ。

八九年前に、効性《かいしよ》ものの妻に死訣《しにわか》れてから、酒飲みの父親は日に日に生活が荒《すさ》んで行った。妻の働いているうちは、如何か恁《こう》か持堪えていた家も、古くから積り積りして来ている負債の形《かた》に取られて、彼は細《ささや》かな小屋のなかに、辛うじて生きていた。

到頭お島がつれられて行ったときに、彼は麦や空豆の作られた山畑の中に、熱い日に照されて土弄りをしていたが、無智な顔をして畑から出て来る汚いその姿を見たときには、お島は慄然《ぞつ》とするほど厭であった。一緒に行った小野田に対する軽蔑の念が、一時に彼女の心を凍《こお》らしてしまった。

七十九

それでお島は、小野田が自分をつれて来なかった理由が解ったような気がして、父親が本意《ほんい》ながるのも肯かずに、その日のうちにN――市へ引還して来たのであった。自分の是迄が悉皆男に瞞されていたように思われて、腹立しかったが、小野田が自分達のことをどんな風に父親に話しているかと思うと、擽《くすぐ》ったいような滑稽を感じた。

空濶な平野には、麦や桑が青々と伸びて、泥田をかえしている農夫や馬の姿が、所々に見えた。砂埃の立つ白い路を、二人は鈍《のろ》い俥に乗って帰って来たが、父親が侑《すす》めてくれた濁酒に酔って、俥の上でごくりごくりと眠っている小野田の坊主頭《ぼうずえり》をした大きい頭脳が、お島の目には惨らしく滑稽にみえた。

この貧しげな在所から入って来ると、着いた当時は鈍くさくて為方のなかった寂しい町の状《さま》が、可也賑やかで豊かなものの様に見えて来た。大きい洋風の建物が目についたり、東京にもみられないような奥行の深そうな美しい店屋や、洒落た構の料理屋なども、物珍しく眺められた。妹の住っている静な町には、どんな人が生活しているかと思うような、門構の大きな家や庭がそこにも此処にもあった。

小野田の話によると、父親の財産として、少許の山が、それでもまだ残っていると云うのであった。その山を売りさえすれば、多少《いくらか》の金が手につくというのであった。そして然うさせるには、二人で機嫌を取って、父親を悦ばせてやらなければならないのであった。

「そんな気の長いことを言っていた日には、いつ立てるか解りゃしないじゃないか。」

お島はその晩も二階で小野田と言争った。時々他国の書生や勤め人をおいたりなどして、妹夫婦が細い生活の補助《たすけ》にしているその二階からは、町の活動写真のイルミネーションや、劇場の窓の明などが能く見えた。四下《あたり》には若葉が日に日に繁って、遠い田圃からは喧《かまびす》しい蛙の声が、物悲しく聞えた。春の支度《したく》でやって来た二人には、ここの陽気はもう大分暑かった。小野田はホワイト一枚になって寝転んでいたが、昔住慣れた町で、巧く行きさえすればお島と二人でここで面白い暮しができそうに思えた。上海くんだりまで出かけて行くことが、重苦しい彼の心には億劫《おつくう》に想われはじめていた。

「厭なこった、こんな田舎の町なんか。成功したって高が知れている。東京へ帰ったって威張れやしないよ。」そう言って拒むお島の空想家じみた頭脳には、ぼろい金儲の転がっていそうな上海行が自分に箔をつける一廉《ひとかど》の洋行か何ぞのように思われていた。

八十

其処をも散々遣散《やりちら》してN――市を引揚げて、どこへ落著く当もなしに、暑い或日の午後に新橋《しんばし》へ入って来たとき、二人の躰には、一枚ずつ著《つ》けたもののほか何一つすら著いていなかった。

鼻息の荒いお島たちは、人の気風の温和でそして疑り深いN――市ではどこでも無気味がられて相手にされなかった。一月二月小野田の住込んでいた店《たな》では、毎日のように入浸っていたお島は、平和の攪乱者か何ぞのように忌嫌われ、不謹慎な口の利き方や、遣っぱなしの日常生活の不撿束《ふしだら》さが、妹たち周囲の人々から、女雲助《おんなくもすけ》か何かのように憚られた。着いて間もない時分の彼女から、東京風の髪をも結ってもらい、洗濯や針仕事にも働いてもらって、頭髪のものや持物などを、惜気もなげにくれてもらったりしていた妹は、帯や下駄や時々の小遣いの貸借《かしかり》にも、彼女を警戒しなければならないことに気がついた。

「そんなに吝々《けちけち》しなさんなよ、今に儲けてどっさりお返ししますよ。」

それを断られたとき、お島はそう云って笑ったが、土地の人たちの腹の見えすいているようなのが腹立しかった。自分の腕と心持とが、全く誤解されているのも業腹であった。

小野田にも信用がなく、自分にも働き勝手の違ったような、その土地で、二人は日に日に上海行の計画を鈍《にぶ》らされて行った。二人は小野田が数日のあいだに働いて手にすることのできた、少しばかりの旅費を持って、辛々《からから》そこを立ったのであった。

一日込合《こみあ》う暑い客車の瘟気《うんき》に倦みつかれた二人が、停車場《ステーション》の静かな広場へ吐出されたのは、夜ももう大分遅かった。

「どこへ行ったものだろうね。」

青い火や赤い火の流れている広告塔の前に立って、しっとりした夜の空気に蘇えったとき、お島はそこに跪坐《しゃが》んでいる小野田を促した。

前に働いていた川西という工場のことを、小野田は心に描いていたが、前借《ぜんしゃく》などの始末の遣っぱなしになっている其処へは行きたくなかった。上海行を吹聴した様な人の方へは、どこへも姿を見せたくなかった。

八十一

不安な一夜を、芝口の或安旅籠に過して、翌日二人で川西へ身を寄せることになるまで、お島たちは口を捜すのに、暑い東京の町を一日彷徨《ぶらつ》いていた。

最後に本郷《ほんごう》の方を一二軒猟《あさ》って、そこでも全く失望した二人が、疲れた足を休めるために、木蔭に飢えかつえた哀れな放浪者のように、湯島天神《ゆしまてんじん》の境内へ慕い寄って来たのは、もうその日の暮方《くれがた》であった。

漸う日のかげりかけた境内の薄闇には、白い人の姿が、ベンチや柵のほとりに多く集っていた。葉の黄ばみかかった桜や銀杏《いちょう》の梢ごしに見える蒼い空を秋らしい雲の影が動いて、目の下には薄暗い町々の建物が、長い一夏の暑熱に倦み疲れたように横わっていた。二人は仄暗《ほのくら》い木蔭のベンチを見つけて、そこに暫く腰かけていた。涼しい風が、日に焦《や》け疲れた二人の顔に心持よく戦《そよ》いだ。

水のような蒼い夜の色が、段々木立際に這い拡がって行った。口も利かずに黙って腰かけているお島は、ふと女坂《おんなざか》を攀登《よじのぼ》って、石段の上の平地へ醜い姿を現す一人の天刑病らしい躄《いざり》の乞食《こじき》が目についたりした。

石段を登り切ったところで、哀な乞食は、陸《おか》の上へあがった泥亀のように、臆病らしく四下《あたり》を見廻していたが、するうちまた這い歩きはじめた。そして今夜の宿泊所を求めるために、人影の全く絶えた、石段ぎわの小い祠《ほこら》の暗闇の方へいざり寄って行った。

「ちょっと御覧なさいよ。」お島は小野田に声かけて振顧《ふりむ》いた。

今まで莨を喫っていた小野田は、ベンチの肱《ひじ》かけに凭《もた》れかかっていつか眠っていた。

「この人は、為様がないじゃないの。」お島は跳《はね》あがるような声を出した。

「行きましょう行きましょう。こんな所にぐずぐずしていられやしない。」お島は慄えあがるようにして小野田を急立《せきた》てた。

二人は痛い足を引摺って、またそこを動きだした。

「何でもいいから芝へ行きましょう。悉《こ》うなれば見えも外聞もありゃしない。」お島はそう言って倦み憊《くたび》れた男を引立てた。

食物といっては、昼から幾んど何をも取らない二人は、口も利けないほど饑え疲れていた。

川西の店へ立ったのは、その晩の九時頃であった。

八十二

長い漂浪《ひょうろう》の旅から帰って来たお島たちを、思いのほか潔《きよ》く受納《うけい》れてくれた川西は、被服廠の仕事が出なくなったところから、その頃職人や店員の手を減して、店が滅切《めつきり》寂しくなっていた。

そこへ入って行ったお島は、久しい前から、世帯崩しの年増女を勝手元に働かせて、独身で暮している川西のために、時々上さんの為るような家事向の用事に、器用ではないが、しかし活潑な働き振を見せていた。

前《ぜん》にいた職人が、女気《おんなげ》のなかったこの家へ、どこからともなく連れて来て間もなく、主人との関係の怪しまれていたその年増は、渋皮の剝けた、色の浅黒い無智な顔をした小軀《こがら》の女であったが、お島が住込むことになってから、一層綺麗にお化粧《つくり》をして、上さん気取で長火鉢の傍に坐っていた。

始終忙《せわ》しそうに、くるくる働いている川西は、夜は宵の口から二階へあがって、臥床《ふしど》に就いたが、朝は女がまだ深い眠にあるうちから床を離れて、人の好い口喧《くちやかま》しい主人として、口のわるい職人や小僧たちから、蔭口を吐かれていた。

お島は女が二階から降りて来ぬ間に、手捷《てばし》こくそこらを掃除したり、朝飯の支度に気を配ったりしたが、寝恍《ねぼ》けた様な締《しまり》のない笑顔をして、女が起出して来る頃には、職人たちはみんな食膳を離れて、奥の工場で彼女の噂などをしながら、仕事に就いていた。

彼等が食事をするあいだ、裏でお島の洗い灑《すす》ぎをしたものが、もう二階の物干で幾枚となく、高く昇った日に干されてあった。

「どうも済みませんね。」

ばけつをがらがらいわせて、働いているお島の姿を見ると、それでも女は、懈そうな声をかけて、日のじりじり照はじめて来た窓の外を眺めていた。毛並のいい頭髪を銀杏返しに結って、中形のくしゃくしゃになった寝衣《ねまき》に、紅い仕扱《しごき》を締めた姿が、細そりしていた。白粉《おしろい》の斑にこびりついたような額のあたりが、屋根から照返《てりかえ》して来る日光に汚らしく見えた。

「如何いたしまして。」

お島は無造作に懸《かけ》つらねた干物の間を潜りぬけながら、袂で汗ばんだ顔を拭いていた。

「私は働かないではいられない性分ですからね。だから、どんなに働いたって何ともありませんよ。」

「そう。」

女はまだうっとりした夢にでも浸っているような、どこか暗い目色《めつき》をしながら呟いた。

「私の寝るのは、大抵十二時か一時ですよ。」

「そうですかね。」お島は白々しいような返辞をして、「でも可いじゃありませんか。お秀さんは好い身分だって、衆《みんな》がそう言っていますよ。」

女は紅くなって、厭な顔をした。

「そうそう、お秀さんといっちゃ悪かったっけね。御免なさいよ。」

八十三

「如何です。今日は素敵に好いお顧客《とくい》を世話してもらいましたよ。」

半日でも一日でも、外へ出て来ないと気のすまないようなお島は、職人たちの手がしばらく空きかかったところで、その日も幾日《いくか》振かで昼からサンプルをさげて出て行ったが、晩方に帰って来ると、お秀と一緒に店の方にいる川西に然う言って声かけた。

「為様がないね、私がなまけると直ぐこれだもの。」お島は出てゆく時も、これと云う目星しい仕事もない工場の様子を見ながら言っていたが、出れば必ず何かしら註文を受けて来るのであった。中には自分の懇意にしている人のを、安く受けて来たのだと云って、小野田との相談で、店のものにはせず、自分たちだけの儲仕事にするものも時にはあった。そんなものを、小野田は店の仕事の手隙に縫うことにしていたが、川西はそれを余り悦ばないのであった。

「ほんとに好い腕だが、惜しいもんだね。」

川西は、独り店頭《みせさき》にいた小僧を、京橋の方へ自転車で用達に出してから、註文先の話をしてお島に言った。彼はもう四十四五の年頃で、仕入ものや請負もので、店を大きくして来たのであったが、お島たちが入って来てから、上物の註文がぽつぽつ入るようになっていた。

川西は晩酌をやった後で、酒くさい息をふいていた。工場では皆な夕方から遊びに出て行って、誰もいなかった。

「そんな腕を持っていながら、名古屋くんだりまで苦労をしに行くなんて、余程《よっぽど》可笑《おかし》いよ。」

川西は、傍に附絡《つきまと》っているお秀をも、湯へ出してやってから、時々口にすることを、その時もお島に言出した。

「ですから私も熟々《つくづく》厭になって了ったんです。あの時疾《とっく》に別れる筈だったんです。でもやっぱり然うも行かないもんですからね。」

「小野田さんと二人で、ここでついた得意でも持って出て、早晩独立《ひとりだち》になるつもりで居るんだろうけれど、あの腕じゃまず難しいね。」

「そうですとも。これ迄、散々《さんざ》失敗して来たんですもの。」

「どうだね、それよりか小野田さんと別れて、私と一緒に稼ぐ気はないかね。」

川西はにやにやしながら言った。

「御笑談でしょう。」お島は真紅《まつか》になって、「貴方にはお秀さんという人がいるじゃありませんか。」

「あんなものを……。」川西はげたげた笑い出した。「どこの馬の骨だか解りもしねえものを、誰が上さんなぞにする奴があるもんか。」

「でも好い人じゃありませんか。可愛がっておあげなさいまし。私みたような我儘ものは迚も駄目です。」

お島はそう言って、茶の室を通って工場の方へ入って行くと、汗ばんだ着物の着替に取かかった。蒸暑い工場のなかは綺麗に片着いて、電気がかっかと照っていた。

八十四

九時頃に小野田が外から帰って来たとき、駭《おどろ》かされたお島の心は、まだ全く鎮《しずま》らずにいた。人品《じんぴん》や心の卑しげな川西に、いつでも誰にも動く女のように見られたのが可恥《はずか》しく腹立しかった。

「へえ、私がそんな女に見えたんですかね。そんな事をしたら、あの物堅い父に私は何といわれるでしょう。」

お島は迹《あと》から附絡って来る川西の兇暴な力に反抗しつつ、工場の隅に、慄然《ぞっ》とするような躰を縮めながら然う言って拒んだ。

髯の延びた長い顎の、目の落窪んだ川西の顔が、お島の目には狂気《きちがい》じみて見えた。

「可けません可けません、私は大事の躰です。これから出世しなくちゃなりません。信用を墜しちゃ大変です。」お島は片意地らしく脅しつけるように言って、筋張った彼の手をきびしく払退《はらいの》けた。

劇《はげ》しい争闘がしばらく続いた。

婉曲としおらしさとを欠いた女の体度に、男の顔を潰されたと云って、川西がぷりぷりして二階へあがって行ってから、お島は腕節の痛みをおさえながら、勝矜《かちほこ》ったものの荒い不安を感じた。

暫くすると、白粉をこてこて塗って、湯から帰って来たお秀が、腕を組んで、ぼんやり店頭に佇《たたず》んでいるお島に笑顔を見せて、奥へ通って行った。

「ぼんつくだな。」お島はそう思いながら、女の顔を見返しもせずに黙っていた。何のことをも感づくことができずに、全く満足し切っているように鈍い、その癖どこかおどおどしている女の様子に、妄《むやみ》に気がいらいらして、顔の筋肉一つすら素直に働かないのであった。

「小野田が帰ったら、今の始末を残らず吩咐《いいつ》けよう。そして今からでも二人でここを出てやろう。」

お島はそう思いながら、そこに立ったまま彼の帰りを待っていた。外は秋らしい冷かな風が吹いて、往来を通る人の姿や、店屋店屋の明《あかり》が、厭に滅入《めい》って寂しく見えた。浜屋や鶴さんのことが、物悲しげに想い出されたりした。

その晩、小野田は二階でしばらく川西と何やら言合っていたが、やがて落着のない顔をして降りて来ると、店にいるお島の傍へ寄って来た。

「店が閑《ひま》で迚《とて》も置ききれないから、気毒《きのどく》だけれど、己たちに出てくれというんだがね。」

小野田は言出した。

「ふむ。」お島はまだ神経が突張っていて、こまこました話をする気にはなれなかった。

「己たちが自分の仕事をするので、それも気《き》に加《くわ》んらしい。」

「どうせ然うだろうよ。」お島は荒い調子で冷笑《あざわら》った。

「出ましょう出ましょう。言われなくたって、此方から出ようと思っていたところだ。」

八十五

翌日朝夙《あさはや》くから、お島はぐずぐずしている小野田を急立てて家を捜しに出た。

「また何かお前が大将の気に障ることでも言ったんじゃないか。」

小野田は昨夜も自分たちの寝室《ねま》にしている茶の室で、二人きりになった時、そう言ってお島を詰《なじ》ったのであったが、今朝もやっぱりそれを気にしていた。

「私があの人に何を言うもんですか。」お島は顔をしかめて煩《うるさ》そうに応答《うけこたえ》をしていたが、出る先へ立って、細い話をして聞す気にもなれなかった。

「それどころか、私はこの店のために随分働いてやっているじゃありませんか。」

「でも何か言ったろう。」

「煩いよ。」お島は眉をぴりぴりさせて、「お前さんのように、私はあんなものにへっこらへっこらしてなんかいられやしないんだよ。」

「だがそうは行かないよ。お前がその調子でやるから衝突するんだ。」

「ふむ。私よりかお前さんの方が、余程間抜なんだ、だから川西なんかに莫迦にされるんです。もっとしっかりするが可いんだ。」

それで二人は半日ほど捜しあるいて、漸と見つけた愛宕《あたご》の方の或る印判屋の奥の三畳一室を借りることに取決め、持合せていた少許の金で、そこへ引移ったのであった。

そこは見附《みつき》の好い小綺麗《こぎれい》な店屋《みせや》であった。お島はその足で直ぐ、差当《さしあた》り小野田の手を遊ばさない様に、仕事を引出しに心当りを捜しに出たが、早速仕事に取かかるべく、少ばかり月賦の支払をしてあったミシンを受取の交渉のために、川西へ出向いて行った小野田が、失望して――多少怒の色を帯びて帰って来た頃には、彼女も一二枚の直しものを受けて来て、彼を待受けていた。

「如何です、同情がありますよ。すぐ仕事が出ましたよ。だから、ここでうんと働いて下さいよ。」

人に対する反抗と敵愾心のために絶えず弾力づけられていなければ居られないような彼

女は、小野田の顔を見ると、いきなり勝矜ったように言った。

部屋にはもう電灯がついて、その晩の食物を拵えるために、お島は狭い台所にがしゃがしゃ働いていた。印判屋の婆さんとも、狎々《なれなれ》しい口を利くような間《なか》になっていた。

「それでミシンは如何したんです。」

「それどころか、川西はお前のことを大変悪く言っていたよ。そして己にお前と別れろと言うんだ。」

「ふむ、悪い奴だね。」お島は首を傾《かし》げた。「畜生、私を怨《うら》んでいるんだ。だがミシンがなくちゃ為様がないね。」

飯をすますと直ぐ、お島が通りの方にあるミシンの会社で一台注文して来た機械が、明朝《あした》届いたとき、二人は漸と仕事に就くことができた。

八十六

住居《すまい》の手狭なここへ引移ってから、初めて世帯を持った新夫婦か何ぞのように、二人は夕方になると、忙しいなかをよく外を出歩いた。

川西を出たときから、新しい愛執が盛返されて来たようなお島たちはそれでもその月は可也《かなり》にあった収入で、涼気《すずけ》の立ちはじめた時候に相応した新調の着物を着たり着せたりして、打連れて陽気な人寄場などへ入って行った。

行く先々で、その時はまるで荷厄介のように思って、惜《お》しげもなく知った人にくれたり、棄値で売ったり又は著崩《きくず》したりして、何一つ身につくもののなかったお島は、少しばかり纏まった収入の当がつくと、それを見越て、月島にいる頃から知っていた呉服屋で、小野田が目をまわすような派手なものを取って来て、それを自分に仕立てて、男をも着飾らせ、自分にも着《つ》けたりした。

「己たちはまだ着物なんてとこへは、手がとどきゃしないよ。成算なしに着物を作って、困るのは知れきっているじゃないか。」

着ものなどに頓着しない小野田は、お島の帰りでもおそいと、時々近所のビーヤホールなどへ入って、蓄音器を聴きながら、そこの女たちを相手に酒を飲んでいては、お島に喰ってかかられたりしたが、やっぱり自分の立てた成算を打壊《ぶちこわ》されながら、その時々の気分を欺《あざむ》かれて行くようなことが多かった。

「あの御父《おとっ》さんの産んだ子だと思うと、厭になってしまう。東京へでも出ていなかったら、貴方《あんた》もやっぱりあんなでしょうか。」

お島はにやにやしている小野田の顔を眺めながら笑った。

「莫迦言え。」小野田はその頃延しはじめた濃い髭を引張っていた。

「だからビーヤホールの女なぞにふざけていないで、少しきちんとして立派にして下さいよ。あんなものを相手にする人、私は大嫌い。人品《じんぴん》が下りますよ。」

お島はどうかすると、父親の面差の、どこかに想像できるような小野田の或卑《いや》しげな表情を、強《し》いて排退《はねの》けるようにして言った。小野田が物を食べる時の様子や、笑うときの顔容《かおつき》などが、殊にそうであった。

「子が親に似るのに不思議はないじゃないか。己は間男《まおとこ》の子じゃないからな。」

小野田は心から厭そうにお島にそれを言出されると、苦笑しながら憮然《むつ》として言った。

「間男の子でも何でも、あんな御父さんなんかに肖《に》ない方が可いんですよ。」

「ひどいことを言うなよ。あれでも己を産んでくれた親だ。」

小野田は終《しまい》に怒りだした。

「お前さんはそれでも感心だよ。あんな親でも大事にする気があるから。私なら親とも思やしない。」

八十七

そんな気持の嵩《こう》じて来たお島には、自分一人がどんなに焦燥《やきもき》しても、出世する運が全く小野田にはないように考えられた。彼の顔が無下《むげ》に卑しく貧相に見えだして来た。ビーヤホールの女などと、面白そうにふざけていることの出来る男の品性が、陋《さも》しく浅猿《あさま》しいものように思えた。

「己はまた親の悪口《あっこう》なぞ言う女は大嫌いだ。」

顔色を変えて、お島の側を離れると、小野田は黙って仕事に取かかろうとして、電気を引張って行ってミシンを踏みはじめた。

そのミシンは、支払うべき金がなかったために、お島が機転を利かして、機械の工合がわるいと言って、新しい取替えたばかりの代物であった。然すれば試用の間、一時また支払いが猶予される訳であった。

「こんな際《きわ》どいことでもしなかった日には、私たちは迚《とて》もやって行けやしません。成功するには、如何したってヤマを張る必要があります。」

お島はその時もそう言って、自分の気働《きばたら》きを矜《ほこ》ったが、何の気もなさそうに、それに腰かけている小野田の様子が、間抜《まぬけ》らしく見えた。

がたがたと動いていたミシンの音が止ると、彼は裁板の前に坐って、縫目を熨《の》すためにアイロンを使いはじめた。

「ふむ、莫迦だね。」

お島は無性に腹立しいような気がして、腕を組みながら溜息を吐《つ》いた。

「一生職人で終る人間だね。それでも田を踏んで暮す親よりかいくらか優《まし》だろう。」

「生意気を言うな。手前の親がどれだけ立派なものだ。やっぱり土弄りをして暮しているじゃないか。」

「ふむ、誰がその親のところへ、籍を入れてくれろと頼みに行ったんだ。私の親父はああ見えても産れが好いんです。昔はお庄屋さまで威張っていたんだから。それだって私は親のことなんか口へ出したことはありゃしない。」

「お前がまた親不孝だから、親が寄せつけないいんだ。そう威張ってばかりいても得は取れない。ちっとはお辞儀をして、金を引出す算段でもした方が迥《はるか》に悧巧なんだ。」

小野田はいつもお島に勧めているようなことを、また言出した。

「意気地のないことを言っておくれでないよ。私は通りへ店を持つまでは、親の家へなんか死んでも寄つかない意《つもり》だからね。」

「だから、お前は商売気がなくて駄目だというのだよ。」

仕事が一と片着け片着く時分に、二人はまたこんな相談に耽《ふけ》りはじめた。

八十八

上海へ行くつもりで、N——市へ立つ前に、一度顔出《かおだし》したことのある自分の生家《さと》の方へ、小野田がお島を勧めて、贈物などを持って、更めて一緒に訪ねて行ってから、続いて一人でちょいちょい両親《ふたおや》の機嫌を取りに行ったりしていた。

「これだけの地面は私の分にすると、御父《おとう》さんが言うんですけれどね。」

最初二人で行ったとき、お島は庭木のどっさり植っている母屋の方の庭から、附近に散かっている二三箇所の持地《もちじ》を、小野田と一緒に見廻りながら、五百坪ばかりの細長い地所へ小野田を連れて行って言った。

雑木の生茂《おいしげ》っている其の地所には、庭へ持出せるような木も可也にあった。暗い竹藪や荒れた畑地もあった。周囲《まわり》には新しい家が二三軒建っていた。

「ふむ。」小野田は驚異の目を睜《みは》って、その木立のなかへ入って行った。夏草の生茂った木立の奥は、地面がじめじめしていて、日の光のとどかぬような所もあった。

「この辺の地所は坪どのくらいのものだろう。」

小野田はそこを出てお島の傍へ来ると、打算的の目を耀かして、お島に訊ねた。

「どの位だかね。今じゃ十円もするでしょうよ。」

お島は恍《とぼ》けたような顔で応えたが、この地面が自分の有《もの》になろうとは思えなかった。

生家では二三年のあいだ家を離れて、其方こっち放浪して歩いていた兄が、情婦《おんな》に死訣《しにわか》れて、最近にいた千葉の方から帰って来ていた。一時生家へ還っていた嫁も、その子供をつれて、久振で良人と一緒に暮していた。兄は一時悪い病に罹《かか》ってから、滅切《めっきり》健康が衰え、お島と山で世帯を持っていた頃の元気もなくなっていた。お島はあの頃の山の生活と、二三度そこで交際《つきあ》った兄の情婦《おんな》の身のうえなどを想い出させられた。悪い病気にかかったという其の情婦は、どこへ行っても兄に附絡われていて、好いこともなくて旅で死んでしまった。その時は、何の気もなしに傍観していた二人の情交《なか》や心持が、お島にはいくらか解るように思えて来たが、どこが好くて、あの女がそんなに男のために苦労したかが訝かられた。

「あの時は、兄さんはほんとに私をひどい目に逢《あわ》したね。」

お島は長いあいだの経過を考えて、何の温かみも感ずることのできない恣《ほしいま》まな兄との接触に失望したように言出した。

兄はその頃のことは想い出しもしないような顔をしていた。お島たちの寄ついて来ることを、余り悦んでもいないらしかった。

「あれはああ云う男です。薄情っていうんでもないけれど、人情はないんですね。」

「早くあの地面を自分のものに書かえておくようにしなくちゃ駄目だよ。」

小野田はお島の投遣《なげやり》なのを、悟《もど》かしそうに言った。

「あの地面も、今はどうなっているんだか。御母《おつか》さんの生きているうちは、まあ私の手にはわたらないね。」

「それもお前が下手だからだよ。」

小野田はそう言いながら、望みありげに家へ入って来た。

八十九

小野田がこの家に信用を得るために、母親の傍に坐《う》って、話込んでいるあいだ、お島は擽《くすぐっ》たいような、いらいらしい気持を紛《まぎ》らせようとして、そこを離れて、子供を揶揄《からか》ったり、嫂《あによめ》と高声《たかごえ》で話したりしていた。

「家じゃ島が一番親に世話をやかせるんでございますよ。これ迄《これ》に、幾度家を出たり入ったりしたか知れやしません。」

母親はお島が傍についているときもそんな事を小野田に言って聴せていたが、彼女の目には、これまでお島が関係した男のなかで、小野田が一番頼もしい男のように見えた。取澄してさえいれば、口髭などに威《い》のある彼のがっしりした相貌は、誰の目にも立派な紳士に見えるのであった。小野田は切たての脊広などを着込んで、のっしりした態度を示していた。

お島は自分の性得《しょうとく》から、N――市へ立つ前に、この男のことをその田舎では一廉《ひとかど》の財産家の子息《むすこ》ででもあるかのように、父や母の前に吹聴しずにはいられなかった。それで小野田もその意《つもり》で、母親に口を利いているのであった。

「この人の家は、それは大したもんです。」

お島は母親を威圧するように、今日も皆が揃っている前で言ったが、小野田はそれを裏切らないように、口裏を合せることを忘れなかった。

「いや私の家も、そう大した財産もありませんよ。しかしそう長く苦しむ必要もなかろうと思います。夫婦で信用さえ得れば、そのうちには如何にかなるつもりでいますので。」

母親の安心と歓心を買うように、小野田は言っていた。

お島はその傍に、長くじっとしていられなかった。自分を信用させようと骨を折っている、男の狡黠《わるごす》い態度も蔑視《さげす》まれたが、この男ばかりを信じているらしい、母親の水臭い心持も腹立しかった。

嫂は、この四五年の良人の放蕩で、所有の土地もそっちこっち抵当に入っていることなどを、蔭でお島に話して聴せた。

「御父《おとつ》さんが、あすこの地面を私にくれるなんて言っていましたっけがね、あれは如何する気でしょうね。」

お島は嫂の口占《くちうら》を引いてでも見るように、そう言ってみた。

「へえ、そんな事があるんですか。私はちっとも知りませんよ。」

「男だけには、それぞれ所有《もち》を決めてあるという話ですけれどね。」

お島は此場合それだけのものがあれば、一廉の店が持てることを考えると、いつにない慾心の動くのを感じずにはいられなかったが、家を出て山へ行ってから、父親の心が、年々自分に疎《うと》くなっていることは争《あらそ》われなかった。

「行きましょうよ。」

お島はまだ母親の傍にいる男を急《せき》たてて、やっと外へ出た。

九十

狭い三畳での、窮屈で不自由な夫婦生活からと、男か女かの孰《いず》れかにあるらしい或生理的の異常から来る男の不満とが、時とするとお島には堪えがたい圧迫を感ぜしめた。

「へえ、そんなもんですかね。」

若い亭主を持っている印判屋の上《かみ》さんから、男女間の性欲について、時々聞されることのあるお島は、それを不思議なことのように疑い異《あやし》まずにはいられなかった。

「じゃ、私が不具なんでしょうかね。」

お島は如何かすると、男の或不自然な思いつきの要求を満すための自分の肉体の苦痛を想い出しながら、上さんに訊いた。

「でも是まで私は一度も、そんな事はなかったんですからね。」

お島はどんな事でも打明けるほどに親しくなった上さんにも、これまでに外《ほか》に良人を持った経験のあることを話すのに、この上ない羞恥を感ずるのであった。

「真実《ほんとう》は、私はあの人が初めじゃないんですよ。」

「それじゃ旦那が悪いんでしょうよ。」

「でも、あの人はまた私が不可《いけな》いんだと言うんです。だから私もそうとばかり思っていたんですけれど……真実《ほんと》に気毒だと思っていたんです。」

「そんな莫迦なことってあるもんじゃ有りませんよ、お医者に診ておもらいなさい。」

上さんは、真実《まったく》それが満《つま》らない、気毒な引込思案《ひっこみ》であるかのように色々の人々の場合などを話しながら、そう言って勧めた。

「まさか……極《きまり》がわりいじゃありませんか。」

お島は耳朶《みみたぶ》まで紅くなった。若い男などを有《も》っている猥《みだら》な年取った女のずうずうずしさを、蔑視《さげす》まずにはいられなかったが、やっぱりその事が気にかかった。人並でない自分等夫婦の、一生の不幸ででもあるように思えたりした。

朝になっても、躰中が脹れふさがっているような痛みを感じて、お島はうんうん唸りながら、寝床を離れずにいるような事が多かった。そして朝方までいらいらしい神経の興奮しきっている男を、心から憎く浅猿《あさま》しく思った。

「こんな事をしちゃいられない。」

お島は註文を聞きに廻るべき顧客先《とくいさき》のあることに気づくと、寝所《ねどこ》を跳《はね》おきて、身じまいに取かかろうとしたが、男は悪闘に疲れたものか何ぞのように、裁板の前に薄ぼんやりした顔をして、夢幻《ゆめうつつ》のように目眩《まぶ》しい日光に目を瞑《つぶ》っていた。

「それじゃ私が旦那に一人、好いのをお世話しましょうか。」

上さんは、笑談《じょうだん》らしく妾の周旋を頼んだりする小野田に言うのであったが、お島はやっぱりそれを聞流してはいられなかった。

「そうすればお上さんもお勤めがなくて楽でしょう。」

「莫迦なことを言って下さるなよ。妾なんかおく身上じゃありませんよ。」

お島は腹立しそうに言った。

九十一

五六箇月の間に、そこの仮店で夫婦が稼ぎ得た収入が二千円近くもあったところから、狭苦しい三畳にもいられなかった二人が、根津《ねづ》の方へ店を張ることになってからも、外の活動に一層の興味を感じて来たお島は、時々その事について、親しい友達に秘密な自分の疑いを質《ただ》しなどしたが、それを如何することもできずに、忙《せわ》しいその日その日を紛《まぎ》らされていた。

生理的の不権衡《ふけんこう》から来るらしい圧迫と、失望とを感ずるごとに、お島は鶴さんや浜屋のことが、心に蘇《よみが》えって来るのを感じた。

「成功したら、一度山へ行ってあの人にも逢ってみたい。」

そんな秘密の願が、気忙しい顧客《とくい》まわりに歩いている時の彼女の心に、如何かすると、或異常な歓楽でも期待され得るように思い浮んだりした。一つは、妾にならなってておこうといったことのある、その男への復讐心から来る興味もあったが、現在の自分等夫婦には、欠けているらしい或要求と歓楽とに憧るる心とが、それを彼女に想像させるのであった。一旦田舎へ引込《ひきこ》んで、そこで思わしいことがなくて、この頃また東京へ来て、日本橋の方の或洋酒問屋にいるとか聞いた鶴さんのことをも、時々彼女は考えた。植源のおゆうが、鶴さんの迹を追って、家を出たりなどして、あの古い植木屋の家にも、紛紜《いざこざ》の絶えなかった一頃の事情は、お島もこの頃姉の口などから洩聞《もれき》いたが、その鶴さんにも、いつか何処かで逢う機会があるような気がしていた。

それに鶴さんや浜屋と、はっきりその人は定《きま》っていないまでも、どこかに自分が真実《ほんとう》に逢うことのできるような男が、小野田以外の周囲に、一人はあるような気がしないでもなかった。成功と活動とのみに飢え渇えているような荒いそして硬い彼女の心にも、そんな憧憬と不満とが、沁出さずにはいなかった。

お島はそれからそれへと、眷縁《つて》を求めて知合になった、自分と同じような或他の職業に働いている活動の女、独立の女、人妻になっている女などから聞される恋愛談などから、自分もやっぱり同じ女であることの暗示を得るような、秘密な渇望と幻想とに、思い浸ることがあったが、動《と》もすると自分の目覚《めざま》しい活動そのものすら、それらのぼんやりした影のような目的を追い求めているためですらないように思われたりした。

「お前さんは真実《ほんとう》に好かんよ。」

肉体の苦痛を堪え忍ばされたあとでは、そうした男に対する反撥心が、彼女の躰中に湧かえって来た。

根津へ引越して来てからも、小野田に妾を周旋するということを言出してから、急に嫌いになった印判屋の上さんのところへ、お島はその時の自分の感情は、悉皆忘れてしまったもののように、ふと自分の苦痛を訴えに行くことすらあった。

「ほんとうに、あの人に妾を周旋してやって下さい。そうでもしなければ、私は迚も自由な働きができません。」

お島はそう言って、熱心に頼んだ。

「笑談でしょう。そんな事をしたら、それこそ大変でしょう。」

上さんはお島の言うことが、総て虚構であるとしか思えなかった。

九十二

そこへ引越して行ったのは、その頃開かれてあった博覧会のために、土地が大した盛場《さかりば》になっていた為であった。

その家は、不断は眠っているような静な根津の通りであったが、今は毎日会場からの楽隊の響が聞えたり、地方から来る色々な団体見物の宿泊所が出来たりして、近い会場の浮立った動揺《どよめき》が、ここへも遽《あわただ》しい賑かしさを漂わしていた。

陽気がややぽかついて来たところで、小野田が出した懇《ねんご》ろな手紙に誘《いざな》われて、田舎で毎日野良仕事に僶《くたび》れている彼の父親が、見物にやって来たり、お島から書送った同じ誘引状に接して、彼女が山で懇意になった人々が、どやどや入込《いりこ》んで来たりした。世のなかが景気づいて来たにつれて、お島たちは自分たちの浮揚るのは、何の造作もなさそうに思えていた。

この店を張るについての、二人の苦しい遣繰《やりくり》を少しも知らない父親は、来るとすぐ倅夫《せがれふう》婦《ふ》につれられて、会場を見せられて感激したが、これまで何一つ面白いものを見たこともない哀な老人《としより》を、そうした盛り場に連出して悦ばせることが、お島に取っては、自分の感激に媚びるような感傷的な満足でもあり、楽しさでもあった。

上野は青葉が日に日に濃い色を見せて来ていた。蟻のように四方から集って来る群衆のうえに、梅雨らしい蒸暑い日が照りわたり、雨雲が陰鬱な影を投げるような日が、毎日毎日続いた。

お島は新調の夏のコオトなどを着て、パナマを冠《かむ》った小野田と一緒に、浮いたような気持で、毎日のように父親をつれて歩いたが、親に甘過ぎる男の無反省な態度が、時々彼女の犠牲的な心持を、裏切らないではいなかった。無知な老人《としより》の彳《たたず》んで見るところでは、莫迦孝行な小野田は、女にのろい男か何ぞのように、いつまでも気長に傍についていて、離れなかった。驚きの目を瞬って、父親の立寄って行くところへは、どんな満《つま》らないものでも、小野田も嬉しそうに従《つ》いて行って見せたり、説明したりした。

「それどころじゃないですよ。私たちはそう毎日毎日親の機嫌を取っているほど、気楽な身分じゃないんですからね。」

晩方になると、きっとお仕着《しき》せを飲ませることに決っている父親への、酒の支度を疎《おろそ》かにしたといって、小野田がその時も大病人のように二階に寝ていたお島に小言をいったとき彼女は筋張った顳顬《こめかみ》のところを押えながら、小野田を遣返した。

お島はいつもそれが起ると、生死《いきじに》の境にでもあるような苦みをする月経時の懈さと痛さとに悶《もだ》えていた。「それに私はこの躰です。とてもお父《とつ》さんの面倒《めんど》はみられませんよ。」

九十三

「そんな事を言ってもいいのか。」

そう言って極《きめ》つけそうな目をして、小野田は疳癪《かんしゃく》が募って来るとき、いつもするように口髭の毛根を引張っていたが、調子づいて父親を歓待《もてな》していた彼女に寝込まれたことが、自分にも物足りなかった。

　お島は煩そうに顔を顰《しか》めていたが、小野田が悄々《すごすご》降りていったあとでも、取つき身上の苦しさと、自分の心持については、何も知ってくれないような父親の挙動《ふるまい》が腹立しかった。自分にどんな腕と気前とがあるかを見せようとでもするように、紛らされていた利己的な思念が、心の底からむくれ出して来るように感じて、我儘な涙が湧立って来た。

　お島がじっと寝てもいられないような気がして、下へ降りて行ったとき、父親はもう酒をはじめていた。小野田も興がなさそうに傍に坐っていた。

「如何もすみません。」

　お島は何もない餉台《ちゃぶだい》の前に坐っている父親の傍へ来て、やっぱり顔を顰めていた。

「私はこの病気が起ると、もう如何することも出来ないんです。それに家も、これから夏は閑《ひま》ですから、お歓待《もてなし》をしようと思っても、そうそうは為きれないんです。」

「然とも然とも。それどこじゃない、私《わし》は一時のお客に来たものでないから。」

　父親はいつまでも伜夫婦の傍で暮そうとしている自分の心持を、その時も口から洩《もら》したが、お島が積《つ》って燗ける酒に満足していられないような、強い渇望がその本来の飲慾を煽って来ると、父親はふらふらと外へ出て、この頃昵《なじ》みになった近所の居酒屋へ入っていくのが、習慣になった。そして家でおとなしく飲んでいられないような野性的な彼の卑しい飲み癖が、一層お島を顰蹙《ひんしゅく》させた。

九十四

山で知合になった人達が、四五人誘いあわせて出て来てから、父親は一層お島たちのために邪魔もの扱いにされた。

連中のうちには、その頃呼吸器の疾患のため、遊覧旁《かたがた》博士連の診察を受けに来た浜屋の主人もあった。山の温泉宿や、精米所の主人もいた。精米所の主人は、月に一度くらいは屹度《きつと》蠣殻町《かきがらちょう》の方へ出て来るのであったが、その時は上さんと子供をつれて来ていた。

その通知の端書を受取ったお島は、大きな菓子折などを小僧に持たせて、紋附の夏羽織を着込んで、丸髷姿で挨拶のために、ある晩方その宿屋を訪ねたが、込合っていたので、連中はこの部屋にかたまって、ちょうど晩酌の膳に向いながら、陽気に高談《たかばなし》をしていた。

「えらい仕揚げたそうだね。そのせいか女振もあがったじゃねえか。好い奥様になったということ。」

精米所の主人は、浴衣がけで一座の真中に坐っていながら言った。

「御笑談《ごじょうだん》でしょう。」

お島は幼《うぶ》らしく顔の赤くなるのを覚えた。

「お蔭でどうか恹《こう》かね。でもまだ成功というところへは参りません。何しろ資本のいる仕事ですからね。どうか少しお貸しなすって下さいまし。あなた方はみんな好い旦那方じゃありませんか。」

お島はそう言って、自分の来たために一層浮立ったような連中を笑わせた。

夜景を見に出るという人達の先に立って、お島も混雑しているその宿を出たが、別れるときに家の方角を能く教えておいて、広小路まで連中を送った。

「病気って、どこが悪いんです。」

お島は、まさかの時には、多少の資本くらいは引出せそうに思えていた浜屋に、二人並んであるいている時訊ねた。浜屋がその後、ちょくちょく手を出していた山林の売買がいくらか当って、融通が利くと云う噂などを、お島はその土地の仲間から聞伝えている兄に聞いて知っていた。

「どこが悪いというでもないが、肺がちっと弱いから用心しろと言われたから、東京《こちら》で二三専門の博士を詮議したが、事によったら当分逗留して、遊び旁注射でもしてみようかと思う。」

「それじゃ奥さんのが移ったのでしょう。私は一緒にならないで可かったね。」

お島は可怕《おっかな》そうに言ったが、やっぱりこの男を肺病患者扱いにする気には成得《なりえ》なかった。

「あんたが肺病になれば、私が看病しますよ。肺病なんか可怕《こわ》くて、如何するもんですか。」

「今じゃ然うも行かない。これでも山じゃ死うとしたことさえあったっけがね。」

「おお厭だ。」お島は思出してもぞっとするような声を出した。「そんな古いことは言っこなし。あんたは余程《よっぽど》人が悪くなったよ。」

九十五

一日の雑踏と暑熱に疲れきったような池の畔《はた》では、建聯《たてつら》った売店がどこも彼処も店を仕舞いかけているところであったが、それでもまだ人足は絶えなかった。水に臨んだ飲食店では、人が蓄音器に集っていたり、係のものらしい粗野な調子で男が、女達を相手に酒を飲んでいたりした。暗闇の世界に、秘密の歓楽を捜しあるいているような猥《みだ》らな女と男の姿や笑声が聞えたりした。

お島はその間を、ふらふらと寂しい夢でも見ているような心持で歩いていた。会場のイルミネーションは悉皆消えてしまって、無気味な広告塔から、蒼い火が暗《やみ》に流れていたりした。

浜屋の主人が肺病になったと云うことが、ふと彼女の心に暗い影を投げているのに気がついた。自分の世界が急に寂しくなったようにも感じた。しかし離れているときに考えていたほど、自分がまだあの男のことを考えているとは思えなかった。今のあの男とは全く懸はなれた其頃の山の思出が、微《かすか》に懐しく思出せるだけであった。あの時分の若い痴呆な恋が、いつの間にか、水に溶されて行く紅の色か何ぞのように薄く入染《にじ》んでいるきりであった。

自分の若い職人が一人、順吉というお島の可愛《かあゆ》がって目をかけている小僧と一緒に、熱い仕事場の瓦斯《がす》の傍を離れて、涼しい夜風を吸いに出ているのに、ふと観月橋《かんげつきょう》の袂のところで出会《でっくわ》した。

「如何したい、田舎《いなか》のお爺さんは」お島は順吉に訊ねた。

二人はにやにや笑っていた。

「今夜も酔ぱらっているんだろう。」

「ええ何だかやっぱり外で飲んで来たようでしたよ。」

お島はこの順吉から、父親が自分の嫁振を蓙《くさ》で非して、不平を言っていることなどを、ちょいちょい耳にしていたが、それはその時で聴流しているのであった。

「私のこったもの、どうせ好くは言われないよ。あの田舎ものに此の上さんの気前なんかわかるものかね。」

お島はそう云って笑っていたが、新しく入って来たものから、世間普通の嫁と一つに見られているのが、侮辱のように感ぜられて腹立しかった。

「上さん今夜は好いことがあるんだから、何かおごろうか。」お島は二人に言った。

「おごって下さい。」

「じゃ、みんなおいでおいで。」

お島は先に立って、何か食べさせるような家を捜してあるいた。

「……上さんを離縁しろなんて言っていましたよ。」

風の吹通しな水辺《すいへん》の一品料理屋でアイスクリームや水菓子を食べながら、順吉は話した。

「へえ、そんなことを言っていたかい。」お島はそれでも極りわるそうに紅くなった。「へん、お気の毒さまだが、舅に暇を出されるような、そんな意気地なしのお上さんじゃないんだ。」

九十六

お島が毎日のように呼出されて、市内の芝居や寄席、江の島や鎌倉までも見物して一緒に浮々した日を送っていた山の連中は、田舎へ帰るまでに、一度お島達夫婦のところへも遊びにやって来たが、それらの人々が宿を引揚げて行ってからも、浜屋の主人だけは、お島の世話で部屋借をしていた家から、一月の余も病院へ通っていた。

田舎では大した金持でもあるように、お島が小野田に吹聴しておいた山の客が、どやどやって来たとき――浜屋だけは加わっていなかったが――お島は水菓子にビールなどをぬいて、暑い二階で彼等を歓待《もてな》したが、小野田も彼等から、商売の資本をでも引出し得るかのように言っているお島の言《ことば》を信じて、そこへ出て叮嚀な取扱い方をしていた。

お島はその一人からは夏のインバネス、他の一人からは冬の鳶《とんび》と云う風に、孰《いずれ》も上等品の註文を取ることに抜目がなかったが、いつでも見本を持って行きさえすれば、山の町でも好い顧客《とくい》を沢山世話するような話をも、精米所の主人が為ていた。

「私が此旦那方に、どのくらいお世話になったか知れないんです。」

お島はそう言って小野田にも話したが、そこにお島の身のうえについて、何か色っぽい挿話がありそうに、感の鈍い小野田にも想像されるほど、彼等はお島と狎々《なれなれ》しい口の利き方をしていた。

肉づいた手に、指環などを光せている精米所の主人のことを、小野田は山にいた時のお島の旦那か何ぞであったように猜《うたが》って、彼等が帰ったあとで、それをお島の前に言出した。

「ばかなことをお言いでないよ。」

お島は散かったそこらを取片着けながら、紅い顔をして言った。髪を、たっぷりした癖のないこの頃一番自分に似合う丸髷に結って、山の客が来てからは、彼女は一層化粧《みじまい》を好くしていた。指環なども、顔の広い彼女は、何処かの宝玉屋からか取って来て、見なれない品を不断にはめていた。それが小野田の目に、お島を美しく妬ましく見せていた。

「その証拠には、お前は私のおやじがこの席へ顔を出すのを、大変厭がったじゃないか。」私《わし》が出て挨拶をするといって、聴かなかった父親に顔を顰めて、奥へ引込めておくようにしたお島の仕打を、小野田は気にかけて言出した。

「だって可耻《はずか》しいじゃないか。お前さんの前だけれど、あのお父《とっ》さんに出られて堪るもんですか。お前さんの顔にだってかかります。」

「昔しの旦那だとおもって、余り見え《あんまみ》をするなよ。」

「人聞のわるいことを言って下さるなよ。」お島は押被《おっかぶ》せるように笑った。

「あの人達に笑われますね。それが嘘なら聴いてみるがいい。」

「そうでもなくて、あんな者が来たってそんなに大騒ぎをする奴があるかい。」

「煩《うるさ》いよ。」お島は終《しまい》に呶鳴《どなり》出した。

九十七

暑い東京にも居堪《いたたま》らなくなって、浜屋がその宿を引払って山へ帰るまでに、お島は幾度となくそこへ訪ねて行ったが、彼女はそれを小野田へ全く秘密にはしておけなかった。ちょっと手許の苦しい時なぞに、お島は浜屋から時借《ときがり》をして来た金を、小野田の前へ出して、その男がどんな場合にも、自分の言うことを聴いてくれるような関係にあることを、微見《ほのめ》かさずにはいられなかった。

浜屋はその通っている病院で、もう十本ばかりもやってもらった注射にも飽きて、また出るにしても、盆前には如何しても一度帰らなければならぬ家の用事を控えている躰であったが、お島たち夫婦の内幕が、初め聴いたほど巧く行っていないことが、幾度も逢っているうちに、自然《ひとりで》に彼女の口から洩聞されるので、その事も気にかかっているらしかったが、やっぱり自分の手でそれを如何しようと云う気にもなれないらしかった。

「そんな事を言わずにまあ辛抱するさ。」

お島はその時の調子で、どうかすると心にもない自分の身《み》の上談《うえばなし》がはずんで、男に凭《もた》れかかるような姿態《ようす》を見せたが、聴くだけはそれでも熱心に聴いている浜屋が、何時でもそういった風の応答《うけこたえ》ばかりして笑っているのが物足りなかった。

「あの時分とは、まるで人が変ったね。」お島は男の顔を眺めながら言った。

「変ったのは私ばかりじゃないよ。」お島は男がそう云って、自分の丸髷姿をでも見返しているような羞恥を感じて来た。

「月日がたつと誰でもこんなもんでしょうか。」

お島は二階の六畳で疲れた躰を膝掛のうえに横《よこた》えている男の傍に坐って、他人行儀のような口を利いていたが、興奮の去ったあとの彼女は、長く男の傍にもいられなかった。

部屋には薄明い電気がついていた。お島は如何しても直《ぴった》り合うことの出来なくなったような、その時の厭な心持《こころもち》を想出《おもいだ》しながら、涼気《すずけ》の立って来た忙しい夕暮の町を帰って来たが、気重《きおも》いような心持がして、店へ入って行くのが憚《はばか》られた。

「己《おれ》も一度その人に逢っておこう。」

小野田はお島から金を受取ると、そう云って感謝の意を表した。

「可けない可けない。」お島はそれを拒んで、「あの人は莫迦に内気な人なんです。田舎にもあんな人があるかと思うくらい、温順《おとな》しいんですから、人に逢うのを、大変に厭がるんです。」

小野田はそれを気にもかけなかったが、やっぱり其男のことを聴きたがった。

「それは東京にも滅多にないような好い男よ。」お島は笑いながら応えたが、自分にも顔の赧くなるのを禁じ得なかった。

九十八

避暑客《ひしょかく》などの雑踏している上野の停車場《ステーション》で、お島が浜屋に別れたのは、盆少し前の或日の午後であったが、そんな人達が全く引揚げて行ってから、お島たちはまた自分の家のばたばたになっていることに気がついた。

浜屋はお島に買《かわ》せた色々の東京土産などを提げこんで、パナマを前のめりに冠り、お島が買ってくれた草履をはいて、軽い打扮《いでたち》で汽車に乗ったのであったが、お島も絽縮緬《ろちりめん》の羽織などを着込んで、結立《ゆいたて》の丸髷頭で来ていた。

足音の騒々しい構内を、二人は控室を出たり入ったりして、発車時間を待っていたが、このステーションの気分に浸っていると、自然《ひとりで》に以前の自分の山の生活が想出せて来て、涙含《なみだぐ》ましいような気持になるのであった。

「どうでしょう。西洋人は活潑でいいね。」

日光へでも行くらしい、男 女《おとこおんな》の外国人の綺麗な姿が、彼等の前を横《よこぎ》って行ったとき、お島は男に別れる自分の寂しさを蹴散《けち》らすように、そう云って、嘆美の声を放った。

「如何だね、一緒に行かないか。」

浜屋は瀬戸物のような美しい皮膚に、この頃はいくらか日焦《ひやけ》がして、目の色も鋭くなっていたが、お島が暫くでも夫婦ものの旅行と見られるのが嬉しいような、目眩《まぶし》いような気持のするほど、それは様子が好かった。

客車《かくしゃ》に乗ってからも、お島は窓の前に立って、元気よく話を交えていたが、そのうちに汽車がするする出て行った。

「そのうち景気が直ったら、一度温泉へでも来るさ。」浜屋は窓から顔を出して、どうかすると睫毛《まつげ》をぬらしているお島に、そんな事を言っていた。

お島はとぼとぼと構内を出て来たが、やっぱり後髪《うしろがみ》を引るるような未練が残っていた。盆が来ると、お島は顧客先《とくいさき》への配りものやら、方々への支払やらで気忙しい其日其日《そのひそのひ》を送っていた。そして着いてから葉書をよこした浜屋のことも忘れがちでいたが、自分たちの不幸な夫婦であったことが、一層判って来たような気がした。お島は時々その事に思い耽《ふけ》っているのであったが、それを小野田に感づかれるのが、不安であった。お島は可恥《はずか》しい自分の秘密な経験を押隠《おしかく》すことを怠《おこた》らなかった。

暑い盛に博覧会が閉されてから、お島たちの居周《いまわり》の町々には、急に潮がひいたように寂しさが襲って来たと同時に、二人の店にもこれまで紛らされていたような、頽廃の色が、まざまざと目に見えて来た。

多くの建物の、日に日に壊されて行く上野を、店を支えるための金策の奔走などで、毎日のようにお島は通った。やがてまた持切れそうもない今の家を一思いに放擲《ほうりだ》して了いたいような気分になっていた。

「ここは縁起がわるいです。私たちはまたどこかで遣直しです。」

ここへ引移って来てから、貸越《かしこし》の大分たまって来ている羅紗の仲買などに、お島は投出したような棄鉢《すてばち》な調子で言っていた。

九十九

本郷の通りの方で、第四番目にお島たちが取着いて行った家を、悉皆手を入れて、洋風の可也な店つきにすると同時に、棚に羅紗などを積むことができたのは、それから二三年もたって、店の名が相応に人に知られてからであったが、最初二人がそこへ引移っていった時には、店へ飾るものといっては何一つなかった。

愛宕時代に傭ったのとは、また別の方面から、お島が大工などを頼んで来たとき、二人の懐ろには、店を板敷にしたり、棚を張ったりするために必要な板一枚買うだけの金すらなかったのであったが、新しいものを築き創《はじ》めるのに多分の興味と刺戟とに気負った彼女は、際どいところで、思いもかけない生活の弾力性を喚起《よびおこ》されたりした。

「面倒ですから、材料も私《あっし》の方から運びましょうか。」

父親の縁故から知っている或叩き大工のあることを想出して、そこへ駈つけていった彼女は、仕事を拡張する意味で普請を嘱《たの》んだところで、彼は呑込顔《のみこみがお》にそう言って引受けた。

「然してもらいましょうよ。私達は材料を詮議してる隙《ひま》なんかないんだから。」

材木がやがて彼等の手によって、車で運びこまれた。

「如何です。訳《わけ》ないじゃありませんか。」

大工が仕事を初めたところで、釘をすら買うべき小銭に事かいていたお島は、また近所の金物屋から、それを取寄せる智慧を欠かなかった。

「これから普請の出来あがるまで、何かまたちょいちょい貰いに来るのに、一々お金を出すのも面倒ですから、お帳面にして下さいよ。少しばかりお手つけをおいてきましょう。」

お島は夜を待つまもなく、小僧の順吉に脊負いださせた蒲団に替えた、少許《すこしばかり》の金のうちから、いくらかを取出してそれを渡した。その蒲団は、彼女が鶴さん時代から持古している銘仙《めいせん》ものの代物であった。

「乗るか反《そ》るか、お上さんはここで最後の運を試すんだよ。」

萌黄《もえぎ》の風呂敷に裹《つつ》んだその蒲団を脊負いださせるとき、お島は気嵩《きがさ》な調子で、その時までついて来た順吉を励した。

「お前もその意《つもり》でやっておくれ。この恩はお上さん一生忘れないよ。」

涙含《なみだぐ》んだような顔をして、それを脊負って行く順吉のいじらしい後姿を見送っているお島の目には、涙が入染《にじ》んで来た。

「どうでしょう。職人は小い時分から手なずけなくちゃ駄目だね。順吉だけは、どうか渡職人の風に染《し》ましたくないもんだ。それだけでも私たちは茫然《ぼんやり》しちゃいられない。」

お島は大工の仕事を見ている、小野田の傍へ来て呟いた。

表では大工が、二人ばかりの下を使って、せっせと木拵《きごしら》えに働いていた。

百

あらかた出来あがったところで、大工の手を離れた店の飾窓や、入口の戸《ドア》に張るべき硝子《ガラ》子《ス》を、お島が小野田に言われて、根津に家を持ったときから顔を知られている或硝子屋へ懸あいに行ったのは、それから間もなくであった。

お島はその日も、新しい店を持った吹聴かたがた、朝から顧客《とくい》まわりをして、三時頃にやっと帰って来たが、夏場はどこでも註文がなくて、代りに一つ二つの直しものを受取ったきりであった。

外は黄熟した八月の暑熱が、じりじり大地に滲透《しみとお》るようであった。蟬の声などのまだ木蔭に涼しく聞かれる頃に、家を出ていった彼女は、行く先々で、取るべき金の当がはずれたり、主《あるじ》が旅行中であったりした。古くからの昵《なじ》みの家では、彼女は病気をしている子供のために、氷を取替えたり、団扇で煽《あお》いだりして、三時間も人々に代って看護をしていたりして、目がぐらぐらするほど空腹を感じて来た頃に、家へ帰って来たのであった。

家では大工がみんな昼寝をしていた。小野田もミシン台をすえた奥の六畳の涼しい窓の下で、横《よこた》わっていた。

お島はそこらをがたぴし言わせて、着替などをしていた。根津の家を引払う前に、田舎へ還してしまった父親の毎日毎日飲つづけた酒代の、したたか滞っている酒屋の註文聞の一人に、途中で出逢って、自分の方からその男に声をかけて来なければならなかったことなどが、一層彼女の頭脳《あたま》をむしゃくしゃさせていた。小野田がその父親を呼寄せさえしなければ、あの家も如何か恁か持続けて行けたように考えられた。あの飲んだくれのために、何《ど》のくらい自分の頭脳が掻廻され、働きが鈍らされたか知れないと思った。

「撲《ぶち》のめしたって飽足《あきた》りない奴だ。」

お島は、酔ったまぎれに自分を離縁しろといって、小野田を手甲擦《てこず》らせていたと云う父親の言分から、内輪《うちわ》が大揉《おお》めにもめて、到頭田舎へ帰って行くことになった父親に対する憎悪が、また胸に燃えたって来るのを覚えた。小野田の寝顔までが腹立しく見返えられた。

「せっせと仕事をして下さいよ。莫迦みたいな顔して寝ていちゃ困りますよ。」

小野田が薄目をあいて、ちろりと彼女の顔を見たとき、お島はいらいらした声で言った。

お島が台所で飯を食べている時分に、やっと小野田はのそのそ起出して来た。

「仕事仕事って、そうがみがみ言ったって仕事ができるもんじゃないよ。」

小野田は火鉢の傍へ来て、莨をふかしはじめながら、まだ眠足りないような賭い目をお島の方へ向けた。

「それより硝子の工面もしなければならず、店だって飾なしにおかれやしない。」

「知らないよ、私は。自分でもちっと心配するがいいんだ。」

お島は言返した。

百一

小野田はそこへ脱っぱなしにしたお島の汗ばんだ襦袢や帯が目に入ったり、不断着を取出すために引掻まわした押入のどさくさした様子などを見ると、迚《とて》も世帯は持てない女だといって、自分のために離縁を勧めた父親の辞《ことば》が思出された。

「伎倆《はたらき》があるか何だか知らんが、まあ大変なもんだ。迚も女とは思えんの。」

そうも言って、荒いお島の調子に驚いていた父親の善良そうな顔も思出された。

「朝から出て、あれは一日どこを何をして歩いてるだい。」

父親はそうも言って、不思議がったが、お島自身に言わせると、朝は誰かが台所働きをしてくれて、気持よく家を出なければ、とても調子よく外で働くことはできないというのであった。帰って来た時にも、自分を迎えてくれる衆《みんな》の好い顔をでも見なければ埋らないと言うのであった。それで小野田は順吉と一緒に、如何かすると七輪に火をおこしたり、漬物桶へ手を入れたりすることを行《や》っているのであったが、お島が一人で面白がってやっている顧客まわりも、集金の段になってくると、やっぱり小野田自身が出て行くより外ないようなことが多かった。

夕方にお島は機嫌を直して、硝子屋の方へ出て行った。

「この店さえ出来あがれば、少し資本を拵えて夏の末には己が新趣向の広告をまいて、有《あら》ゆる中学の制服を取ろうと思っている。」

小野田はそう言って、この頃から考えていた自分の平易で実行し易いような企画《もくろみ》をお島に話した。

「それには女唐服《めとうふく》を着て、お前が諸学校へ入込《いりこ》んで行かなければならぬのだがね。」

「駄目です駄目です。制服なんかやったって、どれだけ儲かるもんですか。」

そんな際物《きわもの》仕事が、自分の顔にでもかかるか何かのように考えているお島は、そう言って反抗したが、好い客を惹着《ひきつ》けるような立派な場所と店と資本とをもたない自分達に取っては、然でもして数でこなすより外ないことを小野田は主張した。

学生相手の確なことはお島も知っていた。洋服姿で、若い学生たちの集りのなかへ入って行く自分の姿を想像するだけでも、彼女は不思議な興味を唆《そそ》られた。

「そうすると、お前の顔は直きに学生仲間に広まってしまうよ。」

小野田はその妻や娘を売物にすることを能く知っている、思附《おもいつき》のある興行師か何ぞのような自分の計劃で、成功と虚栄に渇いている彼女を使嗾《しそう》する術を得たかのように、自信のある目を輝かしていた。

「ふむ。」お島は自分がいつからかぼんやり望んでいたことを、小野田が探りあててくれたような興味を感じた。男が頼もしい悧巧もののように思えて来た。

「それは確にあたるね。」

百二

横浜に店を出している女唐服屋で、お島が工面した金で自分の身装《みなり》を悉皆拵えて来たのは、それから大分たってからであった。

新築の家は悉皆出来あがって、硝子もはまった飾窓に、小野田が柳原から見つけて買って来た古い大礼服の金モオルなどが光っていた。

一度姿見を買ったことのある硝子屋では、主人はその申込を最初は断ったが、お島のことを知っている子息《むすこ》が、自分で引受けて要るだけの硝子を入れてくれた。

「老爺《おやじ》はああいいますけれど、お上さんの気前を買って、私がお貸し申しましょう。だから入れられるだけ入れてみて下さい。倒されればそれ迄です。」

そしてその翌朝、彼は小僧と一緒に硝子を運びこんで、それを飾窓や入口のドアなどに切はめてくれた。

「お前さんは若いにしては感心だよ。そう云う風に出られると、誰だって贔負《ひいき》にしないじゃいられないからね。また好いお得意をどっさり世話してあげますよ。」

お島はそう言って、その硝子屋を還した。

看板を書くために、ペンキ屋が来たり、小野田が自転車で飛して、方々当ってみてあいた羅紗のサンプルが持込まれたり、スタイルの画見本の額が、店に飾られたりした。白い夏の女唐服に、水色のリボンの捲かれた深い麦稈帽子《むぎわらぼうし》を冠って、お島が得意まわりをするようになったのは、それから大分たってからであった。

「どうです、似合いますか」などと、お島は姿見の前を離れて、その頃また来ることになった木村という職人や小野田の前に立った。コルセットで締つけられた、太い胴が息がつまるほど苦しかった。皮膚の汚点《しみ》や何かを隠すために、こってり塗りたてた顔が、凄艶なような蒼味を帯びてみえた。

「莫迦に若くみえるね。少くとも布哇《ハワイ》あたりから帰って来た手品師くらいには蹈《ふ》めますぜ。」木村は笑った。

お島はその身装《なり》で、親しくしているお顧客をまわって行った。その中には若い歯科医や弁護士などもあった。

「どこの西洋美人がやって来たかと思ったら、君か。」

途中で行逢《ゆきあ》った若い学生たちは、そういって不思議な彼女の姿に目を瞬った。

「その身装《なり》で、ぜひ僕んとこへもやって来てくれたまえ。」

彼等の或者は、肉づきの柔かい彼女の手に握手をして、別れて行ったりした。

「洋服はばかに評判がいいんですよ。」

お島は日の暮に帰って来ると、急いで窮屈なコルセットをはずしてもらうのであったが、薄桃色の肉のぽちゃぽちゃした躰が、はじめて自分のものらしい気がした。

小野田は色々の学校へ新に入学した学生たちの間に撒くべき、広告札の意匠などに一日腐心していた。

百三

時間割表などの刷込まれた、二つ折小形のその広告札を、羅紗の袋に入れて、お島は朝早く新入生などの多く出入する学校の門の入口に立った。

「どうぞどっさりお持くださいまし。そして皆さん方へもお拡めなすって下さいまし。」

お島はそう云って、それを彼等の手に渡した。

「私どもでは皆さんの御便宜を図って、羅紗屋と特約を結んで、精々勉強いたしますから、どうぞ御贔負《ごひいき》に……スタイルも極《ごく》斬新でございます。」彼女はそうも云って、面白そうに集ってくる若い人達の心を惹着けた。

「安いね。」

「洋行がえりの洋服屋だとさ。」

学生たちは口々に私語《ささや》きあった。

「おいおい、引札を撒くことは止めてもらおう。此方《こちら》ではそれぞれ規定の洋服屋があるから。」

門番や小使たちは、学生の手から校庭へ撒棄《まきす》てられる引札を煩《うるさ》がって、彼女を逐攘《おいはら》おうとした。

お島は時とすると、札《さつ》を二三枚ポケットから取出して、彼等の手に渡した。そして学校の事務員にまで取入ることを怠らなかった。

「品物を好くして、安く勉強すると云うなら、どこで拵えるのも同じだから、学生を勧誘するのも君の自由だがね。」

事務員はそう云って、彼女の出入《しゅつにゅう》に黙諾を与えてくれたりした。

広い運動場に集まっている生徒のなかへ、お島の洋服姿が現れて行った。

時には一つの学校から、他の学校へ彼女は腕車《くるま》を飛しなどして、せり込んで行く多くの同業者と劇しい競争を試みることに、深い興味を感じた。

小野田や職人たちが、まだぐっすり眠っているうちに、お島は床を離れて、化粧《おつくり》をするために大きい姿見の前に立った。そして手ばしこくコルセットをはめたり、漸く着なれたペチコオトを着けたりした。洋服がすっかり躰に喰《く》ついて、ぽちゃぽちゃした肉を締《し》めつけられるようなのが、心持よかった。そして小いしなやかな足に、踵《かかと》の高い靴をはくと、自然《ひとりで》に軽く手足に弾力が出て来て、前へはずむようであった。ぞべらぞべらした日本服や、ぎごちない丸髷姿では、迚も入って行けないような場所へ、彼女の心は、何の羞恥《しゅうち》も臆劫さも感ずることなしに、自由に飛込んで行くことができた。

朝おきると、懈《だる》い彼女の躰が、直にそれらの軽快な服装を要求した。不思議なほど気持の引締ってくるのを覚えた。朝露にまだしっとりとしているような通りを、お島は一朝《ひとあさ》でも、洋服で出て行かない日があると、一日気分が悪かった。

自転車で納めものを運んで行く、小野田がどうかすると途中で彼女の側へ寄って来た。

「惜い事には丈が足りないね。」

小野田は胴幅などの広い彼女の姿を眺めながら言った。

「どうせ労働服ですもの、様子なんぞに介意《かま》っていられるもんですか。」

二人は暫く歩きながら話した。

百四

月が十月へ入ってから、撒いておいた広告の著しい効験《ききめ》で、冬の制服や頭巾つきの外套の注文などが、どしどし入って来た。その頃から工場には職人の数も殖《ふ》えて来た。徒歩の目弛《まだる》いのに気を腐《くさら》していたお島は、小野田の勧めで、自転車に乗る練修《れんしゅう》をしはじめていた。

晩方《ばんがた》になると、彼女は小野田と一緒に、そこから五六丁隔《へだた》った原っぱの方へ、近所で月賦払いで買入れた女乗の自転車を引出して行った。一月の余も冠った冠物《かぶりもの》が暑い夏の日に焦《や》け、リボンも砂埃《すなぼこり》に汚れていた。お島は其の冠物の肩までかかった丸い脊を屈《こご》めて、夕暗《ゆうやみ》のなかを、小野田についていて貰って、ハンドルを把《と》ることを学んだ。

近いうちに家が建つことになっている其の原には、桐の木やアカシヤなどが、昼でも涼しい蔭を作っていた。夏草が青々《せいせい》と生繁って、崖のうえには新しい家が立駢《たちなら》んでいた。そこらが全く夜の帷《とばり》に蔽《おお》い裹《つつ》まるる頃まで、草原を乗まわしている、彼女の白い姿が、往来の人たちの目を惹《ひ》いた。

木の蔭に乗物を立てかけておいて、お島は疲れた躰を、草のうえに休めるために跪坐《しゃが》んだ。裳裾《もすそ》や靴足袋《くつたび》にはしとしと水分が湿《しと》って、草間《くさあい》から虫が啼いていた。

お島はじっとり汗ばんだ躰に風を入れながら、鬱陶《うっとう》しい冠ものを取って、軽い疲労と、健やかな血行の快い音に酔っていた。腿と臀部との肉に懈い痛みを覚えた。小野田は彼女の肉体に、生理的傷害の来ることを虞《おそ》れて、時々それを気にしていたが、自転車で町を疾走するときの自分の姿に憧れているようなお島は、それを考える余裕すらなかった。

「少しくらい躰を傷めたって、介意《かま》うもんですか。私たちは何か異《かわ》ったことをしなければ、とても女で売出せやしませんよ。」

お島はそう言って、またハンドルに摑《つか》まった。

朝はやく、彼女は独でそこへ乗出し行くほど、手があがって来た。そして濛靄《もや》の顔にかかるような木蔭を、そっちこっち乗まわした。秋らしい風が裾に孕んで、草の実が淡青《うすあお》く白い地についた。崖のうえの垣根から、書生や女たちの、不思議そうに覗いている顔が見えたりした。土堤《どて》の小径から、子供たちの投げる小石が、草のなかに落ちたりした。

「おそろしい疲れるもんですね。」

一月ほどの練修をつんでから、初めて銀座《ぎんざ》の方へ材料の仕入に出かけて行って、帰って来たお島は、自転車を店頭《みせさき》へ引入れると、がっかりしたような顔をして、そこに立っていた。

「須田町《すだちょう》から先は、自分ながら可怕《おっかな》くて為様がなかったの。だけど訳はない。二三度乗まわせば屹度《きっと》平気になれてよ。」お島は自信ありそうに言った。

百五

忙しいその一冬《ひとふゆ》を自転車に乗づめで、閑《ひま》な二月が来たとき、お島は時々疑問にしていながら、診てもらうのを厭がっていた、自分の躰をふとした機会から、病院で医者に診せた。

「……が悉皆擦切《すりき》れてしまったところを見ると、余程《よっぽど》毒なもんですね。」

お島はそう言って、そこを小野田に見せたりなどしていたが、それはそれで真《ほん》の外面の傷害に過ぎないらしかった。

その病院では、お島の親しい歯科医の細君が、腹部の切開で入院していた。そこへお島は時々見舞に行った。

そんなところへも自分の商売を広告するつもりで、看護婦や下足番などへの心づけに、切放《きれはな》れの好《い》いお島は、直に彼等とも友達になったが、一二度躰を診てもらううちに、親しい口を利きあう若い医師が、二人も三人もできた。

段々肥立《ひだ》って来た、売色《くろうと》あがりの細君の傍《そば》で、お島は持って行った花を花瓶に挿したり、薄くなった頭髪に櫛を入れて、束《つく》ねてやったりして、半日も話相手になっていた。

「どう云うんでしょう、私の躰は……」

お島は看護婦などのいる傍で、いつかも印判屋の上さんに訊ねたと同じことを言出した。

「夫婦の交際《まじわり》なんてものは、私にはただ苦しいばかりです。何の意味もありません。」

「それは貴女《あんた》がどうかしてるのよ。」

患者は日ましに血色のよくなって来た顔に、血の気のさした様な美しい笑顔を向けて、お島の顔を眺めた。

「でも可笑《おかし》いんですの。こんなことを言うのは、自分の耻《はじ》を曝《さら》すようなもんですけれど実際あの人が変なんです。」

お島は紅い顔をして言った。

「ええ、そんな人も千人に一人はありますね。」

お島が診てもらった医者に、それを言出すほど気がおけなくなったとき、彼はそう言って笑っていた。

位置が少し変っているといわれた自分の躰を、お島はそれまでに、もう幾度も療治をしてもらいに通ったのであった。

「当分自転車をおやめなさい。圧迫するといけない。」

お島は苦しい療治にかかった最初の日から、そう言われて毎日和服で外出《そとで》をしていた。

長いお島の病院がよいの間、小野田が、多く外まわりに自転車で乗出した。

顧客先で、小野田が知合になった生花《はな》の先生が出入りしたり、蓄音器を買込んだりするほど、その頃景気づいて来ていた店の経済が、暗いお島などの頭脳では、ちょっと考えられないほど、貸や借の紛紜《こぐらがり》が複雑になっていたが、夫《それ》はそれとして、身装などの滅切華美《めっきりはで》になった彼女は、その日その日の明い気持で、生活の新しい幸福を予期しながら、病院の門を潜った。

百六

小野田は時々外廻りに歩いて、あとは大抵店で裁《たち》をやっていたが、隙《すき》がありさえすれば蓄音器を弄《いじ》っていた。楽遊や奈良丸の浪華節《なにわぶし》に聴惚れているかと思うと、いつかうとうと眠っているようなことが多かった。

しげしげ足を運んで来る生花《はな》の先生は、小野田が段々好いお顧客へ出入りするようになったお島に習わせるつもりで、頼んだのであったが、一度も花活《はないけ》の前に坐ったことのない彼女の代りに、自身二階で時々無器用な手容《てつき》をして、ずんどのなかへ花を挿《さ》しているのを、お島は見かけた。

もと人の妾などをしていたと云う不幸なその女は、如何かすると二時間も三時間も、遊んで帰ることがあった。上方に近い優しい口の利き方などをして、名古屋育ちの小野田とは、うまが合っていた。

「私だって偶には逆様《さかさ》にお花も活けてみとうございますよ。」

外から帰って、ふと二階の梯子をあがって行くお島の耳に、その日も午《ひる》から来て話込んでいたその年増の媚《なま》めかしい笑い声が洩れ聞えた。嫉妬と挑発とが、彼女の心に発作的におこって来た。

女が帰って行くとき、お島はいきなり帳場の方から顔を出して言った。

「お気毒さまですがね、宅《たく》はお花なんか習っている隙《ひま》はないんですから、今日きり私《わたくし》からお断りいたします。」

お島は硬ばった神経を、強《し》いておさえるようにして、そう言いながら謝礼金の包を前においた。

もう三十七八ともみえる女は、その時も綺麗に小皺の寄った荒んだ顔に薄化粧などをして、古いお召の被布姿《ひふすがた》で来ていたが、お島の権幕に怯《お》じおそれたように、悄々《すごすご》出ていった。

「この莫迦！」

二階へ駈あがって往ったお島は、いきなり小野田に浴せかけた。毎日鬢《びん》や前髪を大きくふっくらと取った丸髷姿で出ていた彼女は、大きな紋のついた羽織もぬがずに、外眦《めじり》をきりきりさせて、そこに突立っていた。

「髯なんかはやして、あんなものにでれでれしているなんてお前さんも余程な薄野呂《うすのろ》だね。」

お島はそう言いながら、そこにあった花屑《はなくず》を取あげて、のそりとしている小野田の顔へ叩きつけた。吊あがったような充血した目に、涙がにじみ出ていた。

「何をする。」

小野田も怒りだして、そこにあった水差を取ってお島に投つけた。彼女の御召の小袖から、水がだらだらと垂れた。

負けぬ気になって、お島も床の間に活かったばかりの花を顚覆《ひつくらか》えして、へし折りへし折りして小野田に投《ほう》りつけた。

劇しい格闘が、直に二人のあいだに初まった。小野田が力づよい手を弛《ゆる》めたときには、彼女の鬢がばらばらに紊《ほつ》れていた。そうして二人は暫く甘い疲労に浸りながら、黙って壁の隅っこに向あって坐っていた。

百七

二人が階下《した》へおりて行ったのは、もう電灯の来る時分であった。病院通いをするようになってから、可恐《おそろ》しいものに触れるような気がして、絶えて良人の側へ寄らなかった彼女は、その時も二人の肉体に同じような失望を感じながら、そこを離れたのであった。

「あなたは別に女をもって下さい。」

お島はそう言って、根津にいた頃近所の上さんに勧められて、小野田が時々逢ったことのある女をでも、小野田に取戻そうかとさえ考えていた。

「然でもしなければ、とてもこの商売はやって行けない。」お島はそうも考えた。

産《うま》れが好いとかいわれていたその女は、ここへ引越してからも、一二度店頭《みせさき》へ訪ねて来たことがあったが、お島はそれの始末をつけるために、砲兵工廠の方へ通っている或男を見つけて、二人を夫婦にしてやったのであった。

小野田がどうかすると、その女のことを思い出して、戸崎町の方に裏店住《うらだなずま》いをしているその女を訪ねて行くことを、お島もうすうす感づいていた。

「あの女は如何しました。」

お島は思出したように、それを小野田に訊ねたが、その頃は食物屋などに奉公していた当座で、いくらか身綺麗にしていた女は、亭主持になってから悉皆身装などを崩しているのであった。

「いくら向うに未練があったって、あの頃とは違いますよ。亭主のあるものに手を出して、呶鳴込《どなりこ》まれたら如何するんです。」

小野田がまだ全く忘れることのできない其女のことを口にすると、お島はそう言って窘《たしな》めたが、別れてからも小野田に執着を持っている女を不思議に思った。

「あいつの亭主は、そんな事を怒るような男じゃない。おれがあいつの世話をしていたことも、ちゃんと知っていて、今でもそういうことには無神経でいるんだ。」

小野田はそう言って笑っていた。

二三日前から、また時々自転車で乗出すことにしていたお島が、ある晩九時頃に家へ帰って来ると、女から、呼出をかけられて、小野田は家にいなかった。

「どこへ行ったえ。」

お島は何のことにも能く気のつく順吉に、私《そっ》とたずねた。

「白山《はくさん》から来たと云って、若い衆《しゅ》が手紙を持って、迎いに来ましたよ。私《あっし》が取次いだんだから、間違いはありません。」

順吉はそう云って、まだ洋服もぬがずにいるお島の血相のかわった顔を眺めていた。

「じゃまた何処かで媾曳《あいびき》してるんだろうよ。上さん今夜こそは一つ突止めてやらなくちゃ……。」

お島は急いでコルセットなどを取はずすと、和服に着替えて、外へ飛出していった。

時々小野田の飲みに行く家を、彼女は思出さずにはいられなかった。

百八

秘密な会合をお島に見出されたその女は、その時から頭脳に変調を来して、幾夜かのあいだお島たちの店頭へ立って、呶鳴ったり泣いたりした。

女はお島に踏込まれたとき、真蒼になって裏の廊下へ飛出したのであったが、その時段梯子の上まで追《おっ》かけて来たお島の形相の凄さに、取殺されでもするような恐怖《おそれ》にわななきながら、一散に外へ駈出した。

「この義理しらずの畜生！」

お島は部屋へ入って来ると、いきなり呶鳴《どな》りつけた。野獣のような彼女の躰に抑えることが出来ない狂暴の血が焦《や》けただれたように渦をまいていた。

締切ったその二階の小室《こま》には、かっかと燃え照っている強い瓦斯の下に、酒の匂いなどが漂って、耳に伝わる甘い私語《ささやき》の声が、燃えつくような彼女の頭脳を、劇しく刺戟した。白い女のゴム櫛などが、彼女の血走った目に異常な衝動を与えた。

手に傷などを負って、二人がそこを出たときには、春雨のような雨が、ぽつぽつ顔にかかって来た。

まだ人通りのぽつぽつある、静かな春の宵に、女は店頭へ来て、飾窓の硝子に小石を撒きちらしたり、ヒステレックな蒼白い笑顔を、ふいにドアのなかへ現わしたりした。

「お上さんはいるの。」

女は臆病らしく奥口《おくぐち》を覗いたりした。

「旦那をちょッと此処へ呼んで下さいな。」

女はそう言って、しつこく小僧に頼んだ。

小僧は面白そうに、にやにや笑っていた。

「旦那は今いないんだがね、お前さんも亭主があるんだから、早く帰って休んだら可いだろう。」

お島は側へ来て、やさしく声かけた。そして幾許《いくら》かの金を、小い彼女の掌に載せてやった。

女はにやにやと笑って、金を眺めていたが、投つけるようにして、それを押戻した。

「わたしお金なんか貰いに来たのじゃなくてよ。私を旦那に逢してください。」

女はそこを逐攘《おっぱら》われると、外へ出ていつまでもぶつぶつ言っていた。そして男の帰って来るのを待っているか何ぞのように其処らをうろうろしていた。

「そっちに言分があれば、此方《こっち》にだって言分がありますよ。」

亭主から頼まれたと云って、四十左右《さゆう》の遊人風の男が、押込んで来たとき、お島はそう言って応対した。そして話が込入って来たときに、彼女の口から洩れた、伯父の名が、その男を全くその談《はなし》から手を引かしめてしまった。顔利であった伯父の名が、世話になったことのあるその男を反対に彼女の味方にして了《しま》うことができた。

百九

親思いの小野田が、田舎ではまだ物珍しがられる蓄音器などをさげて、根津の店が失敗したおりに逐返《おいかえ》したきりになっている父親を悦ばせに行った頃には、彼が留守になっても差閊《さしつか》えぬだけの、裁の上手な若い男などが来ていた。

知った職人が、この頃小野田の裁を飽足らず思っているお島に、その男を周旋したのは、間服《あいふく》の註文などの盛んに出た四月の頃であったが、その職人は、来た時からお島の気に入っていた。

自分でも店を有《も》ったりした経験のある、その職人は、最近に一緒にいた女と別れて、それまで持っていた世帯を畳んで、また職人の群へ陥ちて来たのであったが、悪いものには滅多に剪刀《はさみ》を下《くだ》そうとしない、彼の手に裁たれ、縫わるる服は、得意先でも評判がよかった。おっつけ仕事を間に合すことのできないその器用な遅い仕事振をお島は時々傍から見ていた。躰つきのすんなりしたその様子や、世間に明いその男は、お島たちの見も聞きもしたことのないような世界を知っていたが、親しくなるにつれて、小野田と酒などを飲んでいるときに、ちょいちょい口にする自分自身の情話《じょうわ》などが、一層彼女の心を惹いた。

「こんな仕事を私にさせちゃ損ですよ。」

彼はそう云って、どんな忙しいときでも下等な仕事には手をつけることを肯《がえん》じなかった。

「それじゃお前さんは貧乏する訳さね。」

お島も軀の弱いその男を、そんな仕事に不断に働かせるのを、痛々しく思った。

「それにお前さんは人品がいいから、身が持てないんだよ。」

お島は話ぶりなどにチャムのあるその男の傍にすわっていると、自然《ひとりで》に顔を赧くしたりした。黒子《ほくろ》のような、青い小い入墨《いれずみ》が、それを入れたとき握合った女とのなかについて、お島に異様な憧憬《どうけい》をそそった。

「いくつの時分さ。」

お島はその手の入墨を発見したとき、耳の附根まで紅くして、猥《みだら》な目を瞬った。男はえへらえへらと、締《しまり》のない口元に笑った。

「あっしが十六くらいのときでしたろう。」

「その女はどうしたの。」

「どうしたか。多分大阪あたりにいるでしょう。そんな古い口は、もう疾《とっく》のむかしに忘れっちゃったんで……。」

暮に彼の手によって、濁ったところへ沈められた若い女のことが、まだ頭脳に残っていた。

「そんな薄情な男は、私は嫌いさ。」

お島はそう言って笑ったが、男がその時々に、さばさばしたような気持で、棄てて来た多くの女などに関する閲歴が、彼女の心を蕩《とろ》かすような不思議な力をもっていた。蓄音器に、レーコードを取かえながら、薄ら眠い目をしている小野田の傍をはなれて、お島はその男と、そんな話に耽った。

百十

小野田が田舎へ立ってから間もなく、急に浜屋に逢う必要を感じて来たお島が、その男に後を頼んで、上野から山へ旅立ったのは、初夏《はつなつ》のある日の朝であった。

病院で軀の療治をしてからのお島は、先天的に欠陥のない自分の肉体に確信が出て来たと同時に、今まで小野田から受けていた圧迫の償いをどこかに求めたい願いが、彼女の頭脳《あたま》に色々の好奇な期待と慾望とを湧かさしめた。いつからか朧《おぼ》ろげに抱いていた生理的精神的不満が、若いその職人のエロチックな話などから、一層誘発されずにはいなかった。

そしてそれを考えるときに、彼女はその対手《たいしゅ》として、浜屋を心に描いた。

「あの人に一度逢って来よう。そして自分の疑いを質《ただ》そう。」

お島はそれを思いたつと、一日も早く其男の傍へ行って見たかった。

一つはそれを避けるために田舎へ帰った小野田がいなくなってからも、まだ時々店頭へ来て暴れたり怒鳴ったりする狂女が、巣鴨《すがも》の病院へ送込まれてから、お島はやっと思出の多いその山へ旅立つことができた。

全く色情狂に陥ったその女は、小野田が姿を見せなくなってからは、一層心が狂ってい た。そして近所の普請場《ふしんば》から鉋屑《かんなくず》や木屑《きくず》を拾い集めて来て、お島の家の裏手から火をかけようとさえするところを、見つけられたりした。

近所の人たちの願出《ねがいいで》によって、警察へ引張られた彼女が、梁から逆さにつられて、目口《めくち》へ水を浴せられたりするところを、お島も一度は傍で見せつけられた。

「水をかけられても、目をつぶらないところを見ると、これは確かに狂気《きちがい》です。」

責道具などの懸けられてある、その室で、お島は係の警官から、笑いながらそんな事を言われた。

「私は二三日で帰って来ますからね、留守をお頼み申しますよ。」

お島は立つ前の晩にも、その職人に好きな酒を飲ませたり、小遣をくれたりして頼んだ。

「多分それまでに帰って来るようなことはないだろうと思うけれど、偶然《ひょっ》として良人《うち》が帰って来たら、巧い工合《ぐあい》に話しておいて下さいよ。前に縁づいていた人のお墓参りに行ったと然う言ってね。」

お島は顔を赧らめながら言った。

「可《よ》ござんすとも。ゆっくり行っておいでなさいんし。」

その男はそう言って潔《きよ》く引受けたが、胡散《うさん》な目をして笑っていた。

「真実《ほんとう》にわたし恁《こ》ういう人があるんです。」

お島は終いにそれを言出さずにはいられなかった。

「けどそれはあの人には極内《ごくない》よ。」

百十一

博覧会時分に上京して来た、山の人たちに威張って逢えるだけの身のまわりを拵えて、お島があわただしい思いで上野から出発したのは、六月の初めであった。四五年前に、兄に唆かされて行った頃の暗い悲しい心持などは、今度の旅行には見られなかったが、秘密な歓楽の菓《み》をでも偸《ぬす》みに行くような不安が、汽車に乗ってからも、時々彼女の頭脳を曇らした。

汽車の通って行く平野の、どこを眺めても昔しの記憶は浮ばなかった。大宮だとか高崎だとかいうような、大きなステーションへ入るごとに、彼女は窓から首を出して、四下《あたり》を眺めていたが、しばらく東京を離れたことのない彼女には、どこも初めてのように印象が新しかった。高崎では、そこから岐《わか》れて伊香保《いかほ》へでも行くらしい男女《おとこおんな》の楽しい旅の明るい姿の幾組かが、彼女の目についた。蓄音器をさげて父親を悦ばせに行った小野田が思出された。不恰好な洋服を着たり、自転車に乗ったりして、一年中働いている自分が、都《すべ》て見くびっているつもりの男のために、好い工合いに駆使されているのだとさえしか思われなかった。

「わたしは莫迦だね。浜屋に逢いに行くのにさえ、こんなに気兼《きがね》をしなくてはならない。あの人はこれまでに、私に何をしてくれたろう。」

お島は口を利くものもない客車のなかで、静かに東京の埃のなかで活動している自分の姿が考えられるような気がした。慾得のためにのみ一緒になっているとしか思えない小野田に対する我儘な反抗心が、彼女の頭脳をそうも偏傾《へんけい》せしめた。何のために血眼になって働いて来たか解らないような、孤独の寂しさが、心に沁拡《しみひろ》がって来た。

桐の花などの咲いている、夏の繁みの濃い平野を横ぎって、汽車はいつしか山へさしかかっていた。高崎あたりでは日光のみえていた梅雨時の空が、山へ入るにつれて陰鬱に曇っているのに気がついた。窓のつい眼のさきにある山の姿が、淡墨《うすずみ》で刷《は》いたように、水霧《すいむ》に裹《つつ》まれた、目近の雑木の小枝や、崖の草の葉などに漂うている雲が、しぶきのような水滴を滴垂《したた》らしていたりした。白い岩のうえに、目のさめるような躑躅《つつじ》が、古風の屏風《びょうぶ》の絵にでもある様な鮮かさで、咲いていたりした。水がその巌間《いわま》から流れおちていた。深い渓や、高い山を幾つとなく送ったり迎えたりするあいだに、汽車は幾度となく、高原地の静なステーションに停《とど》まった。旅客たちは敬虔なような目を聳《そば》だてて、山の姿を眺めたりした。

ステーションへつく度に、お島は待遠しいような気がいらいらした。山の町近くへ来たのは、午後の四時頃であった。糠《ぬか》のような雨が、そのあたりでも窓硝子を曇らしていた。

百十二

目ざす町に近い或小駅で、お島は乗込んで来る三四人の新しい乗客が、自分の向側へ来て坐るのを見た。

それらの人は、どこか此の近辺の温泉場へでも遊びに行って来たものらしく、汽車が動きだしてからも、手々《てんで》にそんな話に耽っていた。山の町の人達の噂も、彼等の口に上ったが、浜屋浜屋と云う辞《ことば》が、一層お島の耳についた。汽車の窓から、首をのばして彼等の見ている山の形が、ふと浜屋の記憶を彼等に喚起《よびおこ》したのであった。その山は、そこから二三里の先の灰色の水霧のなかに幽かな姿を見せていた。

「あなた方は××町の方のようですが、浜屋さんが如何かしましたのですか。」

お島は、断々《きれぎれ》に耳につくその話に、ふと不安を感じながら訊《き》いた。

「私《わたくし》は東京から、あの人に少し用事があって来たものですが、お話の様子では、あの人があの山のなかで何か災難にでも逢ったと云うのでしょうか。」

遊女屋の主人か、芸者町の顔利《かおきき》かと云うような、それらの人たちは、みんなお島の方へその目を注《そそ》いだ。

金歯などをぎらぎらさせたその中の一人の話によると、浜屋は近頃自分の手に買取った其山のある一部の森林を見廻っているとき、雨あがりの桟道《そばみち》にかけてある橋の板を踏《ふみ》すべらして、崖へ転り陥ちて怪我をしてから、病院へ担ぎこまれて、間もなく死んでしまったと云うのであった。

お島はそれを聴いたとき、あの男が、そんな不幸な死方をしたとは、信じられなかったが、その死の日や刻限までを聴知ってから、次第にその確実さが感じられて来た。

「すればあの人の霊《たましい》が、私をここへ引寄せたのかもしれない。」

お島はそうも考えながら、次第に深い失望と哀愁のなかへ心が浸されて行くのを感じた。

浜屋へついたのは、日の暮方であった。以前よく往来《ゆきき》をしたステーションの広場には、新しい家などが建っているのが二三目についたが、俥のうえから見る大通りは、どこもかしこも変りはなかった。雨がはれあがって、しめっぽい六月の空の下に、高原地の古い町が、滞《おど》んだような静さと寂しさで、彼女の曇《うる》んだ目に映った。

お島はその夜一夜《ひとよ》は、むかし自分の拭掃除などをした浜屋の二階の一室に泊って、翌る日は、町のはずれにある菩提所へ墓まいりに行った。その寺は、松や杉などの深い木立のなかにある坂路のうえにあった。

松風の音の寂しい山門を出てからも、お島はまだ墓の下にあるものの執着の喘《あえ》ぎが、耳につくような無気味さを感じた。彼女は急いで道をあるいた。

半日を浜屋で暮して、十二時頃お島はまた汽車に乗った。

「どこか温泉で二三日遊んでいこう。」

失望の安易に弛《ゆる》んだ彼女は、汽車のなかでそうも考えた。

百十三

途中汽車を乗替えたり、電車に乗ったりして、お島はその日の昼少し過ぎに、遠い山のなかの或温泉場に着いた。

浴客はまだ何処にも輻湊していなかったし、途々見える貸別荘の門なども大方は閉っていて、松が六月の陽炎《ようえん》に蒼々と繁り、道ぞいの流れの向に裾をひいている山には、濃い青嵐が煙ってみえた。

　お島の導かれたのは、ある古い家建《やだち》の見晴のいい二階の一室であったが、女中に浴衣に着替えさせられたり、建物のどん底にあるような浴場へ案内されたりする度に一人客の寂しさが感ぜられた。

　浴場の窓からは、草の根から水のじびじびしみ出している赭土山《あかつちやま》が侘しげに見られ、檐《のき》端《ば》はずれに枝を差交《さしかわ》している、山国らしい丈のひょろ長い木の梢には、小禽《ことり》の声などが聞かれた。

「お一人でお寂しゅうございますでしょう。」

　浴後の軽い疲をおぼえて、うっとりしている処へ、女がそう言いながら膳部を運んで来た。

　笑い声などを立てたことのない、この二日ばかりの旅が、物悲しげに思いかえされた。どこの部屋からか蓄音器が高調子に聞えていた。

　電話室へ入って、東京の自宅《うち》の様子を聞くことのできたのは、それから大分たってからであった。小野田はまだ帰っていなかった。

「好いところだよ。旦那の留守に、お前さんも一日遊びに来たらいいだろう。」

　お島は四五日の逗留に、金を少し取寄せる必要を感じていたので、その事を、留守を頼んでおいた若い職人に頼んでから、そう言って誘《いざな》った。

「それから順吉もつれて来て頂戴よ。あの子には散々《さんざ》苦労をさせて来たから、一日ゆっくり遊ばしてやりましょうよ。」

お島はそうも言って頼んだ。

その晩は、水の音などが耳について、能くも睡《ねむ》られなかった。

夜があけると、東京から人の来るのが待たれた。そして怠屈な半日を、いらいらして暮しているうちに、旋《やが》て昼を大分過ぎてから二人は女中に案内されて、お島の着替えや、水菓子の入った籠などをさげて、どやどやと入って来た。部屋が急に賑かになった。

「こんな時に、私も保養をしてやりましょうと思って。でも一人じゃつまらないからね。」

お島は燥《はしや》いだような気持で、いつになく身綺麗にして来た若い職人や、お島の放縦な調子におずおずしている順吉に話しかけた。

「医者に勧められて湯治に来たといえば、それで済むんだよ。事によったら、上さんあの店を出て、この人に裁をやってもらって、独立《ひとりだち》でやるかも知れないよ。」

お島は順吉にそうも言って、この頃考えている自分の企画《もくろみ》をほのめかした。

「旧《もと》」と「資本《もと》」の間で

解説
大杉重男

日本近代文学史における徳田秋声の位置は、今もなお不確定である。かつて川端康成は「日本の小説は源氏に始まって西鶴に飛び、西鶴から秋声に飛ぶ」と言って、秋声の文学を源氏物語や西鶴と同列に置いた。しかしそのような評価は一般化することなく、秋声の膨大な作品群はほとんど顧みられることがない。川端が未成熟の作家とした漱石の方が近代を代表する作家にふさわしいというのが、現在の一般的な文学史観だろう。そもそも近代文学史は、当初は二葉亭から自然主義・白樺派を経てプロレタリア文学へという流れを「主流」と見ることにおいて構想されたが、八〇年代以降のアカデミズムはそれを二葉亭から漱石を経て谷崎・横光といった流れに再構成して行く。秋声の文学はそのいずれの時代においても文学史の中に明確な位置を与えられることはなかった。自然主義文学が文学史の中で重視された時代においても、そこで自然主義を代表したのは花袋や藤村であって、秋声ではなかった。秋声は一貫して文学史の「外」にあり続けて来た。

秋声の文学が文学史に位置づけられないのは、その文学の本質に由来している。その本質とは、言わば「歴史」の否認である。「歴史」の外にある文学が歴史の中に位置づけられないのは当然であり、そしてそのような文学を読むことは、私たちの「歴史」についての観念を揺り動かし、その虚構性への反省をもたらすことになる。

秋声の文学は「自然主義」であると言われる。人はそう呼び、作家自身もそう自認していた。「自然主義」とは文学史においては、現実を「ありのまま」に描写するリアリズムであると教科書的に定義される。そうであれば、その理想は「歴史」に限りなく近づくのではないか。実際「自然主義」のイデオローグである田山花袋は、『生』以降の長篇小説においてそのような「歴史」を書くことを目指し、また森鷗外の晩年の史伝に「自然主義」の理想を見もした。だが、秋声の小説はそのような「歴史」ではない。むしろそれは「歴史」への抵抗としてある。

『あらくれ』は、この「歴史」への抵抗としての秋声の小説の在り方を、最も生々しく語るテクストである。お島という一人の女性の半生を淡々と語っているように見えるこの小説は、しかし決して一人の女性の「歴史」ではなく、むしろ「歴史」への抵抗の荒々しいドキュメントとしてある。

「歴史」とは何か。それは現在の世界がどうして現在見る通りであるかを説明する過去の原因をめぐる物語である。その物語には日付と場所の記録が刻印されていて、現在との間に遠近法的関係を取り結んでいる。このような「歴史」を受け入れる時、人はその「歴史の時間」（蓮實重彦「恩寵の時間と歴史の時間」、『魅せられて』所収）によって支配され、拘束される。逆に言えば「歴史」を否認するとは、「歴史の時間」による支配を否認し、別の時間の中に生きることでもある。

お島は養家が決めた作太郎との結婚を拒否して「旧《もと》を忘れるくらいな人間なら、駄目のこった。」と養父に批判されるが、決して「旧《もと》」＝「歴史」を忘れているわけではない。「旧《もと》」＝「歴史」は、母親がお島に押しつけた「焼火箸」のように身体に刻み込まれた記憶として、お島の中に疼いている。しかしお島にとって、その「旧《もと》」＝「歴史」に抵抗することの中にしか自由はない。それが取り留めのない彷徨を続けるように見える『あらくれ』におけるお島のほとんど唯一と言って良い行動原理である。

すなわちお島の「旧《もと》」＝「歴史」の原風景は次のように語られる。

お島は爾時、ひろびろした水のほとりへ出て来たように覚えている。それは尾久の渡あたりでもあったろうか。のんどりした暗碧なその水の面には、まだ真珠色の空の光がほのかに差していて、静かに漕いでゆく淋しい舟の影が一つ二つみえた。岸には波がだぶだぶと浸って、怪獣のような暗い木の影が、そこに揺めいていた。お島の幼い心も、この静かな景色を眺めているうちに、頭のうえから爪先まで、一種の畏怖と安易とにうたれて、黙ってじっと父親の痩せた手に縋っていたのであった。

これはお島が七歳の秋のある晩方に、彼女に対して「深い憎しみを持っている母親の暴《あら》い怒と惨酷な折檻から脱れ」、「昔気質の律義な父親の手に引かれて」たどりついた荒川のほとりの風景である。王子の生家からそこまで茶屋などで休みつつ野原をうろついていたお島は、「一種の畏怖と安易」と共に静かな水面に見入る。

畏怖とは、捨てられることへの恐れ、このまま川に沈められてしまうのではないかという恐れであり、他方安易とは、捨てられて自由になることへの開放感である。この情景は、江藤淳が指摘するように古典文学や説話伝承の棄子伝説を想起させるような物々しさに満ちている。お島は言わば世界の悪意と距離を置かず直に向き合いそれに圧倒されている。そこでは「物語」がそのまま「現実」であり「歴史」である。

しかしそこには決定的な破れ目がある。それはお島に対する「母親の暴い怒」である。この母親は「棄子伝説」に通例の継母ではなく実母であり、以後作中において決して改心することなくお島を拒否し続ける。彼女がなぜお島を憎むのかは語られていない。お島は「我子ばかりを劬《いた》わって、人の子を取って喰ったという鬼子母神が、自分の母親のような人であったろう」と思うが、この「鬼子母神」は「我子」であるはずのお島を「我子」と認めず、彼女を人の子であるかのように絶対的に捨ててかえりみない。

かくてお島は「棄子伝説」の主人公に通例の「母胎回帰」を決定的に拒まれる。そのことは、たとえば次の場面に集約的に見ることができる。


「そう毎日毎日働いてくれても、お前のものと云っては何にもありゃしないよ。」

母親は、外へ出て広い庭の草を取ったり、父親が古くから持っていて手放すのを惜んでいる植木に水をくれたりして、まめに働いているお島の姿をみると、家のなかから言きかせた。広い門のうちから、垣根に囲われた山がかりの庭には、松や梅の古木の植わった大きい鉢が、幾個となく、置駢べられてあった。庭の外には、幾十株松を育ててある土地があったり、雑多の庭木を植つけてある場所があったりした。この界隈に散ばっている其等の地面が、近頃兄弟達の財産として、それぞれ分割されたと云うことはお島も聞いていた。

（中略）

お島はもう大概水をくれて了ったのであったが、家へ入ってからの母親との紛紜《いさくさ》が気煩《うるさ》さに、矢張大きな如露をさげて、其方こっち植木の根にそそいだり、可也の距離から来る煤煙に汚れた常磐木の枝葉を払いなどしていたが、目が時々入染《にじ》んで来る涙に曇った。

川添登『東京の原風景』によれば、お島の実家のある王子に隣接する染井・巣鴨の界隈は、江戸時代から明治にかけて数々の植木屋が立ち並ぶ「花卉・植木栽培の文字通り世界最大のセンター」だったと言う。『あらくれ』の特に前半は、この意味で文字通り東京の原風景を舞台としていて、それにふさわしい自然描写が冴えてもいる。お島の父親は「庭作りとして、高貴の家に出入りしていた」とされ、その家は「昔は庄屋であ」り「祖父が将軍家の出遊のおりの休憩所として、広々した庭を献納したことなどが、家の由緒に立派な光を添えていた」。

しかし『あらくれ』はこの原風景を牧歌的に写しているのではない。小説が語るのはその江戸時代からの「歴史の時間」が解体し、崩壊して行く光景である。お島が水をやる古い植木は、今は父親が「手放すのを惜んでいる」とはいえ、やがては手放さざるを得ないだろうものであり、花や木は煤煙に汚れ、田畑を含めて一万坪近いとされる広大な土地も、分割され切り売りされて行く運命にある。そしてお島を憎む母親は、お島には何も相続させる気がない。父親は母親に秘密で千坪ほど分けてもいいという話をするが、それはお島を養家の意向通り作太郎と結婚させるための偽装でしかない。

植木的自然が象徴する「歴史の時間」とお島との間には、決定的な齟齬がある。後にお島は植源という父親の仲間先の植木屋に預けられ、「沢山の花圃や植木」に水を濯ぐことに「其日其日の幸福」を見いだすが、同時にそれは「無成算な、其日其日の無駄な働き」でしかないものでもある。またお島は兄の壮太郎に誘われて、山国の町で植木屋の仕事をしようとするが、「持って行った植木の或者は、土が適《ふさ》わぬところから、お島が如何に丹精しても、買手のつかぬうちに、立枯になるようなものが多かったが、草花の方も美事に見込がはずれて、種子《たね》が思ったほど捌けぬばかりでなく、花圃に蒔かれたものも発芽や発育が充分でな」い。

『あらくれ』の前半部は、植木的な世界の中にどうしても自身の場所を見つけることができず、といってそこから脱出するための方法も見いだせないお島の焦燥に満ちた彷徨を力強い筆致で語るが、六十三回以降、お島は根本的な態度変更を行い、植木的な世界と決別し、「始めて自分自身の心と力を打籠めて働けるような仕事に取着こうと思い立」つ。その仕事とは洋服屋である。前半部が「植木屋の娘」としてのお島の物語であるとすれば、後半部は「洋服屋の上さん」としてのお島の物語であると言える。

お島が洋服屋に取り着くきっかけとなったのが「その頃初まった外国との戦争」による需要の増大であることは、さりげなく書かれているが見逃せない細部である。この「外国との戦争」は、日本の近代史と付き合わせるなら日露戦争であろうと推測できる。日露戦争がもたらした軍需景気がお島を洋服屋とし、植木的世界からの脱出を可能にした。しかし重要なのは、「外国との戦争」が日露戦争であることではなく、話者がその歴史的固有

大正 13 年 7 月 31 日、福岡日日新聞懸賞小説審査協議会にて 右より徳田秋声、島崎藤村、田山花袋

『爛』カバー（大正 2・7 新潮社刊）

『あらくれ』表紙（大正 4・9 新潮社刊）

著者 昭和 8、9 年頃

名を出さずに単に「外国との戦争」と書いていることである。『あらくれ』の話者の時空感覚はお島のそれとほぼ重なっているように見えるが、お島は日露戦争を「外国との戦争」とのみ表象することにおいて、その歴史性を拒絶してもいる。

この「歴史」の否認は、一方で日露戦争に加担してその恩恵を受けた日本国民の一人としてのお島の責任の否認という無責任につながるものであるかもしれないが（もっともお島が参政権を持たない女性であることは確認しておかなくてはならない）、同時にお島に無限の自由を与えるものでもある。お島は小野田という裁縫師と結婚して洋服屋を開業し、「歴史の時間」と絶縁した（その歴史との絶縁そのものが歴史的なものであるのかもしれないとはいえ）抽象的な時間の中でひたすらミシンをかけ、注文を取り、働き続ける。それはほとんどナルシスティックとも言える至福をお島に与える。「夜おそくまで廻っているミシンの響や、アイロンの音が、自分の腕一つで動いていると思うと、お島は限ない歓喜と矜とを感じずにはいられなかった」。

洋服屋を始めるに当たって「洋服屋も好い商売だが、やっぱり資本《もと》がなくちゃ駄目だよ」とためらう小野田に対して、お島が「資本《もと》があってする商売なら、何だって出来るさ」と答えていることは注目される。『あらくれ』において「資本《もと》」は「旧《もと》」と密接に結びついている。そのことを神話的に語るのは「養家の旧《もと》」をめぐる物語である。元は貧しい紙漉き業者だった養家の家にある時六部巡礼が一夜泊まる。そして六部が去った後に大量の小判が発見され、養家はその小判を元手にして町の人たちへ金を貸し付け、財産を殖やした。しかし「養家の旧《もと》」を知る学校友達の話では六部はその晩急病で絶命し、養父母はその財布の小判を着服したのだと言う。

　この六部の物語は近世から近代にかけて全国に流布した「異人殺し」の民間伝承のヴァリエーションと言えるが、お島がこの「物語」＝「歴史」から学び取ったのは、決して「旧《もと》」から「資本《もと》」を取ることはするまいという決意である。「旧《もと》」を「資本《もと》」にすること、それは「一生紙をすいたり、金の利息の勘定」をしなければならないことにつながるのであり、「旧《もと》を洗ってみた日には、余り大きな顔をして表を歩けた義理でもない」やましさを背負うことでもある。お島はしばしば「旧《もと》」＝「資本《もと》」の誘惑に屈しかけるが、母親の拒絶ということもあって「旧《もと》」と断絶し続ける。

　しかし『あらくれ』の世界において、「資本《もと》」は「旧《もと》」からしか得ることのできないものでもある。かくして資本を持たないお島夫婦の洋服店は何度も行き詰まり、四度に渡って場所を変え、ある時は「或賭もの」を当てて急場をしのぎ、ある時は路上に投げ出されて、町の中を彷徨する。そもそも「歴史」を否認するとは、時間の持続を否認するということであり、お島は一つの場所・状況に長くとどまってはいられない。だが逆に言えばそれは同じ状況に繰り返し出会うということでもある。「歴史の時間」に代わってここで流れているのは「反復の時間」と呼ぶべきものである。この「反復の時間」をお島は言わば

「資本なき資本主義者」として生きて行く。

だが、この終わりなき反復は、お島を磨耗させ、擦り切れさせる。それは具体的には、パートナーである小野田との関係に現れてくる。そもそも小野田はお島が付き合った男たちの中で一人だけ異質な男である。これまでお島が付き合ってきた植木的世界の男たちが作、鶴さん、浜屋の主人というように下の名や愛称・通称で語られるのに対して、小野田だけが姓＝父の名で語られることは、お島の小野田に対する位相を示唆するものである。すなわち作太郎が孤児であり、鶴さんが婿入り養子、浜屋を取り仕切っているのが「後家」として入って来た主人の義理の母であるというように、植木的世界においては母系的なものの力が強い。植源を支配するのは女隠居であり、お島の家でも養家でも父親より母親が力を持っていた。これに対して小野田は、故郷の父親に孝行な家父長的存在としてお島を圧迫する。その抑圧は身体的なものとして現象する。すなわち鶴さんや浜屋など、お島が以前に好意を持った男はお島にエロス的快楽を与える華奢な優男だったが、小野田は厳つい「薄野呂」の男であり、小野田との性交はお島に非常な苦痛を与える。陰毛をすり切れさせ陰部に傷害を負ったお島は、自身の自由の象徴とも言うべき、女唐服を着て自転車に乗ることも禁じられる。

植木的世界において母系的なものがお島を抑圧したのに対して、洋服的世界においては父系的なものがお島を圧迫する。そしてそれに耐えられなくなったお島は作品の末尾で再び「歴史の時間」へと誘惑されるように見える。すなわち浜屋に会いに行ってその死を知ったお島は、店で使っている渡り職人を温泉に呼び寄せ、小野田と別れて「独立《ひとりだち》」することを考える。この職人は「黒子《ほくろ》のような、青い小い入墨」を入れているが、その入墨はその職人の過去の女性遍歴の歴史をお島に物語り、誘惑する。とはいえこの誘惑に乗って性的なものへ回帰することは、お島を再び隷属へと閉じこめる危険をはらんでいる。『あらくれ』において自由とエロスとは和解することなく対立したまま宙づりにされている。

お島は自身の中にあるこの矛盾を対象化して反省したりはしない。その時の気分の中で、お島は自由を求め、エロスにとらえられる。夏目漱石が『あらくれ』について述べた「フイロソフイーがない」という有名な評（「文壇のこのごろ」）は、この観点から改めて考え直すことができる。たとえば漱石が『あらくれ』と同時期に書いていた『道草』は、主人公が幼少時に養子に出された経験を持ち、『あらくれ』との類似点が指摘されることもある。しかし『道草』が『あらくれ』と決定的に違うのは、『道草』の語り手が主人公の過去を反省し、批評を加えている点、つまり「フイロソフイー」を持っていることにある。

「フイロソフイー」とは何か。蓮實重彦は『道草』を、主人公の健三が養父島田との関わりを通して「差引勘定ゼロ」のエクリチュールから「利潤を生む書き方」を学ぶ物語として読んでいる（「修辞と利廻り」、『魅せられて』所収）。言わば漱石は「旧《もと》」から「資本《もと》」

を生み出す方法を学び実践することで小説家となったのであり、そしてそのことのやましさを「告白」したのが『道草』であると見ることができる。漱石の言う「フィロソフィー」はこのようなやましさである。

これに対して『あらくれ』のお島が、父母や養父母との関係を通して学んだのは、「旧《もと》」から「資本《もと》」を生み出してはならないという教えである。お島はその本質において無成算＝無生産であり、近代的経営者とはなりえない。客から注文を沢山取ることに情熱を傾けるが、それによって得た利益を養父母のように床下に溜め込む代りにすべて「ほしいままに」浪費してしまう。このお島の「蕩尽」的な身振りは、倫理的なものと言うよりは「旧《もと》」＝「資本《もと》」を拒絶するお島の意志の現れとしてある。「フィロソフィーがない」という漱石の不満は、お島におけるこの蕩尽性、ひいてはそれを書く秋声における書くことの蕩尽性に向けられていたように見える。漱石は『あらくれ』批判の中で次のように言う。「尤も他の意味で「まこと」が書いてあるのとは違ふ。従つて読んで了ふと、「御尤もです」といふやうな言葉はすぐ出るが「お蔭様で」と云ふ言葉は出ない。「お蔭様で」と云ふ言葉は普通「お蔭様でありがとうございました」とか、「お蔭様で利益が出ました」とか、「お蔭様で面白うございました」とか云ふ場合に用ひられるやうである。私のこゝでいふ「お蔭様で」も矢張り同じやうな意味であることは、断るまでもないだらう」。

漱石にとって書くことは、「まこと」を「資本《もと》」にして倫理的感動という「利益」を挙げるものだった。それは「告白」という装置によって回転し、資本主義にふさわしいエクリチュールとして機能する。漱石が秋声の作品の中で評価したのも『黴』という告白小説であり、漱石は秋声に『黴』の続編を「朝日新聞」の連載小説として希望するが、秋声は『あらくれ』の姉妹篇と言える『奔流』を書いてその期待に応えなかった。

もちろん『あらくれ』はその成立に遡って考えれば、作者がモデルとなった女性から聞いた話が元になってはいる。しかしそのレベルで考えても、秋声がモデルの女性から聞き取ったのは「告白」ではなかった。モデルの女性は「旧《もと》」＝真実を告白したのではなく、虚飾と誇張を入り混ぜた物語を語ったのであり、そして秋声はそれを「資本《もと》」にして倫理＝利潤をあげようとするのではなく、より一層の虚構を加えて小説の中で浪費する。ニーチェは「真理は女である、と仮定すれば」「すべての哲学者は、彼らがドグマティカー（独断論者）であったかぎり、この女をうまく理解できなかったのではないか」と述べているが（『善悪の彼岸』）、漱石の「フイロソフイー」は確かに『あらくれ』という「善悪の彼岸」に立つ「女」を理解できなかったように見える。

年譜

徳田秋声

一八七一年（明治四年）一歳
一二月二三日、金沢市横山町五丁目九番地（当時・金沢県金沢町第四区横山町二番丁）に生まれる。名は末雄。六番目の子、三男であった。父雲平は、加賀藩の家老横山三左衛門の家人、徳田十右衛門（七十石）の長子。母タケは、前田家の直臣津田采女の三女で、一八六五年（慶応元年）四月、雲平の四度目の妻として入籍。最初の妻との間に長姉しづ、三度目の妻との間に長兄直松、次兄順太郎、次姉きん、同母に三姉かをりがあった。維新後、家計は困窮状態にあり、彼の誕生は、微妙な空気で迎えられた。

＊翌明治五年に改暦、一二月三日が明治六年一月一日となったため、逆算すると、秋声の誕生は、明治五年二月一日に当たるが、秋声自ら信じていたように、四年誕生とし、年齢もそれにもとづいて数えで示した。

一八七四年（明治七年）四歳
浅野町に転居。病弱で、病院通いをつづける。

一八七九年（明治一二年）九歳
養成小学校（現在の金沢市立馬場小学校）に入学。発育不良で一年遅れ、実姉かをりに送られて通学。一年後に泉鏡花が入学したが、知るに至らず。この頃から浅野川馬場芝居に親しむ。一二月一五日、実妹フデ誕生。

一八八三年（明治一六年）一三歳

初冬、東山一丁目一八に転居。一二月二四日、養成小学校中等科四年後期を半年遅れて卒業、二七名中五番。

一八八四年（明治一七年）一四歳

仙石町の金沢区高等小学校（現在の金沢市立小将町中学校）入学。同級に桐生政次（悠々）、三年上には佐垣帰一がいた。六月、兼六元町九に転居。

一八八五年（明治一八年）一五歳

四月、長兄直松、大阪へ出て警察官となる。

一八八六年（明治一九年）一六歳

一月、石川県専門学校に入学。この頃、東山三丁目三〇の太田方（次姉きんの婚家）に両親と妹、四人が移る。回覧雑誌に文章を寄せ、「偐紫田舎源氏」「佳人之奇遇」など、やがて「浮雲」「当世書生気質」を読む。

一八八八年（明治二一年）一八歳

四月、学制改革により石川県専門学校は、第四高等中学校（旧制第四高等学校の前身）となり、補充科に入学。試験場で鏡花を見かけたが、彼は入学できず。級友の小倉正恒らと回覧雑誌をだす。英語を好み好成績。

一八九一年（明治二四年）二一歳

学業ふるわず。一〇月一九日、父雲平が脳溢血で死去、七四歳。同月、高等中学を中退。勉学意欲を持てず、長兄直松からの送金も途絶えがちとなったため。作家を志望、桐生悠々と上京を協議、葬儀のため帰省中の直松に習作「心中女」を見せ励まされる。

一八九二年（明治二五年）二二歳

三月末、桐生悠々と上京、八丁堀の大工宅の二階に。四月、尾崎紅葉を牛込の横寺町に悠々と訪ねるが、玄関番の鏡花に不在と告げられ、帰宅後、原稿を郵送。「柿も青いうちは鴉も突つき不申候」の添状とともに返される。悠々とともに軽い天然痘に罹り、床につく。五月、悠々は帰郷し復学、秋声は直松から送金を受け、大阪の直松の許へ。六月、北区天神橋筋の母方の従姉津田すがの厄介になる。同郷人の世話で「大阪新報」に小説を連載するが、難解とされ中絶。秋、直松の許に戻る。冬、市役所の臨時雇になる。

一八九三年（明治二六年）二三歳
一月と三月、投稿した「ふゞき」（筆名・啣月楼主人）が「葦分船」に掲載されるが、中断。三月、兄の下宿の女婿の世話で西成郡役所に勤務。四月、金沢に帰郷、母妹は東山の借家におり、生活は極端に苦しかった。自由党機関紙「北陸自由新聞」に出入りし、主筆渋谷黙庵を知る。この頃から秋声の筆名を使う。

一八九四年（明治二七年）二四歳
三月、母妹とともに、次兄順太郎が師事した筆匠の母親宅の二階に移る。四月、復学のため第四高等中学校の補欠入試を受けたが、一日だけで放棄、長岡の「平等新聞」の主筆に転じていた渋谷黙庵の許へ。

一八九五年（明治二八年）二五歳
一月一日、長岡を発ち、再び東京へ。「北陸自由新聞」当時の同僚窪田の世話で、神田今川小路の古道具屋に間借していた窪田の縁者の部屋に同居。二月、窪田の斡旋で、芝愛宕下の電信学校予備校に住込み、英語を教え事務をとる。四月、黙庵の紹介で新潟県選出の代議士小金井権三郎を訪ね、博文館への紹介状を貰い、同社に住込み、校正やルビ振りに従事。大橋乙羽、巌谷小波らを知る。六月、「青年文」に筆名・善罵子で投稿、田岡嶺雲を知る。同月末、博文館に出入りしていた鏡花に勧められ、紅葉を訪問、門下となる。紅葉から地方紙掲載の翻案を与えられ、初めて原稿料五円を得た。三島霜川を知る。

一八九六年（明治二九年）二六歳
一月から、「少年世界」などに童話を掲載。

七月、掌篇「厄払ひ」を「文芸倶楽部」増刊に発表。八月、「藪かうじ」を「文芸倶楽部」に発表、「めざまし草」の月評欄「雲中語」で取りあげられ、文壇的処女作となった。一一月、博文館を退社。一二月、小栗風葉の誘いを受け十千万堂塾（詩星堂とも、紅葉宅と裏つづきの家）に入り、柳川春葉を加えた三人で共同生活を始める。やがて田中涼葉、中山白峰、泉斜汀らが加わる。

一八九七年（明治三〇年）二七歳

二月、初の新聞連載小説「雪の暮」を「東京新聞」に三月まで連載。一一月、「二夜泊」を紅葉補として「女学講義」に発表。以後三二年三月までほとんど紅葉補として発表。得田麻水の名で少年向き雑文を書く。

一八九八年（明治三一年）二八歳

六月、「女教師」を「新小説」に発表。七月、紅葉の指示で、長田秋濤のコッペー「王冠」の訳を手伝う。

一八九九年（明治三二年）二九歳

二月、十千万堂塾が解散、牛込筑土の下宿に移る。六月、「河浪」を「新小説」に、一二月、「惰けもの」を「新小説」に発表。同月、紅葉の世話で読売新聞社に入り、月給二〇円、手当五円を得る。同僚に上司小剣らがいた。

一九〇〇年（明治三三年）三〇歳

八月、「雲のゆくへ」を「読売新聞」に一一月まで連載、好評を博して文壇的出世作となった。

一九〇一年（明治三四年）三一歳

三月下旬、三島霜川とその妹三人と、本郷区向ヶ岡弥生町で共同生活を始める。四月末、読売新聞社を退社。この頃、ニーチェ主義に共感。七月末、霜川との生活を解消。一二月三〇日、大阪の長兄の許へ発つ。

一九〇二年（明治三五年）三二歳

一月、京阪旅行中の紅葉を、淀屋橋の宿に訪ねる。紅葉門下の「藻社」が発会、加わる。
二月末、直松の妻八重の奨めで別府へ行き八重の叔母の世話で滞在。三月、『驕慢児』を新声社より刊行。四月、創刊した「文芸界」編集長佐々醒雪から巻頭小説の依頼があり、帰京を決心。京都で中山白峰、渋谷黙庵に会い、一八日帰京。牛込筑土の下宿に戻る。月末、小石川区表町一〇八番地（現在・文京区小石川三丁目）の家に霜川と同居、初めて一戸を構える。手伝に小沢さちを雇うが、その娘はまが出入りし、関係ができ、事実上の夫婦生活になる。はまは長野県上伊那郡の出身、一八八一年（明治一四年）四月生れ、当時は婚家を飛び出していた。八月、「春光」を「文芸界」に発表。

一九〇三年（明治三六年）　三三歳

三月、紅葉が胃癌の診断を受け、自宅で療養。医療費にと長田秋濤がユーゴー「ノートルダム・ド・パリ」の下訳を贈ったのを受け、その文飾に従事。六月末から牛込柿の木横丁の下宿紅葉館に籠る。七月、この頃、長男一穂が出生。一〇月三〇日、紅葉没、三七歳。一一月二日、盛大な葬儀に参列。

一九〇四年（明治三七年）　三四歳

三月一六日、小沢はまを婚姻入籍、同月二二日、一穂の出生届を出す。八月、本郷区森川町一番地（清水橋近く）に転居。一二月、「少華族」を「万朝報」に翌年四月まで連載、好評を得る。

一九〇五年（明治三八年）　三五歳

二月、田岡嶺雲らと雑誌「天鼓」を創刊。五月、金沢に帰省。七月、「愚物」を「新小説」に、「暗涙」を「文芸界」に発表。この頃、長女瑞子出生。九月二八日から新派が「少華族」を本郷座で上演。一二月、最初の短篇集『花たば』を日高有倫堂より刊行。

一九〇六年（明治三九年）　三六歳

四月、小石川富坂へ転居、翌月、本郷区森川

町一番地（のち一二四番地・現在は文京区本郷六丁目六番九号）へ転居。生涯の地となった。八月、長男一穂が疫痢のため一ヵ月余入院。九月、「夜航船」を「新潮」に発表。一〇月、「おのが縛」を「万朝報」に翌年一月まで連載。一二月、「奈落」を「中央新聞」に翌年四月まで連載。

一九〇七年（明治四〇年）　三七歳
三月、「焰」を「国民新聞」に八月まで連載。六月一八日、西園寺公望首相の招宴（のち雨声会）に出席。以後数年、つづけて出席した。九月、「凋落」を「読売新聞」に翌年四月まで連載。

一九〇八年（明治四一年）　三八歳
四月、「二老婆」を「中央公論」に発表。五月、風葉らとの合集『三人叢書』を東京国民書院より刊行。九月、『秋声集』を易風社より刊行。一〇月、高浜虚子の依頼で、「新世帯」を「国民新聞」に一二月まで連載。一一月、虚子の紹介で夏目漱石を知る。

一九〇九年（明治四二年）　三九歳
四月、『出産』を左久良書房より刊行。五月、「新聲」の懸賞小説の審査に従事、以後、さまざまな小説の選に当る。九月、『新世帯』を新潮社より刊行。一一月、「二十四五」を「東京毎日新聞」に翌年二月まで連載。

一九一〇年（明治四三年）　四〇歳
六月、「足跡」（のち「足迹」）を「読売新聞」に一一月まで連載。

一九一一年（明治四四年）　四一歳
一月、「信濃毎日新聞」の主筆になった桐生悠々の依頼で「罪と心」を四月まで連載。二月、『秋声叢書』を博文館より刊行。三月二五日、次女喜代子生れる。八月、「黴」を「東京朝日新聞」に一一月まで連載。自然主義文学を代表する作家として広く認められる。この年から「演芸画報」などに劇評を盛んに書き始める。
一九一二年（明治四五年・大正元年）　四二歳
一月、『黴』を新潮社より刊行。四月、『足迹』を新潮社より刊行。
一九一三年（大正二年）　四三歳
二月五日、三男三作生れる。三月、「ただれ」（のち「爛」）を「国民新聞」に六月まで連載。七月、『爛』を新潮社より刊行、一六日に神楽坂東陽軒で出版記念会を開く。
一九一四年（大正三年）　四四歳
一月九日、読売新聞社に客員として一年間復帰。紙面改革に参画。コラムなど執筆。
一九一五年（大正四年）　四五歳
一月、「あらくれ」を「読売新聞」に七月まで連載。三月二三日、四男雅彦が誕生。五月、金沢に帰省、母と会った最後となる。九月、「奔流」を「東京朝日新聞」に翌年一月まで連載。『あらくれ』を新潮社より刊行。
一九一六年（大正五年）　四六歳
七月一七日、長女瑞子が疫痢で死去、一二歳。次女喜代子、三男三作も入院。九月、瑞子の死を扱った「犠牲者」を「中央公論」に発表、里見弴の批判を受ける。一〇月二八日、母タケ、金沢市材木町五丁目——熊野文義方で死去。七八歳。
一九一七年（大正六年）　四七歳
二月、「誘惑」を「東京日日新聞」などに七月まで連載。六月、同作を新派が歌舞伎で上演。日活映画で映画化され封切（白黒無声）。この頃から婦人雑誌などにも連載小説が増える。
一九一八年（大正七年）　四八歳
二月、『小説の作り方』を新潮社より刊行、後年まで版を重ねる。一二月二二日、三女百子生れる。
一九一九年（大正八年）　四九歳
二月、「路傍の花」が劇化され、明治座と本郷座で上演される。五月、「愛と闘」（のち

「妹思ひ」）を「やまと新聞」に九月まで連載。この年、他に三篇を新聞連載。

一九二〇年（大正九年）五〇歳

五月一二日、大阪時事新報社の懸賞小説授与式のため大阪へ行き、長兄直松を訪ねる。一〇月、「何処まで」を「時事新報」に翌年三月まで連載。一一月、『或売笑婦の話』を日本評論社より刊行。同月二三日、田山花袋・徳田秋声誕生五〇年記念祝賀会が有楽座で開かれ、記念品など贈られる。

一九二一年（大正一〇年）五一歳

九月、松竹映画「断崖」封切。一二月三日、長兄直松、胃癌で死去、六七歳。大阪での葬儀に出席。大阪、京都に月末まで滞在。

一九二二年（大正一一年）五二歳

この年も通俗小説を幾篇も連載。八月二三日、妻はまの父小沢孝三郎死去、七三歳。

一九二三年（大正一二年）五三歳

一月、「二つの道」を新派が大阪浪花座で、二月、本郷座で上演。同作の松竹映画封切。三月、「新潮」の座談会「創作月評」に出席、以後、しばしば加わる。四月、同郷の島田清次郎が婦女誘拐事件を起し、援護する。五月、「無駄道」を「報知新聞」に六月まで連載。八月三〇日、姪の結婚式のため金沢へ行き、関東大震災を金沢で知る。自宅は無事。一〇月、「名古屋新聞」連載小説の打合わせのため、名古屋へ行き、桐生悠々と再会。

一九二四年（大正一三年）五四歳

四月、山田順子が訪ねて来る。八月、「風呂桶」を「改造」に発表。病気の次兄正田順太郎を金沢に見舞う。九月二一日、妻はまの母小沢さちが秋声宅で脳溢血のため死去、七二歳。この年から、一穂の影響を受け、レコードを盛んに聞く。

一九二五年（大正一四年）五五歳

六月、「蘇生」を伊井蓉峰一座が大阪角座で上演。七月、『二つの道』を新潮社より刊行。
一九二六年（大正一五年・昭和元年）五六歳
一月、談話「わが文壇生活の三十年」を「新潮」に六月まで五回掲載。同月二日昼過ぎ、妻はまが脳溢血で急死、四六歳。数日後に山田順子が訪れ、急速に接近。同月一五日、小栗風葉が死去、五二歳。豊橋での葬儀に参列。妻の命日にちなんで「二日会」が発足。三月、順子が作中に顔を出す「神経衰弱」を「中央公論」に、以後、順子ものと呼ばれる短篇を次々と発表。六月と七月の二回、順子の郷里本荘を訪ねる。
一九二七年（昭和二年）五七歳
四月、順子が逗子海岸に転居、慶応大生との結婚が報じられる。五月、別棟の書斎が完成。八月、順子が秋声宅に入り、結婚が報じられる。一〇月、順子が秋声宅を出、結婚披露を取りやめる。一二月大晦日の夜、再び秋声宅に泊まっていた順子親子を追い出し、一応の終止符を打つ。ただし、以後もしばらく断続的に交渉は続く。
一九二八年（昭和三年）五八歳
一一月、現代日本文学全集第十八篇『徳田秋声集』を改造社より刊行。
一九二九年（昭和四年）五九歳
二月、三男三作がカリエスで入院。
一九三〇年（昭和五年）六〇歳
二月、第二回普通選挙で石川県第一区の社会民衆党候補となるよう要請され、帰郷したが、党本部の了解が得られず、次兄正田順太郎の説得もあり、断念。三月、ダンスを始める。飯田橋国際社交クラブの玉置真吉について毎日練習。創作の筆をほとんど執らず。
一九三一年（昭和六年）六一歳
五月三一日、三作が死去。一九歳。夏、白山の芸者、小林政子を知る。一一月三日、還暦の祝賀会が東京会館で開かれる。
一九三二年（昭和七年）六二歳
五月三日、秋声会発足。七月、秋声会機関誌「あらくれ」を創刊する。自宅を発行所に、一穂が編集人となる。夏、小林政子と暮らし始める。八月二五日、次姉太田きん死去、七一歳、金沢へ。秋、自宅庭にアパートを建てる。
一九三三年（昭和八年）六三歳
三月、「町の踊り場」を「経済往来」に発表、好評を得、創作活動に復帰。三〇日、竣工したアパートで泉鏡花の弟斜汀が急死、五四歳。これをきっかけに、長年、不和であった鏡花と和解。七月一〇日、学芸自由同盟が発足、会長に就任。一二月、小林政子、白山に戻り、芸者屋富田を開業。以後、そこで過ごすことが多くなる。
一九三四年（昭和九年）六四歳
一月、文芸懇話会が発足、会員に。三月七日、三島霜川が死去、五九歳。四月、「一つの好み」を「中央公論」に発表、小林政子を扱った最初の作品となる。一〇月、正宗白鳥の批判に答えて、「文芸雑感――白鳥氏へのお願ひ」を「新潮」に。金沢へ次兄正田順太郎を見舞う。
一九三五年（昭和一〇年）六五歳
七月、「仮装人物」を「経済往来」に一三年八月まで、断続的に連載を始める。
一九三六年（昭和一一年）六六歳
二月二六日、二・二六事件の当日、次女喜代子が寺崎浩と結婚式を挙げる。四月、『思ひ出るまゝ』を文学界社より刊行。一〇日、頸動脈中層炎で倒れ、「都新聞」に連載中の「巷塵」中絶。七月、健康回復、執筆を再開。中央公論社刊『勲章』で第二回文芸懇話会賞。八月二六日、次兄正田順太郎死去、七八歳。九月、『文壇出世作全集』の印税を贈られる。一〇月、『秋声全集』（全一五巻）非凡閣刊の刊行始まる。翌年一二月完結。一二月、「勲章」を新派が新橋演舞場で上演。
一九三七年（昭和一二年）六七歳
六月、帝国芸術院会員になる。
一九三八年（昭和一三年）六八歳
一月、「光を追うて」を「婦人之友」に一二月まで連載。七月、随筆集『灰皿』を砂子屋書房より刊行。一二月五日、長男一穂が池尻政子と結婚。
一九三九年（昭和一四年）六九歳
三月、中央公論社刊『仮装人物』により第一回菊池寛賞。『光を追うて』を新潮社より刊行。九月七日、泉鏡花死去、六七歳。
一九四〇年（昭和一五年）七〇歳
一月、小林政子の抱える妓をめぐる調停裁判に同行。一〇月一七日、実姉依田かをり死去、七五歳。
一九四一年（昭和一六年）七一歳
一月、「喰はれた芸術」を「中央公論」に発表、最後の短篇になる。六月、「縮図」を「都新聞」に連載開始。『西の旅』を豊国社より刊行、発売禁止となる。九月一〇日、桐生悠々が死去、六九歳。一五日、情報局の干渉により「縮図」の連載中絶。一二月八日、白山の芸者屋の二階で大東亜戦争が始まったのを知る。
一九四二年（昭和一七年）七二歳
二月、石川県文化振興会顧問として金沢へ行き、講演。五月一四日、実妹家門フデ死去、六四歳。二六日、日本文学報国会が結成され、小説部会長に就任。八月一六日、三代名作全集『徳田秋声集』のあとがきを徹夜で執筆、吐血。九月、三代名作全集『徳田秋声集』を河出書房より刊行。一二月、島崎藤村とともに多年の業績により野間賞を受ける。
一九四三年（昭和一八年）七三歳
五月、三女百子が猪口富士男と福井で結婚式、健康すぐれず欠席。七月一一日夜半から鼻血が出、三日つづき、病床に伏せる。随想「病床にて」を口述、ゲラに手を加えたのが絶筆となる。八月、東大病院に入院、肋膜癌と診断される。一〇月二二日、自宅に戻る。二一日、一一月一八日午前四時二五分永眠。二二日、青山斎場で日本文学報国会小説部会葬として葬儀。葬儀委員長は菊池寛、中村武羅夫。

（松本　徹・編）

著書目録

徳田秋声

【単行本】

雲のゆくへ　明34・9　春陽堂
驕慢児（翻案）　明35・3　新声社
愁芙蓉　明35・9　矢島誠心堂
後の恋　明36・1　春陽堂
過去の罪　明36・11　金港堂
露国軍事小説　士官の娘（プーシキン『大尉の娘』足立北鷗共訳）　明37・2　集成堂
軍事小説　出征　明37・8　金港堂
地中の美人（翻案）　明37・9　青木嵩山堂
かこひもの　明38・4　隆文館
病恋愛　明38・6　隆文館
結婚難　明38・9　今古堂書店
少華族　上、下　明38・9、11　春陽堂
女教師　明38・10　春陽堂
目なし児（翻訳）　明38・12　読売新聞日就社
花たば　短篇集　明38・12　日高有倫堂
血薔薇　明39・1　隆文館
母の紀念　前、後　明39・4、6　今古堂書店
おのが縛　明40・4　春陽堂
女こゝろ　明40・4　隆文館
黄金窟　明40・5　吾妻書房

島の秘密（「黄金窟」の後編）　明40・5　吾妻書房
奈落　明40・6　金尾文淵堂
落し胤　明40・6　今古堂書店
わかき人　明40・7　矢島誠心堂
熱狂（翻案・ゴルキー）　明40・9　祐文社
焔　上、下　明40・11、41・1　今古堂書店
母の血　明40・12　日高有倫堂
三人叢書（小栗風葉、柳川春葉との合著）　明41・5　東京国民書院
凋落　明41・7　隆文館
秋声集　短篇集　明41・9　易風社
多数者　明41・10　今古堂書店
出産　短篇集　明42・4　左久良書房
多恨　明42・4　磯部甲陽堂
濁流　明42・5　白鳳社
同胞三人　明42・9　今古堂書店
新世帯　明42・9　新潮社
秋声叢書　短篇集　明44・2　博文館
我子の家　短篇集　明44・9　春陽堂
昔の女　短篇集　明44・12　今古堂書店
母と娘　明44・12　大学館
黴　明45・1　新潮社
足迹　明45・4　新潮社
人物描写法　大元・9　新潮社
媾曳　短篇集　大2・2　春陽堂
爛　大2・7　新潮社
めぐりあひ　大2・8　実業之日本社
絶縁　短篇集　大2・11　春陽堂
明治小説文章変遷史　大3・5　早稲田文学社　文学普及会
哀史（ユーゴー「レ・ミゼラブル」編訳）　大3・9　新潮社
四十女　短篇集　大3・10　日月社
宛　大4・2　金風社
密会　短篇集　大4・4　鈴木三重吉
あらくれ　大4・9　新潮社
都の女　短篇集　大4・12　芳文社

心と心　大5・1　朝野書店
奔流　大5・3　新潮社
誘惑　前、後　大6・6、8　新潮社
犠牲　短篇集　大6・7　平和出版社
彼女と少年　短篇集　大6・8　春陽堂
小説の作り方　大7・2　新潮社
小説入門　大7・4　春陽堂
秘めたる恋　大7・7　新潮社
路傍の花　大8・3　新潮社
結婚まで　大9・1　新潮社
残りの炎　短篇集　大9・6　南郊社
妹思ひ　大9・6　日本評論社
或売笑婦の話　短篇集　大9・11　日本評論社
闇の花　大10・5　日本評論社
あけぼの　大10・6　文洋社
断崖　大10・10　日本評論社
惑　大11・1　一書堂書店
離る、心　短篇集　大11・3　金星堂
何処まで　大11・5　新潮社
呪咀　大11・10　玄文社
灰燼　大11・11　金星堂
萌出るもの　大11・12　近代名著刊行会
叛逆　大14・4　聚芳閣
籠の小鳥　短篇集　大14・5　文芸日本社
二つの道　大14・7　新潮社
草は蔓る　大14・8　文芸日本社
黴・足迹　大15・2　新潮社
恋愛放浪　大15・5　聚芳閣
過ぎゆく日　短篇集　大15・11　改造社
蘇生　大15・11　新潮社
道尽きず　昭2・11　新潮社
黄昏の薔薇　昭9・3　中央公論社
町の踊り場　短篇集　昭9・7　改造社
勲章　短篇集　昭11・3　中央公論社
思ひ出るま、　随筆集　昭11・4　文学界社
灰皿　随筆集　昭13・7　砂子屋書房

仮装人物　昭13・12　中央公論社
光を追うて　昭14・3　新潮社
チビの魂　短篇集　昭15・2　青木書店
心の勝利　昭15・3　砂子屋書房
老眼鏡　随筆集　昭15・11　高山書院
乾いた唇　短篇集　昭15・11　明石書房
花が咲く　短篇集　昭16・3　人文書院
土に癒ゆる　昭16・3　桜井書店
西の旅　短篇集　昭16・6　豊国社
一茎の花　短篇集　昭16・9　有光社
和解　短篇集　昭16・10　豊国社
挿話　短篇集　昭17・2　桜井書店
生活のなかへ　短篇集　昭17・6　報国社
一つの好み　短篇集　昭21・6　鎌倉文庫
縮図　昭21・7　小山書店
古里の雪　随筆集　昭22・9　白山書房
寒の薔薇　随筆集　昭23・1　東京出版
月光曲　昭23・1　喜久屋書店
病める日輪　昭24・11　東方社

【全集・選集】

秋声傑作集（2巻で中絶）　大9・11〜10・5　新潮社
秋声全集　全15巻（別巻1）　昭11・10〜12・12　非凡閣
徳田秋声選集（1・2・3・7・11巻で中絶）　昭23・2〜　文芸春秋新社
徳田秋声選集（全10巻予定　2・4・7巻で中絶）　昭27・9〜　乾元社
秋声全集（全15巻予定　2・4・5・7・12・13巻で中絶）　昭36・12〜　雪華社
秋声全集　全18巻　昭49・11〜　臨川書店
（非凡閣版全集15巻に雪華社版全集のうち3巻を加えるなどして復刻）

徳田秋声全集全43巻　平9・11〜　八木書店
現代小説全集13　大14　新潮社
現代日本文学全集18　昭3　改造社
現代長篇小説全集10　昭4　新潮社
明治大正文学全集25　昭4　春陽堂
新選徳田秋声集　昭4　改造社
三代名作全集
徳田秋声集　昭17　河出書房
現代日本小説大系　昭25〜27
9、11、12、14、16、　河出書房
37、39、60
昭和文学全集11　昭28　角川書店
現代文豪名作全集22　昭29　河出書房
現代日本文学全集　昭30〜32
10、63　筑摩書房
日本現代文学全集28　昭37　講談社
日本文学全集11　昭38　新潮社
現代文学大系11　昭40　筑摩書房
日本の文学9、10　昭42　中央公論社
日本文学全集8　昭42　河出書房
日本文学全集9　昭42　集英社
現代日本文学館8　昭44　文芸春秋
現代日本文学大系15　昭45　筑摩書房
明治文学全集68　昭46　筑摩書房
日本近代文学大系21　昭48　角川書店
新潮日本文学4　昭48　新潮社
近代日本文学11　昭50　筑摩書房
石川近代文学全集2　平3　石川近代文学館
（収録作「煩悶」は合作あるいは代作）
明治の文学9　平14　筑摩書房

【文庫】

あらくれ（解＝谷川徹三）　昭12　岩波文庫
或売笑婦の話・蒼白い月　昭30　岩波文庫
（解＝徳田一穂）
新世帯・足袋の底　昭30　岩波文庫

（解＝徳田一穂）

仮装人物（解＝川端康成）　昭31　岩波文庫

仮装人物（解＝古井由吉）　平4　文芸文庫

徳田秋声金沢シリーズ　挿話・町の踊り場（解＝秋山稔）　平17　金沢能登印刷出版部

徳田秋声金沢シリーズ　郷里金沢（解＝秋山稔）　平17　金沢能登印刷出版部

【単行本】は原則的に単著で、初刊行に限り、合著、編著、再刊本は除いた。ただし、意味があると思われるものは挙げた。また、合作なり代作であることがなんらかのかたちで示されているものは除いた。文学全集類は、昭和30年以降、他の作者との合集は除いた。【文庫】は、現在入手可能なものに限った。（　）内の略号は、解＝解説を示す。

（作成・松本　徹）

本書は、八木書店刊『徳田秋聲全集 第十巻』（一九九八年九月）を底本とし、ふり仮名については多少、省き、あきらかな誤植と思われるものは訂正しました。

また、底本にある表現で、今日からみれば不適切と思われる表現がありますが、作品の時代背景および著者が故人であることなどを考慮し、底本のままとしました。よろしくご理解のほどお願いいたします。

あらくれ

徳田秋声《とくだしゅうせい》

二〇〇六年 七 月一〇日第一刷発行
二〇二一年一二月 三 日第八刷発行

発行者――鈴木章一
発行所――株式会社 講談社
東京都文京区音羽2・12・21 〒112-8001
電話 編集（03）5395・3513
販売（03）5395・5817
業務（03）5395・3615

デザイン――菊地信義
印刷――豊国印刷株式会社
製本――株式会社国宝社
本文データ制作――講談社デジタル製作
Printed in Japan
定価はカバーに表示してあります。

講談社
文芸文庫

ISBN4-06-198448-9

幸田文——番茶菓子	勝又 浩——人／藤本寿彦——年
幸田文——包む	荒川洋治——人／藤本寿彦——年
幸田文——草の花	池内 紀——人／藤本寿彦——年
幸田文——猿のこしかけ	小林裕子——解／藤本寿彦——年
幸田文——回転どあ｜東京と大阪と	藤本寿彦——解／藤本寿彦——年
幸田文——さざなみの日記	村松友視——解／藤本寿彦——年
幸田文——黒い裾	出久根達郎-解／藤本寿彦——年
幸田文——北愁	群 ようこ—解／藤本寿彦——年
幸田文——男	山本ふみこ-解／藤本寿彦——年
幸田露伴——運命｜幽情記	川村二郎——解／登尾 豊——案
幸田露伴——芭蕉入門	小澤 實——解
幸田露伴——蒲生氏郷｜武田信玄｜今川義元	西川貴子——解／藤本寿彦——年
幸田露伴——珍饌会 露伴の食	南條竹則——解／藤本寿彦——年
講談社編——東京オリンピック 文学者の見た世紀の祭典	高橋源一郎-解
講談社文芸文庫編-第三の新人名作選	富岡幸一郎-解
講談社文芸文庫編-大東京繁昌記 下町篇	川本三郎——解
講談社文芸文庫編-大東京繁昌記 山手篇	森 まゆみ—解
講談社文芸文庫編-戦争小説短篇名作選	若松英輔——解
講談社文芸文庫編-明治深刻悲惨小説集 齋藤秀昭選	齋藤秀昭——解
講談社文芸文庫編-個人全集月報集 武田百合子全作品・森茉莉全集	
小島信夫——抱擁家族	大橋健三郎-解／保昌正夫——案
小島信夫——うるわしき日々	千石英世——解／岡田 啓——年
小島信夫——月光｜暮坂 小島信夫後期作品集	山崎 勉——解／編集部——年
小島信夫——美濃	保坂和志——解／柿谷浩一——年
小島信夫——公園｜卒業式 小島信夫初期作品集	佐々木 敦—解／柿谷浩一——年
小島信夫——[ワイド版]抱擁家族	大橋健三郎-解／保昌正夫——案
後藤明生——挾み撃ち	武田信明——解／著者——年
後藤明生——首塚の上のアドバルーン	芳川泰久——解／著者——年
小林信彦——[ワイド版]袋小路の休日	坪内祐三——解／著者——年
小林秀雄——栗の樹	秋山 駿——人／吉田凞生——年
小林秀雄——小林秀雄対話集	秋山 駿——解／吉田凞生——年
小林秀雄——小林秀雄全文芸時評集 上・下	山城むつみ-解／吉田凞生——年
小林秀雄——[ワイド版]小林秀雄対話集	秋山 駿——解／吉田凞生——年
佐伯一麦——ショート・サーキット 佐伯一麦初期作品集	福田和也——解／二瓶浩明——年

▶解=解説　案=作家案内　人=人と作品　年=年譜を示す。　2021年11月現在

佐伯一麦——日和山 佐伯一麦自選短篇集　阿部公彦——解／著者———年
佐伯一麦——ノルゲ Norge　三浦雅士——解／著者———年
坂口安吾——風と光と二十の私と　川村 湊——解／関井光男——案
坂口安吾——桜の森の満開の下　川村 湊——解／和田博文——案
坂口安吾——日本文化私観 坂口安吾エッセイ選　川村 湊——解／若月忠信——年
坂口安吾——教祖の文学|不良少年とキリスト 坂口安吾エッセイ選　川村 湊——解／若月忠信——年
阪田寛夫——庄野潤三ノート　富岡幸一郎-解
鷺沢萠——帰れぬ人びと　川村 湊——解／著者、オフィスめめ-年
佐々木邦——苦心の学友 少年倶楽部名作選　松井和男——解
佐多稲子——私の東京地図　川本三郎——解／佐多稲子研究会-年
佐藤紅緑——ああ玉杯に花うけて 少年倶楽部名作選　紀田順一郎-解
佐藤春夫——わんぱく時代　佐藤洋二郎-解／牛山百合子-年
里見弴——恋ごころ 里見弴短篇集　丸谷才一——解／武藤康史——年
澤田謙——プリューターク英雄伝　中村伸二——年
椎名麟三——深夜の酒宴|美しい女　井口時男——解／斎藤末弘——年
島尾敏雄——その夏の今は|夢の中での日常　吉本隆明——解／紅野敏郎——案
島尾敏雄——はまべのうた|ロング・ロング・アゴウ　川村 湊——解／柘植光彦——案
島田雅彦——ミイラになるまで 島田雅彦初期短篇集　青山七恵——解／佐藤康智——年
志村ふくみ-一色一生　高橋 巖——人／著者———年
庄野潤三——夕べの雲　阪田寛夫——解／助川徳是——案
庄野潤三——ザボンの花　富岡幸一郎-解／助川徳是——年
庄野潤三——鳥の水浴び　田村 文——解／助川徳是——年
庄野潤三——星に願いを　富岡幸一郎-解／助川徳是——年
庄野潤三——明夫と良二　上坪裕介——解／助川徳是——年
庄野潤三——庭の山の木　中島京子——解／助川徳是——年
庄野潤三——世をへだてて　島田潤一郎-解／助川徳是——年
笙野頼子——幽界森娘異聞　金井美恵子-解／山﨑眞紀子-年
笙野頼子——猫道 単身転々小説集　平田俊子——解／山﨑眞紀子-年
笙野頼子——海獣|呼ぶ植物|夢の死体 初期幻視小説集　菅野昭正——解／山﨑眞紀子-年
白洲正子——かくれ里　青柳恵介——人／森 孝一———年
白洲正子——明恵上人　河合隼雄——人／森 孝一———年
白洲正子——十一面観音巡礼　小川光三——人／森 孝一———年
白洲正子——お能|老木の花　渡辺 保——人／森 孝一———年
白洲正子——近江山河抄　前 登志夫——人／森 孝一———年

講談社文芸文庫

白洲正子——古典の細道	勝又 浩——人／森 孝一——年
白洲正子——能の物語	松本 徹——人／森 孝一——年
白洲正子——心に残る人々	中沢けい——人／森 孝一——年
白洲正子——世阿弥 ——花と幽玄の世界	水原紫苑——人／森 孝一——年
白洲正子——謡曲平家物語	水原紫苑——解／森 孝一——年
白洲正子——西国巡礼	多田富雄——解／森 孝一——年
白洲正子——私の古寺巡礼	高橋睦郎——解／森 孝一——年
白洲正子——[ワイド版]古典の細道	勝又 浩——人／森 孝一——年
鈴木大拙訳－天界と地獄 スエデンボルグ著	安藤礼二——解／編集部——年
鈴木大拙——スエデンボルグ	安藤礼二——解／編集部——年
曽野綾子——雪あかり 曽野綾子初期作品集	武藤康史——解／武藤康史——年
田岡嶺雲——数奇伝	西田 勝——解／西田 勝——年
高橋源一郎－さようなら、ギャングたち	加藤典洋——解／栗坪良樹——年
高橋源一郎－ジョン・レノン対火星人	内田 樹——解／栗坪良樹——年
高橋源一郎－ゴーストバスターズ 冒険小説	奥泉 光——解／若杉美智子－年
高橋たか子－人形愛｜秘儀｜甦りの家	富岡幸一郎－解／著者——年
高原英理編－深淵と浮遊 現代作家自己ベストセレクション	高原英理——解
高見 順——如何なる星の下に	坪内祐三——解／宮内淳子——年
高見 順——死の淵より	井坂洋子——解／宮内淳子——年
高見 順——わが胸の底のここには	荒川洋治——解／宮内淳子——年
高見沢潤子－兄 小林秀雄との対話 人生について	
武田泰淳——蝮のすえ｜「愛」のかたち	川西政明——解／立石 伯——案
武田泰淳——司馬遷—史記の世界	宮内 豊——解／古林 尚——年
武田泰淳——風媒花	山城むつみ－解／編集部——年
竹西寛子——贈答のうた	堀江敏幸——解／著者——年
太宰 治——男性作家が選ぶ太宰治	編集部——年
太宰 治——女性作家が選ぶ太宰治	
太宰 治——30代作家が選ぶ太宰治	編集部——年
田中英光——空吹く風｜暗黒天使と小悪魔｜愛と憎しみの傷に 田中英光デカダン作品集 道籏泰三編	道籏泰三——解／道籏泰三——年
谷崎潤一郎－金色の死 谷崎潤一郎大正期短篇集	清水良典——解／千葉俊二——年
種田山頭火－山頭火随筆集	村上 護——解／村上 護——年
田村隆一——腐敗性物質	平出 隆——人／建畠 晢——年
多和田葉子－ゴットハルト鉄道	室井光広——解／谷口幸代——年

多和田葉子	飛魂	沼野充義――解／谷口幸代――年
多和田葉子	かかとを失くして｜三人関係｜文字移植	谷口幸代――解／谷口幸代――年
多和田葉子	変身のためのオピウム｜球形時間	阿部公彦――解／谷口幸代――年
多和田葉子	雲をつかむ話｜ボルドーの義兄	岩川ありさ-解／谷口幸代――年
多和田葉子	ヒナギクのお茶の場合｜海に落とした名前	木村朗子――解／谷口幸代――年
多和田葉子	溶ける街 透ける路	鴻巣友季子-解／谷口幸代――年
近松秋江	黒髪｜別れたる妻に送る手紙	勝又 浩――解／柳沢孝子――案
塚本邦雄	定家百首｜雪月花(抄)	島内景二――解／島内景二――年
塚本邦雄	百句燦燦 現代俳諧頌	橋本 治――解／島内景二――年
塚本邦雄	王朝百首	橋本 治――解／島内景二――年
塚本邦雄	西行百首	島内景二――解／島内景二――年
塚本邦雄	秀吟百趣	島内景二――解
塚本邦雄	珠玉百歌仙	島内景二――解
塚本邦雄	新撰 小倉百人一首	島内景二――解
塚本邦雄	詞華美術館	島内景二――解
塚本邦雄	百花遊歴	島内景二――解
塚本邦雄	茂吉秀歌『赤光』百首	島内景二――解
塚本邦雄	新古今の惑星群	島内景二――解／島内景二――年
つげ義春	つげ義春日記	松田哲夫――解
辻 邦生	黄金の時刻の滴り	中条省平――解／井上明久――年
津島美知子	回想の太宰治	伊藤比呂美-解／編集部――年
津島佑子	光の領分	川村 湊――解／柳沢孝子――案
津島佑子	寵児	石原千秋――解／与那覇恵子-年
津島佑子	山を走る女	星野智幸――解／与那覇恵子-年
津島佑子	あまりに野蛮な 上・下	堀江敏幸――解／与那覇恵子-年
津島佑子	ヤマネコ・ドーム	安藤礼二――解／与那覇恵子-年
坪内祐三	慶応三年生まれ 七人の旋毛曲り 漱石・外骨・熊楠・露伴・子規・紅葉・緑雨とその時代	森山裕之――解／佐久間文子-年
鶴見俊輔	埴谷雄高	加藤典洋――解／編集部――年
寺田寅彦	寺田寅彦セレクション Ⅰ 千葉俊二・細川光洋選	千葉俊二――解／永橋禎子――年
寺田寅彦	寺田寅彦セレクション Ⅱ 千葉俊二・細川光洋選	細川光洋――解
寺山修司	私という謎 寺山修司エッセイ選	川本三郎――解／白石 征――年
寺山修司	戦後詩 ユリシーズの不在	小嵐九八郎-解

講談社文芸文庫

十返肇	「文壇」の崩壊 坪内祐三編	坪内祐三──解／編集部──年
徳田球一 志賀義雄	獄中十八年	鳥羽耕史──解
徳田秋声	あらくれ	大杉重男──解／松本 徹──年
徳田秋声	黴|爛	宗像和重──解／松本 徹──年
富岡幸一郎	使徒的人間 ─カール・バルト─	佐藤 優──解／著者──年
富岡多恵子	表現の風景	秋山 駿──解／木谷喜美枝─案
富岡多恵子編	大阪文学名作選	富岡多恵子─解
土門拳	風貌|私の美学 土門拳エッセイ選 酒井忠康編	酒井忠康──解／酒井忠康──年
永井荷風	日和下駄 一名 東京散策記	川本三郎──解／竹盛天雄──年
永井荷風	[ワイド版]日和下駄 一名 東京散策記	川本三郎──解／竹盛天雄──年
永井龍男	一個|秋その他	中野孝次──解／勝又 浩──案
永井龍男	カレンダーの余白	石原八束──人／森本昭三郎─年
永井龍男	東京の横丁	川本三郎──解／編集部──年
中上健次	熊野集	川村二郎──解／関井光男──案
中上健次	蛇淫	井口時男──解／藤本寿彦──年
中上健次	水の女	前田 塁──解／藤本寿彦──年
中上健次	地の果て 至上の時	辻原 登──解
中川一政	画にもかけない	高橋玄洋──人／山田幸男──年
中沢けい	海を感じる時|水平線上にて	勝又 浩──解／近藤裕子──案
中沢新一	虹の理論	島田雅彦──解／安藤礼二──年
中島敦	光と風と夢|わが西遊記	川村 湊──解／鷺 只雄──案
中島敦	斗南先生|南島譚	勝又 浩──解／木村一信──案
中野重治	村の家|おじさんの話|歌のわかれ	川西政明──解／松下 裕──案
中野重治	斎藤茂吉ノート	小高 賢──解
中野好夫	シェイクスピアの面白さ	河合祥一郎─解／編集部──年
中原中也	中原中也全詩歌集 上・下 吉田凞生編	吉田凞生──解／青木 健──案
中村真一郎	この百年の小説 人生と文学と	紅野謙介──解
中村光夫	二葉亭四迷伝 ある先駆者の生涯	絓 秀実──解／十川信介──案
中村光夫選	私小説名作選 上・下 日本ペンクラブ編	
中村武羅夫	現代文士廿八人	齋藤秀昭──解
夏目漱石	思い出す事など|私の個人主義|硝子戸の中	石﨑 等──年
成瀬櫻桃子	久保田万太郎の俳句	齋藤礎英──解／編集部──年
西脇順三郎	*Ambarvalia*|旅人かへらず	新倉俊一──人／新倉俊一──年

丹羽文雄	小説作法	青木淳悟——解／中島国彦——年
野口冨士男	なぎの葉考｜少女 野口冨士男短篇集	勝又 浩——解／編集部——年
野口冨士男	感触的昭和文壇史	川村 湊——解／平井一麥——年
野坂昭如	人称代名詞	秋山 駿——解／鈴木貞美——案
野坂昭如	東京小説	町田 康——解／村上玄——年
野崎 歓	異邦の香り ネルヴァル『東方紀行』論	阿部公彦——解
野間 宏	暗い絵｜顔の中の赤い月	紅野謙介——解／紅野謙介——年
野呂邦暢	[ワイド版]草のつるぎ｜一滴の夏 野呂邦暢作品集	川西政明——解／中野章子——年
橋川文三	日本浪曼派批判序説	井口時男——解／赤藤了勇——年
蓮實重彥	夏目漱石論	松浦理英子-解／著者——年
蓮實重彥	「私小説」を読む	小野正嗣——解／著者——年
蓮實重彥	凡庸な芸術家の肖像 上 マクシム・デュ・カン論	
蓮實重彥	凡庸な芸術家の肖像 下 マクシム・デュ・カン論	工藤庸子——解
蓮實重彥	物語批判序説	磯﨑憲一郎-解
花田清輝	復興期の精神	池内 紀——解／日高昭二——年
埴谷雄高	死霊 Ⅰ Ⅱ Ⅲ	鶴見俊輔——解／立石 伯——年
埴谷雄高	埴谷雄高政治論集 埴谷雄高評論選書1 立石伯編	
埴谷雄高	酒と戦後派 人物随想集	
濱田庄司	無盡蔵	水尾比呂志-解／水尾比呂志-年
林 京子	祭りの場｜ギヤマン ビードロ	川西政明——解／金井景子——案
林 京子	長い時間をかけた人間の経験	川西政明——解／金井景子——年
林 京子	やすらかに今はねむり給え｜道	青来有一——解／金井景子——年
林 京子	谷間｜再びルイへ。	黒古一夫——解／金井景子——年
林 芙美子	晩菊｜水仙｜白鷺	中沢けい——解／熊坂敦子——案
原 民喜	原民喜戦後全小説	関川夏央——解／島田昭男——年
東山魁夷	泉に聴く	桑原住雄——人／編集部——年
日夏耿之介	ワイルド全詩（翻訳）	井村君江——解／井村君江——年
日夏耿之介	唐山感情集	南條竹則——解
日野啓三	ベトナム報道	著者——年
日野啓三	天窓のあるガレージ	鈴村和成——解／著者——年
平出 隆	葉書でドナルド・エヴァンズに	三松幸雄——解／著者——年
平沢計七	一人と千三百人｜二人の中尉 平沢計七先駆作品集	大和田 茂——解／大和田 茂——年
深沢七郎	笛吹川	町田 康——解／山本幸正——年
福田恆存	芥川龍之介と太宰治	浜崎洋介——解／齋藤秀昭——年